# 古人原來是這樣說話的

想要穿越回古代，千萬別說錯話、用錯字！

許暉——著

# 目次

# 古人怎麼自稱

今天用於自稱的第一人稱代詞只有一個，就是「我」。不過在古代，古人用於自稱的字眼可謂豐富多彩，除去各地方言之外，最常用的第一人稱代詞有「我、朕、吾、余、予」這五個字。

我

朕

吾

余

予

# 我



《說文解字》：「我，施身自謂也。」「施」是施加之「施」，「施身自謂」意思是施加於自身而自稱，當然就是對自己的稱謂。

不過這並非「我」的本義，古今中外的學者們多認為「我」作為第一人稱代詞屬於假借用法。事實果真如此嗎？我們來看看甲骨文中的「我」到底是什麼樣子。

## ○字形分析

甲骨文字形「我」，很顯然這是一個象形字，而且是一個獨體象形字，乃是兵器之形：右邊是一把長柄，左邊是三枚鋸齒，中間的銳角形是連接的部分。甲骨文學者李孝定先生在《甲骨文字集釋》一書中認為左邊的三枚鋸齒即「三銛鋒形」，「銛」（ㄒㄧㄢ）是鋒利之意，「三銛鋒」即三枚鋒利的刃；中間的連接部分稱作「內」，也就是戈、戟、刀等接柄之處。

一九七八年，湖北隨州曾侯乙墓曾出土一種三戈矛，雖然是戰國時期的兵器，但是除了「內」安裝在最上端的鋸齒處有所區別之外，其他部分都跟這個甲骨文字形一模一樣。因此，「我」字的本義就是兵器。日本漢學家白川靜先生在《常用字解》中認為「『我』原指鋸齒參差的帶鋸」，用來切割作為祭品的牲畜，這一解釋雖然新穎，但從字形來看，還是兵器之形更為恰切。我們現在使用的「我」字，右邊仍然是一把戈。

## ◯釋義關鍵

周武王伐殷，在孟津渡發表了三篇《泰誓》，其中有「我伐用張，于湯有光」的誓辭。此處用的就是「我」的本義。「我」是兵器，自然含有殺伐之意，「我伐」即殺伐。殺伐要進行了，對於殷商的開國君主成湯來說這也是一種光榮。周武王的意思是說殷紂王十分兇殘，已經違背了開國君主所承受的天命，因此征伐紂王符合天命，連殷商的開國君主成湯也會感到光榮的。所以《說文解字》另一種解釋為：「我，一曰古殺字。」即由此而來。

那麼，「我」到底是怎麼從兵器轉變為第一人稱代詞的呢？是不是真的如同大多數學者們所認為的那樣屬於假借用法？

## ○用法

有學者認為，私有制出現之後，部族之間的爭鬥日趨激烈，人們要使用兵器來捍衛個人和部族的利益，兵器是用來保衛「我」的，因此引申為第一人稱代詞，即許慎所說的「施身自謂」。比如語言學家王顯先生在《讀說文劄記》一文中就說：「社會發展史告訴我們，人類最初並沒有私有的觀念，直到原始社會瀕於瓦解，階級漸次形成的時候，才出現了私有物，而這種私有物首先便是人們各自經常使用的武器和工具。」

這種說法有一定的道理，不過甲骨卜辭中「我」字出現得非常頻繁，而且都是殷商的自稱，因此「我」作為兵器，可以視為殷人對本國強大武力的炫耀，表達的是對本國所製造武器之精良的自豪之情。比如「我伐羌」、「我其逐鹿」之類的卜辭，雖然已經用作第一人稱代詞，但是「我」作為兵器的影子仍然若隱若現。

甲骨卜辭和先秦典籍中，「我」字的使用相當頻繁，《詩經》中更是頻頻出現，比如《詩經·小雅·采薇》中的名句：「昔我往矣，楊柳依依。今我來思，雨雪霏霏。行道遲遲，載饑載渴。我心傷悲，莫知我哀。」不過有趣的是，後世使用「我」來自稱的頻率卻大為減少。

北宋學者沈括在《夢溪筆談》卷十八「技藝」章中，記載了一個有趣的故事：「賈魏公為相日，有方士姓許，對人未嘗稱名，無貴賤皆稱『我』，時人謂之『許我』。言談頗有可采，然傲誕，視公卿蔑如也。公欲見，使人邀召數四，卒不至。又使門人苦邀致之，許騎驢，徑欲造丞相廳事。

門吏止之，不可，吏曰：『此丞相廳門，雖丞郎亦須下。』許曰：『我無所求於丞相，丞相召我來，若如此，但須我去耳。』不下驢而去。門吏急追之，不還，以白丞相。魏公又使人謝而召之，終不至。公嘆曰：『許市井人耳，惟其無所求於人，尚不可以勢屈，況其以道義自任者乎。』」

賈昌朝封魏國公，故稱「賈魏公」，他擔任丞相之職是在宋仁宗在位期間。姓許的方士蔑視權貴，竟至於要騎驢進入丞相的議事廳！賈昌朝評價他「無所求於人」，因此無法用權勢來使他屈服。按照禮節規定，跟別人說話提到自己的時候，要謙稱自己的「名」，比如諸葛亮，名亮，字孔明，他跟別人說話的時候，就要謙稱「亮」，別人跟他說話的時候，要尊稱他的字「孔明」。但姓許的方士極其「傲誕」，傲慢狂妄，跟別人說話的時候非但不謙稱自己的「名」，而且無論貴賤皆自稱「我」，以至於時人給他取了個綽號「許我」。

由此可見，北宋時期人們還很忌諱以「我」自稱，因此姓許的方士以「我」自稱竟然被沈括鄭重其事地記載到《夢溪筆談》這部傳世名作之中。無獨有偶，據清人梁紹壬《兩般秋雨庵隨筆》載：「史延壽，嘉興人，以善相遊京師，視貴賤如一轍。箕踞袒裼，從不稱名，稱『我』，時人呼為『史我』。」「箕踞」（ㄐㄧ ㄐㄩˋ）是一種傲慢的坐姿，兩腳張開，形似簸箕；「袒裼」（ㄊㄢˇ ㄒㄧˊ）指脫去上衣，裸露肢體，同樣是一種傲慢的表示。

究其原因，大概因為離殷商日遠，「我」作為兵器的本義雖然早已失去，但「我」從戈的陰影尚在，後人沒有殷商之人「取戈自持」的炫耀和自豪之情，相反對兵器所代表的武力非常排斥和忌諱，因此才會出現這種不以「我」自稱的有趣現象。

# 朕

凡屬漢字文化圈的人都知道，皇帝自稱為「朕」，此屬皇帝的專用稱謂，除了皇帝任何人都不准使用，否則就是僭越。不過，這個專稱是從秦始皇才開始使用的。

據《史記．秦始皇本紀》載，秦初併天下，和大臣們商議要更改天子的各種名號，比如「皇帝」的稱謂就是取天皇、地皇、泰皇之「皇」，再採納上古的「帝」位號，合稱「皇帝」，因此秦始皇方才號稱「始皇帝」。其中的名號之一，是由丞相王琯、御史大夫馮劫和廷尉李斯等大臣「昧死上尊號」，請求「天子自稱曰『朕』」，秦始皇欣然採納了這個稱號，自此之後，「朕」即成為皇帝的專用自稱。

東漢學者蔡邕在《獨斷》一書中對這件事的來龍去脈進行了詳細的梳理：「朕，我也。古者尊卑共之，貴賤不嫌，則可同號之義也。堯曰：『朕在位七十載。』皋陶與帝舜言曰：『朕言惠，可底行。』屈原曰：『朕皇考。』此其義也。至秦天子，獨以為稱，漢因而不改也。」

皋陶是帝舜的大臣，蔡邕引用的這句話出自《尚書．皋陶謨》，其實是皋陶和禹的對話。「底」（ㄉㄧˇ），致，用；「底行」即致之於行，也就是施行的意思。皋陶在提出「九德」（即九種德行）

並加以闡釋之後，問道：「朕言惠，可厎行？」我的話順於理，可以施行嗎？禹回答道：「俞！乃言厎可績。」當然！你的話可以施行而且可以成功。這裡的「朕」即大臣皋陶的自稱。

蔡邕引用的屈原的話則出自《楚辭．離騷》。這首長詩一開篇，屈原便吟詠道：「帝高陽之苗裔兮，朕皇考曰伯庸。」「高陽」是五帝之一顓頊（ㄓㄨㄢ　ㄒㄩˋ）的號；「皇考」是對已故父親的美稱，「皇」形容美，父死稱「考」。這句詩的意思是：我是高陽氏顓頊的後代，我已故的父親字伯庸。這裡的「朕」即屈原的自稱。

那麼，「朕」為什麼會作為第一人稱代詞呢？我們來看看這個字的演變過程。

## 字形分析

朕
甲骨文

甲骨文字形「朕」，這個字形古往今來眾說紛紜。大致說來，左邊是條船（舟），右邊是兩隻手捧著一個上下豎立的工具，古文字學家商承祚先生在《甲骨文字研究》一書中認為這個工具是「密縫之具」，即彌補船上漏縫的工具，古文字學家徐中舒先生在《甲骨文字典》中也認為「像兩手奉器治舟之形」；還有人認為雙手上面那一豎就是表示船縫；也有學者認為那一豎表示撐船的篙，會意為雙手持篙撐船，但撐船之人應該位於舟中，而這個字形卻是人在舟外；白川靜先生《常用字解》一書則另闢蹊徑，認為左邊是一個放有物品的盤子，右邊表示雙手捧持物品，整個字形會意為雙手捧持盤中的物品呈獻給人，「舟」因為和盤子的形狀極為相似，因此後來也用作器具的托盤，不過白川靜先生的解釋卻脫離了「舟」的本義。

朕
小篆

小篆字形「朕」，右上訛變為「火」，清末民初甲骨文學者葉玉森先生在《說契》一書中解釋說：「像兩手捧火釁舟之縫。」彌補船的漏縫需要用火。我們現在使用的「朕」的字形，左邊從「舟」訛變為「月」，右邊又訛變為「关」，導致字形面目全非，完全看不出造字的原意了。

## ○釋義關鍵

《爾雅》是中國第一部解釋辭義的辭典，其中〈釋詁〉篇中解釋說：「朕，我也。」《說文解字》：「朕，我也。」很顯然這並不是「朕」的本義。清代文字學家戴震解釋說：「舟之縫理曰朕，故箚續之縫亦謂之朕。」「箚續」即用捆綁、纏繞的方法續補上去。戴震的意思是說：「朕」的本義就是舟縫，引申為可以「箚續」的一切縫隙都稱「朕」。上古時期，造船最主要的困難之一就是防止木板拼合處漏水。一九七八年，河北省平山縣出土的戰國葬船坑中有五艘戰國木船殘體，船板之間遺留有麻布、油灰，專家們認為極似用來將鉛皮塞縫的材料。「朕」這個字就是對這種舩縫工藝的生動寫照。

據《周禮・考工記》載，周代有「函人」一職，職責是「為甲」，即負責掌管用犀牛、兕（ㄙˋ，像野牛的青獸）等野獸的皮製作甲胄之職。製作甲胄，其中的工序之一是：「視其朕，欲其直也。」上述戴震的解釋就出自對這句話所做的注。元代學者馬端臨在《文獻通考》中的解釋與此類似：「朕，縫也。縫路皆直，則製作之善也。」要把兩塊獸皮縫合在一起，必須將縫隙對齊才能嚴絲合縫。

## ○用法

「朕」的本義是「舟之縫理」，那麼又是怎樣變成第一人稱代詞的呢？古今中外大多數學者的意見都認為「朕」字像「我」字一樣，仍然屬於假借或借用其音的假借法。古文字學家張舜徽先生在《說文解字約注》中就說：「古人自稱曰朕，猶後世自稱曰儂。」

那麼「朕」又是怎麼從第一人稱代詞一變而為秦始皇的自稱的呢？最新鮮的解釋出自民間甲骨文學者華強先生的筆下，他認為「殷商時代的匠人製作是有標準的，不是隨心所欲的」，而「朕」的甲骨文字形中，「雙手所執的筆直的長木棍正是一種造船的標準件」，並進而得出結論：「皇帝就是全國最大的標準件，皇帝的意志就是標準，一切以皇帝的意志為轉移。秦始皇統一了道路、車軌、文字、度量衡，甚至通過焚書坑儒第一次在中國大地上統一了意識形態，難道他不應該是一種標準嗎？難道他不應該自己稱自己為『朕』嗎？」

這種解釋很新鮮，但是說秦始皇將自己視作標準件因而自稱「朕」，卻含有很大的猜想成分。我認為為《說文解字》作注的清代訓詁學家段玉裁的解釋更有趣，他說：「凡言朕兆者，謂其幾甚微，如舟之縫，如龜之坼也。目部瞽字下云：『目但有朕也。』謂目但有縫也。」凡是朕兆，都極細微不可見，就像船的縫隙和龜甲坼裂開的裂縫一樣。「瞽」（ㄍㄨˇ）指眼睛瞎，雖然瞎但是還有眼珠，從外看去，瞎眼仍然有縫隙，這就叫「目但有朕也」，眼睛還有縫。

段玉裁因此總結出一個有趣的觀點：「趙高之於二世，乃曰天子所以貴者，但以聞聲，群臣莫得見其面，故號曰『朕』，比傅『朕』字本義而言之。遂以亡國。凡說文字不得其理者，害必及於天下。」段玉裁的意思是說秦二世受趙高擺布，群臣都見不到他的面，只能聞聲，群臣跟皇帝的關係就像一條窄窄的縫隙一樣，因此秦二世號為「朕」，是比附「朕」字的本義而言。雖然自稱「朕」確實是從秦始皇開始的，但段玉裁的聯想極為符合皇帝（尤其是昏君）和群臣的關係。

順便說一下，段玉裁的觀點並非出自自己的發明，而是由歷秦始皇和秦二世兩代的奸臣趙高而來。據《史記．李斯列傳》載，趙高對秦二世說：「天子所以貴者，但以聞聲，群臣莫得見其面，故號曰『朕』。」

# 吾

甲骨文中還沒有發現「吾」字，金文中才開始出現，這說明最遲到周代時已經使用「吾」來自稱了。

## ◎字形分析

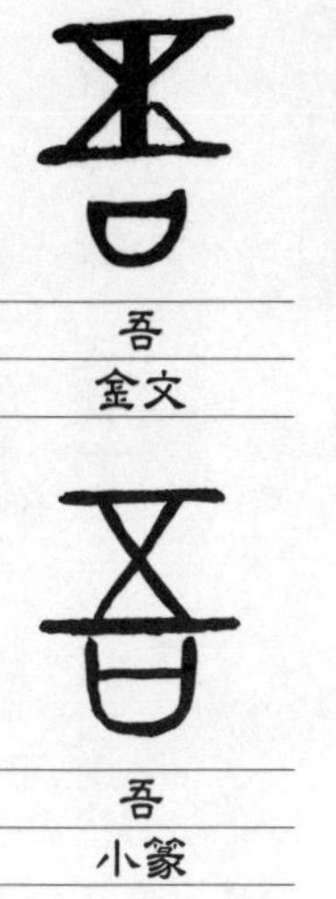


金文字形「吾」，許慎認為這是一個「從口五聲」的形聲字。小篆字形「吾」，去掉了上部「五」字中間的一豎，簡化為上五下口。由此可見，「五」是破解「吾」的最關鍵字符。

「五」作為數目字乃是屬於借用，那麼「五」的本義到底是什麼呢？許慎在《說文解字》中認為「五」表示「五行」，「陰陽在天地間交午也」，上下的兩橫就代表天和地。五行學說起源於戰國時期，怎能拿來解釋甲骨文？因此許慎的解釋是對當時的流行學說附會之言。

五
甲骨文

我們來看甲骨文字形「五」，很明顯是交錯之形，徐中舒先生在《甲骨文字典》中認為「為明確表示交午之意」，將交錯之形的中部「截除上下兩段，只保留中段」，這就是上下兩橫的作用。「五」的本義既明，那麼在「五」的下部再添加一個「口」，即可會意為話語從口中交錯而出，這不停湧出的話語乃是「我」所說，因此「吾」可以引申為「我」之自稱。這應該就是「吾」作為第一人稱代詞的來源。

## ○釋義關鍵

不過，對「五」的本義的解說仍然有不同意見。白川靜先生在《常用字解》中認為「五」的甲骨文字形「原為器物的蓋子之形，蓋子為雙層木製」，而「吾」下部的「口」則是「置有向神禱告的禱詞的祝咒之器」，因此，「吾」這個字即意味著將木製的蓋子蓋在「口」這個「祝咒之器」之上，「蓋子產生庇護效果，保佑祈禱的功效，因此『吾』有佑護、防護之義」。但「吾」又是怎麼由這個義項引申而為「我」之自稱，白川靜先生沒有提供任何解釋。

五
甲骨文

對「五」的本義更有趣的解釋出自成都學者流沙河老先生的筆下，在《白魚解字》一書中，他認為「五」最原始的甲骨文字形（上圖）也許是「遠古巫術符號，表示有所禁止」，並以這個符號至今仍在沿用作為佐證，並得出這樣的結論：「小孩行為越軌，大人發出鼻音很重的毋聲，以制止之。」因此他解釋說「五的本義應是禁止」。如果按照流沙河老先生的解說繼續往下推斷，「五」的下部再添加一個「口」，則表示大人不僅以鼻音發出禁止之聲，而且還用嘴巴發出更嚴厲的禁止之聲。禁聲既由大人發出，那麼「吾」則可以順理成章地引申為大人的自稱。

西安學者唐漢先生則另有新說。在《唐漢解字》一書中，他認為「吾」字的上部「是一個源自手掌的『五』，只是中間多了表示伸出的一豎。這裡兩形會意，表示以手掌捂住嘴的意思」，那麼「『吾』則由被人捂住嘴後的用力發聲，以示辯解，引申出自我之義」。

以上就是關於「吾」作為第一人稱代詞的不同解說，但我更傾向於認同「吾」乃「我」的話語交錯而出這一釋義。

## ○用法

《爾雅．釋詁》：「吾，我也。」《說文解字》：「吾，我自稱也。」那麼，同屬自稱，「吾」和「我」有什麼區別呢？這個區別很有趣：「吾」不能放在動詞後面作賓語。莊子在《齊物論》中將「吾」和「我」連用，非常生動地展示了二者的區別：「今者吾喪我。」意思是：如今我進入了忘我的境界。「吾喪我」絕對不能說成「我喪吾」。

唐漢先生對這一現象的解釋同樣有趣：「其原因便在於『吾』字源出特殊情況下的自我辯白，

是一個出自個體強辯的漢字。『我』則源自手舉斧鉞上下晃動，其發聲來自恐嚇敵對者的呼叫聲，因而可作施使他人的賓語。」特錄於此，聊備一說。

張舜徽先生則從音韻學的角度另闢蹊徑。東漢學者應劭在為《漢書．地理志》所作的注中，將「允吾」這個地名注音為「鈆（ㄑㄧㄢ）牙」，宋代字書《廣韻》和《集韻》沿襲了這一發音。因此張舜徽先生在《說文解字約注》中說：「吾字古讀如牙。牙者童幼之稱……今俗作伢，非也。」並舉《管子．海王》篇為例：「十口之家，十人食鹽；百口之家，百人食鹽。終月，大男食鹽五升少半，大女食鹽三升少半，吾子食鹽二升少半。」這段話的意思是：一個月的時間，成年男子吃的鹽將近五升半，成年女子吃的鹽將近三升半，小男小女吃的鹽將近二升半。唐代學者尹知章注解道：「吾子，謂小男小女也。」

張舜徽先生就此得出結論：「此吾子二字，猶今言牙子矣。故吾訓為我，亦當讀為牙。湖湘間如湘鄉、寧鄉境內自稱為牙，即吾字古音也。」今湖南長沙一帶仍然稱小男孩為「伢子」，即是由湖湘間人自稱「牙」轉變而來，第一人稱代詞奇妙地一變而為親暱地稱呼小男孩的第三人稱代詞。

# 余

「余」作為第一人稱代詞，在殷商漢語中的使用處於鼎盛時期，甲骨卜辭中商王和占卜者都以「余」自稱，《尚書》諸篇中更是屢屢出現這個自我稱謂。

《說文解字》：「余，語之舒也。」許慎的解釋很奇怪，如果按照這種解釋，「余」就是一個虛詞，「語之舒也」即指說話時語氣的舒緩。段玉裁用《左傳．僖公九年》中的一段話為例來支持許慎的解釋。同時這也是一個很有趣的故事，反映了古人對「禮」的重視程度：

王使宰孔賜齊侯胙，曰：「天子有事于文、武，使孔賜伯舅胙。」齊侯將下拜。孔曰：「且有後命。天子使孔曰：『以伯舅耋老，加勞，賜一級，無下拜。』」對曰：「天威不違顏咫尺，小白余敢貪天子之命無下拜？恐隕越於下，以遺天子羞。敢不下拜？」下，拜，登，受。

「王」指周襄王；「齊侯」指齊桓公，齊桓公姓姜，名小白，古人跟別人說話的時候要自稱名，因此齊桓公自稱「小白」。伯舅，周天子稱同姓諸侯為伯父或叔父，稱異姓諸侯為伯舅；胙

（ㄗㄨㄛˋ），祭祀所用的牲肉；耋（ㄉㄧㄝˊ），七十曰耋，泛指老年人。

這段話的意思是：周襄王派宰孔賜給齊桓公祭肉，說：「天子祭祀周文王和周武王，派我把祭肉賜給伯舅您。」齊桓公準備走下台階跪拜。宰孔說：「後面還有命令。天子派我對您說：『因為伯舅您年老了，加上功勞，賜給一級，不用下階跪拜。』」齊桓公回答說：「天子的威嚴，離我的顏面不超過咫尺之遠，小白我怎敢受天子之命不下拜？如果不下拜，我恐怕會摔下諸侯之位，給天子帶來羞辱。怎敢不下拜？」於是齊桓公走下台階，跪拜；再登上台階，接受祭肉。

齊桓公的答話中，「小白余敢貪天子之命無下拜」，語言學家楊伯峻先生斷句為：「小白，余敢貪天子之命無下拜？」並釋義為：「小白、余俱為主語，同位。」張舜徽先生斷句為：「小白余，敢貪天子之命無下拜？」並釋義為自呼其名後「語氣稍頓」，恰符合許慎「語之舒也」的解釋。

那麼，「余」的本義到底是什麼？又是怎麼演變為「我」的自稱的呢？

## ○字形分析

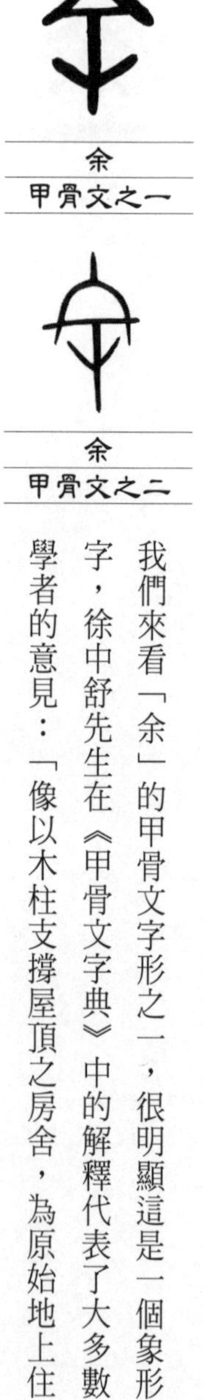

余
甲骨文之一

余
甲骨文之二

我們來看「余」的甲骨文字形之一，很明顯這是一個象形字，徐中舒先生在《甲骨文字典》中的解釋代表了大多數學者的意見：「像以木柱支撐屋頂之房舍，為原始地上住宅，卜辭借為第一人稱代詞。」如此說來，這個字形的上部是一個尖屋頂，中間是橫樑，下部是木柱支架。「余」的甲骨文字形之二，稍微不同的是，上部是一個圓形的屋頂。

余
金文

「余」的金文字形，下部左右又添加了兩根木頭作支撐之用。

白川靜先生在《常用字解》中的釋義則非常奇特，他說：「原形之『余』形示帶把手的長針。長針用作手術刀，刺破患部，將膿血取入盤中，謂『愈』。疾病傷痛治癒，心情安穩，為『愉』、『愈』。『余』亦用作祝咒之具，用來刺入土地，驅除隱藏於土地中的惡靈。經此處置，可以安然通行，謂『徐』。惡靈已然被清祓的道路稱『途』。『余』亦用作第一人稱，表示『我』，此乃根據假借原理，借音而表義。」

白川靜先生的釋義雖然奇特新穎，但是帶把手的長針只有尖頭而無圓頭之形，又如何解釋「余」的甲骨文字形之二所顯示的圓頂？而且甲骨文字形中圓頂甚多，此乃無法自圓其說之處。因此將「余」的本義釋為房舍更為妥當。

## 釋義關鍵

《爾雅‧釋詁》：「余，我也。」「余，身也。」北宋學者邢昺在所作的疏中引述了以下三位學者的觀點：「郭云：『今人亦自呼為身。』舍人曰：『余，謙卑之身也。』孫炎曰：『余，舒遲之身也。』」「郭」指東晉學者郭璞，「舍人」是漢武帝時官名，孫炎是三國時期學者。段玉裁由此認為「『余』之引申訓為『我』」。南宋學者朱熹在為《楚辭．涉江》所作的注中說：「此篇多以『余』、『吾』並稱，詳其文意，『余』平而『吾』倨也。」他認為以「余」自稱語氣平和，正對應許慎「語之舒也」；以「吾」自稱則語氣倨傲。依朱熹所說，「余」、「吾」的使用有尊卑之分，但事實並非如此，上古漢語中「余」並非謙詞，跟身分尊卑毫無關係。

以上釋義仍然沒有解釋清楚「余」是怎樣由房舍的本義或假借或引申為第一人稱代詞的。白川靜先生說「借音而表義」，學者們正是由此入手來加以論證的。

清末民初學者章太炎先生在《新方言》一書中認為「余」應該訓為「何」的意思，通「舍」，「舍」在先秦時就是「什麼」的意思。《說文解字》正是如此解釋「余」的發音的：「余，舍省聲。」意思是「余」和「舍」的讀音相同或相近，這就是「余」的古音，跟今天的讀音相差極大。甲骨文學者馬如森先生在《殷墟甲骨文引論》中也認為「余」的本義是「舍」。徐中舒先生則說：「『舍』的本義就是屋舍……與甲骨文『余』形同。」「舍」是從「余」分化出來的後起字，但二者讀音相同或相近。

章太炎先生又說：「今通言曰『什麼』，『舍』之切音也。川楚之間曰『舍子』，江南曰『舍』，俗作『啥』，本『余』字也。」今天的四川方言還說「啥子」，讀音相同，但其實應該寫作「舍子」。

張舜徽先生在《說文解字約注》中的解釋更清楚明瞭：「『余』字從『舍』省聲……即今之『啥』字，『啥』乃『什麼』二字之合音。僖公九年《左傳》，記齊桓公受周王胙，將下拜答謝之辭。

首自呼其名，語氣稍頓，又道為啥敢貪天子之命不下拜，意在必須下拜也。如以『余』字屬上讀，亦當讀為『啥』而義始顯……古人蓋亦讀為『啥』，今音轉為『咱』字。北人口語中猶自呼為『咱』，即『佘』字也。近世有姓『佘』而音蛇者，實即『余』字。俗書必稍變筆劃以示區分，非也。」

這段解釋更加清晰：「什麼」二字合音為「舍」，「啥」則是「舍」的俗字；今天的北方方言中仍然稱自己為「咱」，屬於「舍」的一音之轉；「佘」姓則是「余」的省寫，以示區分。以上幾個字的最初來源都是「余」。

## ○用法

至此可以得出結論：「我」是發出疑問的主體，「什麼」、「為什麼」這樣的疑問乃由「我」發出，因此「余」順理成章地「借音而表義」，假借為第一人稱代詞，之後屋舍的本義由「舍」字承繼，二者讀音相同或相近。中古之後並行出現了視遮切（ㄕㄜˊ）和以諸切（ㄩˊ）兩個讀音，前者為「佘」所用，後者為「余」所用，一直沿用到現代。

# 予

古代天子的自稱之中，有一個很有趣的稱謂「予一人」。《尚書．湯誥》是商代開國君主成湯的一次講話。成湯打敗夏桀回國後，向前來朝賀的諸侯申明自己推翻夏桀的原因，一開頭就說：「嗟！爾萬方有眾，明聽予一人誥。」啊！你們各方的諸侯，請明白聽我的申誥。西漢學者孔安國解釋說：「天子自稱曰『予一人』。」成湯在講話的結尾處又說：「其爾萬方有罪，在予一人；予一人有罪，無以爾萬方。」你們各方諸侯有罪，罪都歸於我一人；我一人有罪，不會歸罪於你們各方諸侯。

《禮記．曲禮下》中說：「君天下曰天子；朝諸侯、分職、授政、任功，曰予一人。」這段話的意思是：天下之君稱為「天子」，天子管理諸侯、分派職守、委託政務、論功授職，自稱「予一人」。唐代學者孔穎達解釋說：「予，我也。自『朝諸侯』以下皆是內事，故不假以威稱，但自謂『予一人』者，言我是人中之一人，與物不殊，故自謙損。」之所以自稱「予一人」，乃是天子的自謙，謙虛地言明我的才能也只不過是眾人中的一人而已，並沒有什麼特殊之處。

「予一人」也寫作「余一人」。《左傳．昭公三十二年》記載了周敬王的一段話：「余一人無日忘之，閔閔焉如農夫之望歲，懼以待時。」我沒有一天忘記，憂心忡忡，就像農夫盼望豐收一樣，提心吊膽地等待收割的時候到來。

那麼，「予」的本義是什麼？又為什麼可以作為第一人稱代詞呢？

## ○字形分析

予 小篆

「予」是後起字，我們來看看「予」的小篆字形，《說文解字》：「予，推予也。象相予之形。」所謂「推予」，是指用手推某物給予對方。但這個字形卻看不出手和物在哪裡，又是怎麼推給對方的。清末民初學者林義光在《文源》一書中解釋說：「輾轉推予，如環相連。」又說下面的一撇意為牽引之，「以示相推無窮也」。這是為了補足許慎不合理的解釋，實在牽強。

谷衍奎《漢字源流字典》則認為「像上下兩個織布梭子尖端交錯形，其中一隻還有線引出，用以會梭子推來推去之意」，本義為「用梭子推來推去織布」。織布梭子應該是狹長形，不像這個字形中兩個相連的三角形這麼規整，雖象形而會意，但也十分牽強。

### 釋義關鍵

東漢學者鄭玄在為《禮記．曲禮下》「予一人」所作的注中，認為「余、予古今字」，即二字實為一字，「余」是古字，「予」是今字。後世大多數學者都遵從鄭玄的這一論斷。而且「予」有一個古文字體確實從余從口，其實就是「舍」字，「舍」有施捨、給予之意，因此張舜徽先生說：「其本義自為許與，而予物為其引申義也。」

如此一來就很清楚了，正如鄭玄所說的「余、予古今字」，「予」作為第一人稱代詞即由假借「余」而來。

至於「予」的本義，又與「與」相通，因此段玉裁認為「予、與古今字」，在給予這個義項上，「予」和「與」也是古今字，「與」是古字，「予」是今字。張舜徽先生總結「予」的本義時說：「凡推物予人，亦必先有言語許予之誠，故古人造字，即取象於此。」因此「予」的古文字體從余從口。他接著說：「余者，語之舒也。凡有言語許予之誠，必出之以慎重，而不為輕疾之詞。反之，則輕疾許人者，恆口惠而實不至，所謂輕諾寡信也。幻從反予，意即在此。」

幻
小篆

「幻」的小篆字形是倒反過來的「予」，即「幻從反予」。《說文解字》：「幻，相詐惑也。從反予。」這也就是張舜徽先生所說的「輕疾許人者，恆口惠而實不至，所謂輕諾寡信也」，只不過是「相詐惑」而已。

以上即是「予」的本義和「予」之所以假借為第一人稱代詞的來龍去脈。

# 古人怎麼謙稱自己

顧曰國先生在《禮貌、語用與文化》一文中提出漢語文化中的五大禮貌原則，第一條就是「貶己尊人」原則：指謂自己或與自己相關的事物時要「貶」，要「謙」；指謂聽者或與聽者有關的事物時要「抬」，要「尊」。因此，漢語中貶稱自己的謙詞極多，本文剔除掉貶稱與自己相關事物的謙詞，僅針對貶稱自己的謙詞，選擇最有趣的若干字和詞羅列分析於下。

古時最常用的貶稱自己的謙詞，單字的有「愚、卑、敝、鄙、竊」，單字以上的有「在下」。

愚

卑

敝

鄙

竊

在下

# 愚

| 愚 |
| --- |
| 小篆 |

| 禺 |
| --- |
| 金文 |

《說文解字》：「愚，戇也。從心從禺。禺，猴屬，獸之愚者。」剛直而愚蠢曰「戇」（ㄓㄨㄤˋ），俗字寫作「憨」（ㄏㄢ），即「戇」的變體，不過連讀音都不一樣了。張舜徽先生很懷疑許慎的解釋，他說：「驗之實物，獸之愚者非猴也。」

迄今為止，甲骨文中還沒有發現「禺」字。「禺」的金文字形，這是一個非常有意思的漢字，由三部分組成，但這三部分分別代表什麼東西，卻眾說紛紜。

## ○釋義關鍵

《說文解字》：「禺，母猴屬，頭似鬼。」據《山海經．南山經》記載，招搖之山中「有獸焉，其狀如禺而白耳，伏行人走，其名曰狌狌，食之善走」。「狌狌」即猩猩。郭璞注解說：「禺似獼猴而大，赤目長尾，今江南山中多有。」張舜徽先生總結：「禺乃實像頭足尾之形……母猴，猶稱沐猴、獼猴，語之轉也。」原來，許慎所說的「母猴」並非指母猴子，而是獼猴的音轉，楚人則稱作沐猴，「沐猴而冠」這個成語就是諷刺楚人項羽像一隻戴帽子的獼猴，看著像人，其實還是一隻猴子。台灣學者高鴻縉先生在《中國字例》中解釋：「意謂頭似人非人，而有足有尾之獸也。全象其形，長尾之猴也。」

不過仔細觀察「禺」的金文字形，頭、尾倒是有些相像，但是把中間帶叉的部分視為足卻非常牽強，而且獼猴有兩足，因此這個字形並不像獼猴的模樣。

谷衍奎《漢字源流字典》認為這個字形的上部「本是大猩猩的頭」，下部「則是手叉住一蛇形，後成為表示動物的泛符，象徵動物身尾，整個字正是猿類動物的簡形」。極為暢銷的《細說漢字》作者左民安先生也持同樣觀點，只是表述不同而已。他在解釋「禹」這個字時認為：貫穿上下的「那條曲線就是一條毒蛇的形狀，橫的一條是一根帶杈的木棍，這就表示用木棍打蛇的意思」。因此「能打蛇的勇士可稱為『禹』，所以『禹』又成為勇士的美稱」。

這兩種解釋都從許慎的釋義延伸而來，但是說大猩猩的身體中段出現了一條蛇的形象卻大為不倫不類。蛇和大猩猩有什麼關係？又為什麼用手叉住蛇形來泛指動物？

流沙河老先生在《白魚解字》中認為帶叉的這個字符乃是「又（右手）字刀撇拖長倒拐，變成九字」，表示肘關節。但這個字符的左端明明帶叉，古文字中還從來沒有出現過如此寫的「又」（右手）字。

這隻大獼猴就用這種奇怪的姿勢呈現在人們面前，引誘得學者們抓耳撓腮，滿腹疑團而不得其解。那麼，「禺」這個字到底想表達獼猴的什麼特徵呢？

靈長類動物類人，比如狒狒、猩猩和猴子，因此「禺」的金文字形，上半部就用鬼頭來代表。

鬼
甲骨文

「鬼」的甲骨文字形，下面是一個朝左邊跪著的人，頭上頂著一個大大的怪異的腦袋。在古人的想像中，原始的鬼不過就是一個大頭人，頭大如斗，以至於壓得人站不起身，正如《說文解字》的解釋：「人所歸為鬼。」即使是類人的動物，也不能用人的頭部來代表，因此就用似人的鬼頭來代表。

這顆鬼頭還拖著一條長長的尾巴，這條尾巴也是區別於人的重要特徵。中間帶叉的字符，應該是一種稱作「三隅矛」的矛，又叫「厹（ㄑㄧˊㄡ）矛」，刃有三角，尖端帶有三個分叉的矛尖。捕捉「禺」的時候，借助三隅矛才能捉住，因此「禺」的金文字形就是一隻被三隅矛捉住的大獼猴。

如此一來，用「禺」做字符的漢字就很容易理解了：

• 「偶」是模仿「禺」的樣子製成的木偶或人偶，用來取樂
• 「寓」是「禺」被帶到屋子裡面，用來取悅主人，會意為將獼猴等動物用來取樂的場所
• 「隅」是「禺」表演累了或者暫停一會兒，被人牽到屋子的角落休息，引申為角落
• 「遇」是牽著「禺」在路上行走，與人相遇……

至於「萬」字，大多數學者都認為是蠍子的象形，但我們看它的金文字形，為什麼不可以理解成「禺」戴上面具表演，或者表演時齜牙咧嘴的樣子呢？古代舞蹈有所謂「萬舞」，分為武舞和文舞兩種，武舞手執兵器，文舞手執鳥羽和樂器，極有可能是模仿獼猴的表演而產生的舞蹈，只不過加以改進，莊嚴化、禮儀化了而已。

萬
金文

## 用法

由「禺」和「心」組成的「愚」字，白川靜先生在《常用字解》中總結得很好：「『禺』似形示蹲坐著的、爬蟲類的大頭動物。與動作敏捷的動物相比，顯然（呆呆地坐著）的樣子看起來比較愚鈍。『愚』原指動作遲鈍緩慢，後來，智慧方面的遲鈍亦稱作『愚』。」「顒」（ㄩㄥˊ）的意思就是大頭，「顒然」形容頭大而呆呆笨坐的樣子。

「愚」作為自稱的謙詞，好比對年紀比自己小的同輩謙稱「愚兄」，對自己的意見謙稱「愚見」，即由此而來。想一想那隻被人驅使、齜牙咧嘴、不情願地表演的獼猴吧！就像大臣對國君自稱「臣」，「臣」是低頭豎目而視的樣子，表示屈服；又如同古代男子謙稱自己「僕」，「僕」是受過刑的男子雙手持簸箕揚米去糠。「愚」和「臣」、「僕」的謙稱原則都一樣，極盡「貶己尊人」之能事，甚至不惜將自己貶作被馴化的獼猴！似乎把自己貶得越低，越能表現出對對方的尊敬。

中國人所謂的「禮貌原則」，真是缺乏平等精神。

# 卑

「卑」當作謙詞，我們在古書中可以常常見到的用法是「卑職」，是下級官吏面對上司時的自謙之稱。還有一個六字成語「卑之無甚高論」，意思是：我沒有什麼高明的見解和議論。「卑」這個字的字形很奇特，從字形上完全看不出跟卑賤、卑鄙等等詞義有任何關係。那麼，我們就從它最原始的字形開始分析吧。

## ○字形分析

卑
甲骨文

卑
金文

「卑」的甲骨文字形，由上下兩個部分組成，下部是「又」，即右手，上部到底是什麼東西呢？古往今來的學者們在此發生了激烈的爭論。「卑」的金文字形，下部是左手，上部的左邊添加了一短橫。

卑
小篆

「卑」的小篆字形，上部很明顯可以看出變形得非常厲害。《說文解字》：「卑，賤也，執事也。」許慎並且認為這個字從左手從甲，南唐學者徐鍇沿襲了許慎的解釋，並進一步加以解說：「右重而左卑，故在甲下。」「卑」的小篆字形下部是一隻左手，古人以右為尊，以左為卑，因此徐鍇才附會為「右重而左卑」，但「卑」的甲骨文字形的下部卻明明是一隻右手，金文字形中更是左、右手換來換去，沒有一定之規。

那麼，即使按照徐鍇的解說，為什麼卑賤的左手要位於「甲」下呢？清代學者徐灝在《說文解字注箋》中解釋說：「甲乙之次甲為尊。」因此左手要位於「甲」下。清代語言學家王筠則在《說文句讀》中說：「甲像人頭，尊也。」而左手位於這顆尊貴的人頭之下，因此稱「卑」。

這些解釋都是錯誤的，錯誤的源頭在許慎。許慎誤將小篆字形的上部認作「甲」，但東漢時期的許慎哪裡見過直到清末才出土的甲骨文？甲骨文中「甲」的寫法與「卑」的上部字符迥然不同。這就是造成錯誤的根本原因。

那麼，「卑」的上部這個字符到底代表什麼東西呢？這就是學者們爭議的要點。

## ◎釋義關鍵

清末文字學家朱駿聲在《說文通訓定聲》一書中，認為「卑」是「椑」的古字。「椑」（ㄆㄧˊ）

是橢圓形的盛酒器，又叫「榼榼（ㄎㄜˋ）」，只用來盛酒，不用來飲酒。因此，「卑」的甲骨文字形就像用左手持著盛酒器，用來為客人添酒。但不合常理的是，這個盛酒器未免舉得過高，而且酒器中既然盛滿了酒，應該用雙手捧著才對，一隻手怎麼能夠舉得動？

張舜徽先生在《說文解字約注》中則認為「卑」字的上部是一個「田」字，他說：「從田從又，實會執事田地之意。手在田地操作，人身則蹲踞在地，此卑下義所由生也。引申為卑賤。」但「卑」的甲骨文字形中上部的「田」字，中間的一豎往下出頭，金文字形中左邊還有一短橫，實與「田」之形不符。

白川靜先生在《常用字解》中照例有新說，他認為「卑」是一個會意字，乃「匙形加『又』之形」，他接著說：「『又』形示手，因此『卑』形示手持帶柄之匙。大匙之形為『卓』，有卓越、優秀、高貴之義。手持小匙之形為『卑』，因此，有卑下、低下、微小、卑屈之義。借匙的大小之別表現高卓與卑下。」這裡的「匙」可不是今天說的鑰匙，在古代，「匙」是食器，盛食物的器具。「匙」有長柄，上部「田」字下面出頭的部分固然可以視為匙柄，但將上部的字形視為「匙」形卻沒有任何相像之處，更別說什麼大匙、小匙了。

還有人認為「卑」的字形上部是一把帶柄的扇子，用手持扇服侍主人，但是扇子的樣子也不像。

林義光在《文源》一書中的解釋最具說服力。他認為「卑」的字形上部乃是「缶」的變形。「缶」（ㄈㄡˇ）的本義是用杵棒搗泥，用來製作瓦器，而杵棒的另一個作用是築牆、築堤時用來夯實泥土。因此「卑」的整個字形會意為手持杵棒築牆，引申為服勞役，也就是許慎所解釋的「執事」，從事某一項工作；相應地，執事者也稱為「卑」，指供役使的僕從。

## ○用法

「卑」字即由此而來，原指供役使、為主人工作的僕從，地位低賤的僕從即稱「卑」。「卑」用作謙詞，就是遵循了「貶己尊人」的禮貌原則，將自己比作對方的僕從，願意為對方效勞之意。事實也正是如此，「卑職」一詞，是下對上的自謙之詞，古代乃至現代的官場，將級別低的下級官員視作級別高的上級官員的僕從也並不為過，這是等級制的社會制度最顯著的特點。

有趣的是「卑之無甚高論」這個六字成語。據《漢書．張釋之傳》載，中郎將爰盎向漢文帝推薦張釋之，「釋之既朝畢，因前言便宜事，文帝曰：『卑之，毋甚高論，令今可行也。』」這段話的意思是：張釋之朝見完畢，上前對漢文帝陳說利國利民的大道理，漢文帝一聽就煩了，打斷他的話，說：「低下一點，說些接近現實生活的道理，不要空發議論，要說些目前可以推行的。」唐代學者顏師古對「卑之，毋甚高論」一語注解說：「令其議論依附時事也。」

「於是釋之言秦、漢之間事，秦所以失，漢所以興者。文帝稱善，拜釋之為謁者僕射。」秦之所以失、漢之所以興的道理對當下現實最有啟迪作用，因此漢文帝龍顏大悅，立刻就升了張釋之的官。

「卑之，毋甚高論」原來出自漢文帝之口，是對張釋之的告誡之詞，到了後來，竟然成為

「我沒有什麼高明的見解和議論」的自謙之詞！漢語的演變真是神奇！宋代學者王楙（ㄇㄠˋ）在《野客叢書》中辨析道：「所謂『卑之，無甚高論』者，文帝懼釋之陳五帝三王上古久遠之事，無益於時，故令陳今可行之說。釋之遂言秦漢之事，文帝所以稱善。則『卑之，無甚高論』自是兩句，今人作一句讀之，所以失當時之意也。」

# 敝

「敝」當作謙詞，最常見的用法是「敝人」。「敝人」本來形容受到蒙蔽因而德行不高之人，比如《後漢書．卓茂傳》中記載的一則趣事：西漢末，卓茂擔任密縣縣令，有一次，一個人來告狀，聲稱卓茂屬下的某亭長接受了他餽贈的米和肉，卓茂問他：「亭長為從汝求乎？為汝有事囑之而受乎？將平居自以恩意遺之乎？」這三句問話的意思是：是亭長主動向你索要的嗎？是你有事相求他才接受的嗎？還是你閒來無事，自己因為情意餽贈他的呢？

這個人回答道：「往遺之耳。」是我主動去送給他的。卓茂說：「遺之而受，何故言邪？」你主動餽贈，他接受了，那你為什麼還來告狀？這個人又說：「竊聞賢明之君，使人不畏吏，吏不取人；今我畏吏，是以遺之，吏既卒受，故來言耳。」此人聲稱是自己害怕官吏才主動餽贈的。於是卓茂嘆息著說：「汝為敝人矣。」你是一個受到蒙蔽因而德行不高的人。

接著卓茂講了一番道理，大意是：做官之人不能仗著權勢向人索求財物，但如果出於人與人之間的相親相愛，則可以接受餽贈。「凡人之生，群居雜處，故有經紀禮義以相交接。汝獨不欲修之，寧能高飛遠走，不在人間邪？」這個人之所以受到蒙蔽，就是因為沒有想明白人與人之間以「禮」相交接的道理，此乃人情之常。

「敝人」一詞即出自這個故事，原本是上級對下級、長輩對晚輩、有德行之人對無德行之人的評價，但是鑒於「貶己尊人」的禮貌原則，後人遂以「敝人」自謙，如同對對方說：和您相比，我德行很差。「敝人」一詞的對象完全轉了個大彎，從評價別人到貶低自己，真是有趣！

其實「敝」當作謙詞，起源更早，春秋時期就已經開始使用了。據《左傳．僖公二十六年》載，這一年夏天，魯國大饑，齊孝公趁機率軍侵犯魯國北疆，魯僖公派遣大夫展喜前去犒勞齊軍，展喜對齊孝公說：「寡君聞君親舉玉趾，將辱於敝邑，使下臣犒執事。」「敝邑」即謙稱自己的國家。這次入侵的結果是展喜憑藉絕妙的外交辭令說退了齊孝公。

## ○字形分析

敝
甲骨文之一

敝
甲骨文之二

那麼，「敝」為什麼會被古人用作自謙之詞呢？我們來看看「敝」的甲骨文字形之一，左邊是「巾」，「巾」乃擦拭的布帛，右邊是一隻右手持著小木棍。甲骨文字形之二，左邊的布帛上下添加了四個點，表示撕裂的布帛的碎片。

敝
小篆

《說文解字》：「敝，帗也。一曰敗衣。」敗衣即破敗、破舊的衣服，後面這個解釋是「敝」的本義。至於解釋成「帗（ㄈㄨˊ）」，《說文解字》：「帗，一幅巾也。」「帗」就是一塊巾。

如此一來，一個令人費解的問題就出現了：「敝」的甲骨文字形中，人為什麼手拿木棍去敲打這塊巾呢？大多數學者都認為將這塊巾敲打以至於破爛就是「敝」的本義，可是，好好的一塊巾為什麼非要把它敲破打爛呢？這不是一件很奇怪的事情嗎？

## ○釋義關鍵

晚清學者饒炯在解釋「巾」字時解開了這個謎團：「巾之為物，或拭或覆，皆以幅布幅帛裂之。」章太炎先生也說：「衣敗則綻裂不齊，布帛初成，幅端亦不齊，故義同矣。」張舜徽先生在《說文解字約注》一書中總結二位學者的意見為：「敝字當以一幅巾為本義，故許以帗釋之。一幅巾乃由裂布帛而成……謂以手撕裂其布也。而於布帛，則有所損敗矣。」

原來，許慎的兩種解釋「帗也」和「敗衣」其實是一回事：製作一塊巾，必須要將一整幅布帛撕裂開，因此「敝」的甲骨文字形中，手持的不是小木棍，而是可以撕裂布帛的木製刀之類的器具；撕裂布帛的時候會產生碎布屑，對於這一整幅布帛來說，「則有所損敗」，因此引申為「敗衣」，破爛的衣服。

## ○用法

「黻」作為自謙之詞，即由此而來。在跟別人說話的時候，遵循「貶己尊人」的禮貌原則，自謙為「敗衣」以及引申而來的德行不高之意，極力放低身段，其內在邏輯和上述的「愚」、「卑」如出一轍。

不過，我在《這個字，原來是這個意思》一書中曾經提出過一個更有趣的觀點。許慎所解釋的「黻，帗也」，「帗」還有一個義項，通「韍」。「韍（ㄈㄨˊ）」是古時衣裳前面用以遮蓋的飾物，通常以熟皮製成，長至膝蓋，所以又稱「黻膝」或「蔽膝」，根據不同的身分和等級而有形制、顏色、圖案的區別，比如緼韍（赤黃色的黻膝）、赤韍、綠韍等等，用於祭祀或者禮服。

「蔽膝」用動物的皮經熟製而成，熟皮子的最後一道工序是用小竹竿或木條拍打，除去絨毛中的灰塵或硝皮所用的米漿，然後再晾起除臭，這樣一張皮子就製成了。我們看「黻」的甲骨文字形之二和小篆字形，左邊確實很像一張「蔽膝」。古人於是造出了這個字，來描述「蔽膝」製成的過程，再引申為如果用這種方法拍打衣物的話，就會使衣物破爛。

順便說一下：有人以為黻膝就是圍裙，其實大謬不然。孔穎達在為《詩經．小雅．采菽》所作的「正義」中，引述了《易．乾鑿度》的一段注：「古者田漁而食，因衣其皮，先知蔽前，後知蔽後，後王易之以布帛，而猶存其蔽前者，重古道，不忘本。」這並非是「重古道，不忘本」，而實在是上古時期遮羞物的遺留而已。黻膝很窄，而且長到可以遮住膝蓋，不像圍裙那樣繫在腰上，而是束到大帶上，作為一種裝飾，同時也是禮儀的要求。圍裙，顧名思義，是圍在腰上，便於工作。司馬相如和卓文君窮困潦倒，在臨邛賣酒的時候，司馬相如親自幹活兒，腰間圍的就是一條「犢鼻褌（ㄎㄨㄣ）」，形狀很像牛犢鼻子的圍裙。此乃賤者之服，因此卓文君的父親卓王孫「聞而恥之」。

# 鄙

「鄙」當作謙詞，最常見的自我稱謂是「鄙人」，相信大多數人都耳熟能詳，而且這個謙詞直到今天還在書面語中使用。

不過，「鄙」是一個後起字，「鄙」的本字是「啚」，讀音相同。段玉裁感嘆道：「鄙行而啚廢矣。」說的正是後起字成為通用漢字，本字卻反而廢棄不用的一種現象。「啚」也是一個非常有趣的漢字，凡是用「啚」作字符或有相近字符的字，比如嗇、亶、稟、穡、牆等，都跟糧倉有關。

## ○字形分析

我們來看看「啚」的甲骨文字形之一，上部是帶頂的糧倉之形，下部的「口」形不是表示嘴巴的「口」，而是表示人口聚集的城邑。再看「啚」的甲骨文字形之二，城邑移到了上部，下部穀倉的樣子更是栩栩如生，中間的屋頂還

畫出了茅草之類的覆蓋物。徐中舒先生在《甲骨文字典》中說：「像禾麥堆積於倉廩之形。」則將中間有覆蓋物的屋頂看作了禾麥的形狀。

再看「啚」的金文字形，下部的穀倉之形更加規整，不僅有屋頂，還畫出了四壁，不像甲骨文字形，感覺像是在郊外臨時搭建的穀倉，說明古代糧倉的形制在這個字形中已經表現得相當完備。

## 釋義關鍵

《說文解字》：「啚，嗇也。」這個解釋很有趣，「啚」為什麼可以釋為「嗇」呢？許慎又如此解釋「嗇」：「嗇，愛濇也。」愛濇即愛惜，這是引申義，「嗇」的本義是收穫農作物。將小麥等農作物收入糧倉，順理成章地引申為愛惜糧食，又引申為吝惜，過分愛惜自己的財物，當然就是「吝嗇」了。不過從原始語義來看，「吝嗇」最初倒是一個不折不扣的褒義詞呢！

毫無疑問，古代的糧倉最初一定是就近建在郊外的農田旁邊，這就是「啚」的甲骨文字形中的糧倉給人的感覺像是臨時搭建的原因所在，由此而引申為城市之外的邊鄙之地。「啚」的小篆字形，右邊添加了一個「邑」，誠如甲骨文大家羅振玉所說：「考古金文都鄙字亦不從邑。從邑者後所增也。」其實後來增加的這個「邑」字純屬畫蛇添足，因為甲骨文和金文字形中的那個「口」形已經表示城邑之意了。

許慎在《說文解字》中如此解釋「鄙」字：「鄙，五酇為鄙。」這牽涉到周代的地方組織單位。據《周禮》記載，周代有「遂人」一職，職責是「掌邦之野」。「邦之野」泛指邦國的郊外、野外。周代對地方組織單位的規定是：「五家為鄰，五鄰為里，四里為酇（ㄗㄢˋ），五酇為鄙，五鄙為縣，五縣為遂。皆有地域，溝樹之，使各掌其政令刑禁。」

這六等行政區域的劃分都是位於邦國之外的郊野，而且根據由近及遠的原則分別稱為鄰、里、酇、鄙、縣、遂。五家叫「鄰」，設鄰長一名；五鄰即二十五家叫「里」，設里宰一名；四里即一百家叫「酇」，設酇長一名；五酇即五百家叫「鄙」，設鄙師一名；五鄙即二千五百家叫「縣」，設縣正一名；五縣即一萬二千五百家叫「遂」，設遂大夫一名。「遂」最遠，遠至邦國百里之外二百里之內。各行政區劃之間以溝為界，溝上還要種樹，此之謂「溝樹之」。

順便提一下：相應於邦國之外，邦國之內的行政區域劃分也分六等，分別為比、閭、族、黨、州、鄉。《周禮》中規定：「令五家為比，使之相保；五比為閭，使之相受；四閭為族，使之相葬；五族為黨，使之相救；五黨為州，使之相賙；五州為鄉，使之相賓。」

五家叫「比」，設比長一名，使之互相擔保不犯罪；五比叫「閭」，二十五家為一閭，設閭胥一名，宅舍破損者使之相受寄託；四閭叫「族」，一百家為一族，設族師一名，有喪事時使之互相幫助；五族叫「黨」，五百家為一黨，設黨正一名，有災禍時使之互相救援；五黨叫「州」，二千五百家為一州，設州長一名，賙（ㄓㄡ），周濟，有急難時使之互相周濟；五州叫「鄉」，一萬二千五百家為一鄉，設鄉大夫一名，職責是要以賓客之禮對待鄉里的賢者，並負責向朝廷推薦，此之謂「使之相賓」。

## ○用法

「鄙」乃產糧和儲糧之地，周代因此將分封給王室子弟和卿大夫的采邑稱作「都鄙」，「都」是國都，以此為界，「都」外的「鄙」負責供給糧食和各種出產，所以采邑又稱「食邑」，王室子弟和卿大夫以之為食之邑。居住在這些地方的人當然就被稱作「鄙人」。《荀子．非相》篇中描述楚國名相孫叔敖的卑賤出身，寫道：「楚之孫叔敖，期思之鄙人也。」楚國有期思城，孫叔敖原本是居住在期思城外郊野的「鄙人」。

大約到漢代，人們開始用「鄙人」、「鄙夫」來作為自謙之詞，謙稱自己是郊野之人，不懂禮儀。據《史記．張釋之馮唐列傳》載，漢文帝聽馮唐講述戰國名將廉頗和李牧的為人，悠然神往，忍不住拍著大腿說：「嗟乎！吾獨不得廉頗、李牧時為吾將，吾豈憂匈奴哉！」馮唐諷刺他說：「陛下雖得廉頗、李牧，弗能用也。」漢文帝聞言大怒，過了良久，召見馮唐，質問他為何公然當眾羞辱自己，馮唐回答道：「鄙人不知忌諱。」

馮唐世居趙國的代地，離漢代的都城長安自然極遠，因此馮唐自稱「鄙人」，相對於長安而言的郊野之人。在馮唐是實指，後人則將之抽象化，不管是否郊野之人出身，統統自稱「鄙人」或「鄙夫」了。「鄙」作為謙詞，即由此而來。

# 竊

「竊」當作謙詞，最常見的用法是「竊以為」。有人不明白「竊」已經包含有「我」的意思，寫文章時想當然地在前面再加上一個主語「我」，變成了「我竊以為」，徒惹人笑。

《戰國策．趙策》中的名篇《觸龍說趙太后》簡直就是「竊」這個謙詞的模範文本。在這篇短短的文章中，「竊」的用法共出現了三次之多，而且都出自向趙太后勸諫的左師觸龍之口。

觸龍剛見到趙太后時說：「老臣病足，曾不能疾走，不得見久矣。竊自恕，而恐太后玉體之有所郤也，故願望見太后。」「郤」通「隙」，身體不舒服的委婉說法。觸龍這段話的意思是：老臣我得了足疾，連快步走都不能，很久沒有來看太后您了。我私下裡自己原諒自己，可是又擔心太后的玉體有什麼不舒服，因此希望能來拜見太后。

在隨後二人的對話中，觸龍又說：「老臣賤息舒祺，最少，不肖，而臣衰，竊愛憐之。願令得補黑衣之數，以衛王宮。」「賤息」是對自己兒子的謙稱；「黑衣」指趙國的宮廷侍衛，因趙國王宮宿衛常穿黑衣，故名。觸龍這段話的意思是：老臣我的兒子舒祺，年齡最小，不長進，而我又老了，私下裡非常疼愛他。希望能替他補上黑衣侍衛之數，保衛王宮。

觸龍向趙太后進諫時又說：「老臣竊以為媼之愛燕后賢於長安君。」趙太后的女兒嫁到燕國做皇后，故稱「燕后」；長安君是趙太后最溺愛的小兒子；「媼」（ㄠˇ）是對年老婦女的尊稱。觸龍說：「老臣我以為太后您愛燕后更甚於愛長安君。」

觸龍的三段話中，分別出現了「竊自恕」（我私下裡自己原諒自己）、「竊愛憐之」（我私下裡疼愛他）、「竊以為」（我私下裡以為）這三種以「竊」自謙的語句，觸龍是趙國大臣，他對比自己地位高的太后說話方才用到「竊」字，可見「竊」作為自謙之詞，只能用於下對上，也可以用於平輩之間。

那麼，今天當作偷竊的這個不名譽的字眼，為什麼可以用作謙詞呢？

## ○字形分析

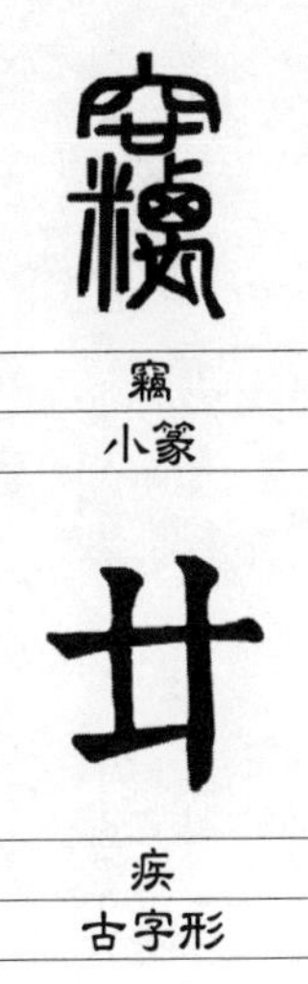


甲骨文和金文中都沒有「竊」這個字，「竊」的小篆字形非常複雜，也非常有意思。這個字由四部分組成：穴，廿，米，禼。前三個部分都容易理解：「穴」當然指洞穴或窟窿；「廿」並不是當作二十講的那個「廿」（ㄋㄧㄢˋ），而是如右圖所示，《說文解字》稱是「疾」的古字形，也就是快速之意；「米」是穀物的總稱。

第四個字符「禼」（ㄒㄧㄝˋ）就比較複雜了。《說文解字》：「禼，蟲也。」谷衍奎《漢字源流字典》認為：「是頭足尾俱全的爬蟲形。大概與『萬』是一個字，也是蠍子形。」並進而解釋其上的「廿」為「由禼字頭上的一部分（蠍子的前螯）脫落而來的」。白川靜先生在《常用字解》中則認為：「『禼』表示小蟲彙集一處。穴倉中貯藏的米中聚集了大量的蠹蟲，大肆偷吃藏米，謂『竊』，有偷偷地、偷竊之義。」

## ○釋義關鍵

不過，「禼」的古文字形卻是狒狒的稱謂。狒狒和猩猩同屬猿猴類，回想一下我們在解讀「愚」字時對「禺」這個字符的分析，「禼」的古文字形也許應該理解為被馴化的狒狒。

綜上所述，如果把「禼」釋為爬蟲或蠹蟲，那麼「竊」字的本義就如同白川靜先生所說，是蠹蟲偷米吃，會意為鑽穴盜物。朱駿聲在《說文通訓定聲》中也認為是「蟲私食米」。《說文解字》：「竊，盜自中出曰竊。從穴從米，禼、廿皆聲。廿，古文疾。」這是「竊」的引申義，從蟲吃米引申表示人的偷竊行為。

清代學者王紹蘭說：「此謂穿窬之盜，故從穴。穴中施米，明其所竊者米。自穴入者仍自穴出，遺有粒米，狼戾穴中，故謂之竊。」「穿窬（ㄩˊ）」指穿牆為洞和爬牆而過兩種偷竊行為；「狼戾」是形容偷米之後散亂堆積、一片狼藉的景象。

清末民初學者陳衍則解釋「廿」這個字符說：「竊物非速不可，從廿，取其疾義，非取其聲。」

如果把「离」釋為狒狒，那麼「竊」的本義就是指被人馴化並且從事表演的狒狒或猩猩飢餓難耐，偷偷去米倉中偷米吃。這一幕場景一定給古人留下了深刻的印象，因此才用以比附人的偷竊行為。

## ○用法

「竊」的行為是偷偷進行的，是乘人不知暗中進行的，因此引申為「私下」之義，這就是「竊」作為謙詞的來龍去脈。「竊以為」如同說：我的看法不一定正確，因此將我私下裡的思考所得提供給您，供您參考。

有的讀者朋友可能會產生這樣的疑問：「盜」和「竊」都是偷竊行為，為什麼不用「盜」作謙詞，偏偏只用「竊」作謙詞呢？這是因為「盜」的行為嚴重，而「竊」的行為輕微。戰國時期魏國改革家李悝制定的中國第一部較有系統的成文法典《法經》，共分六篇，前兩篇即為盜法和賊法，李悝認為「王者之政，莫急於盜賊」，但是卻沒有關於「竊」的法律，可見二者的區別。

# 在下

「在下」是直到今天還在使用的自謙之詞，但這個詞的詞源卻從未搞清楚過。大部分辭典都解釋為古時飲宴等場合的坐席，尊者在上，卑者在下，故用作自謙。台灣教育部辭典則解釋為「稱自己處於下賤的職位」。這些解釋都缺乏有力的文獻支持，要麼屬於臆測，要麼屬於引申義。

其實，「在下」一詞出自《詩經》，而且跟古人的一種服飾制度密切相關。

## 出處

《詩經．小雅．采菽》是一首讚美諸侯來朝的詩。為便於讀者理解「在下」一詞的語意，謹將全詩錄於下，每節後面的白話譯文出自台灣學者馬持盈先生之手，為節省篇幅，疑難字詞不再另外注釋：

采菽采菽，筐之莒之。君子來朝，何錫予之？雖無予之，路車乘馬。又何予之？玄袞及黼。

採了大豆，用筐筥把它盛住。君子來朝，用什麼東西賞賜給他們呢？雖然沒有賞賜，但是已經給過路車乘馬了。另外還給了什麼呢？還給過他們以玄袞（ㄍㄨㄣˇ）與黼（ㄈㄨˇ）裳。

觱沸檻泉，言采其芹。君子來朝，言觀其旂。其旂淠淠，鸞聲嘒嘒。載驂載駟，君子所屆。

在湧騰的泉水那邊，可以採取芹菜。在君子來朝的時候，可以看見他們的旗幟。他們的旗幟，淠淠（ㄆㄟˋ）的飄動，鈴聲和諧而合拍。及至看見了兩服兩驂（ㄘㄢ）的馬車，君子便到了。

赤芾在股，邪幅在下。彼交匪紓，天子所予。樂只君子，天子命之。樂只君子，福祿申之。

赤芾蔽於膝股，布幅斜纏著下腿，束紮得緊緊整整的，不敢有一點鬆懈，因為這些飾物，是天子所賞賜的。和樂的君子，是天子所命令的。和樂的君子，承受了多多的福祿。

維柞之枝，其葉蓬蓬。樂只君子，殿天子之邦。樂只君子，萬福攸同。平平左右，亦是率從。

柞樹的枝葉，很是茂盛。和樂的君子，能夠鎮守天子的邦國。和樂的君子，為萬福之所同聚。他的左右的幹部，也都有治事的才具，恪盡職責。

汎汎楊舟，紼纚維之。樂只君子，天子葵之。樂只君子，福祿膍之。優哉游哉，亦是戾矣。

那飄浮的楊舟，有紼纚（ㄈㄨˊㄌㄧˊ）來維繫。和樂的君子，有天子來節制。和樂的君子，有優厚的福祿。優哉游哉，可算是極人世之幸福了。

## ○釋義關鍵

此詩的第三章鋪排了諸侯朝見天子時的情景：「赤芾在股，邪幅在下。彼交匪紓，天子所予。樂只君子，天子命之。樂只君子，福祿申之。」

「芾」通「韍」（ㄈㄨˊ），熟皮製成，用於祭祀、朝見等隆重場合，遮在禮服的膝前，故又稱「蔽膝」。紅色的蔽膝即「赤芾」，乃大夫以上所服，再細分的話，「天子純朱，諸侯黃朱」。《毛傳》（西漢初年，大毛公毛亨、小毛公毛萇所傳的《詩經》稱「毛詩」，「毛詩」就是《詩經》的《毛傳》）稱「大夫以上，赤芾乘軒」，《采菽》一詩中諸侯朝見天子而「赤芾在股」，就是這種禮儀的生動呈現。

「邪」通「斜」，古人用一塊布斜著裹在小腿上，這就叫「邪幅」。《毛傳》：「邪幅，偪也，偪所以自偪束也。」「邪幅」又稱「偪」（ㄅㄧ），取其緊裹在小腿上，逼束之意。鄭玄進一步注解說：「邪幅，如今行縢也，偪束其脛，自足至膝，故曰在下。」漢代時稱「行縢（ㄊㄥˊ）」，也就是後世所說的裹腳布，緊緊裹著腳，以便於騰跳，故稱「行縢」。

「在下」一詞即出自「邪幅在下」。鄭玄說：「彼與人交接，自偪束如此，則非有解怠紓緩之心，天子以是故賜予之。」這是說諸侯與人交接之際，深自約束自己，一切都要按照禮制來行事，不能逾禮，治理政事的時候也就不會有懈怠舒緩之心，因此天子才會賜予「赤芾」和「邪幅」，「彼交匪紓，天子所予」就是這個意思。「在下」因此引申為人際交往時的謙詞，其實本義是像緊緊的裹腳布一樣，「逼束」自己依禮行事而不能失禮。

## ◯用法

這就是「在下」這一謙稱的詞源，後人將其外延擴大，任何人都可自稱「在下」，但是天子賞賜諸侯的「邪幅在下」這一禮儀卻早已不為人所知了，以至於竟然被今人誤解為坐席的尊卑之次，真是令人浩嘆！不過由此也可以看出，古人重視禮儀一至於此，是今天的人們所不可想像的。

# 古人怎麼尊稱他人

既有「貶己」的謙詞，那麼相應地也就有「尊人」的敬詞。本章選取幾個最常用、最為人所熟知同時也最有趣的敬詞介紹給讀者朋友。單字的有令、尊、賢，單字以上的有足下、閣下、兄台。

令

尊

賢

足下

閣下

兄台

# 令

「令」作為最常用的敬詞，直到今天還在使用。比如敬稱對方的父母為令尊、令堂，更有甚者還在後面加上「大人」二字，令尊大人、令堂大人，極盡尊敬的態度；比如敬稱對方的兄長為令兄，敬稱對方的弟弟為令弟，敬稱對方的妹妹為令妹；又如敬稱對方的兒子為令郎，敬稱對方的女兒為令愛（也寫作「令嬡」）……

我們都知道，「令」乃命令之意，命令之「令」為什麼會用作敬詞呢？這需要從「令」字的本義及其演變說起。

## ○字形分析

令
甲骨文

「令」的甲骨文字形，下面是一個面朝左跪著的人，上面A形的字符表示什麼呢？徐中舒先生在《甲骨文字典》中總結了歷代學者們最具代表性的意見：這個A形的字符是木鐸的象形。「鐸」（ㄉㄨㄛˊ）是大鈴，個頭兒很大的鈴鐺，以銅製成；之所以稱「木鐸」，是因為銅鐸的鈴舌用木製成。

據《周禮》記載，周代有「小宰」一職，職責之一是：「正歲，帥治官之屬而觀治象之法，徇以木鐸，曰：『不用法者，國有常刑。』」「正歲」指夏曆的正月；古代天子和諸侯的宮門外有一對高高的建築物，叫「象」或「象魏」，也稱「闕」或「觀」，作用是將朝廷的教令懸掛於此，供百姓觀看；「治象」即懸掛於此的記載政教法令的文字。

夏曆正月的時候，小宰要率領屬官前去觀看朝廷頒布的政教法令，同時要手拿木鐸巡行振鳴，以引起百姓的注意，告誡百姓國家有常規的法律，不要觸犯。鄭玄注解說：「古者將有新令，必奮木鐸以警眾，使明聽也。木鐸，木舌也。文事奮木鐸，武事奮金鐸。」唐代學者賈公彥進一步解釋說：「云『木鐸，木舌』者，鐸皆以金為之，以木為舌，則曰『木鐸』，以金為舌，則曰『金鐸』也。」

「令」的甲骨文字形用A形字符表示木鐸，但省去了鐸舌，徐中舒先生說：「古人振鐸以發號令，從卩乃以跪跽之人表受命之意。」因此《說文解字》解說道：「令，發號也。」

不過，徐鍇和段玉裁等古代學者認為這個A形的字符表示「集」，聚集之意。徐鍇說：「號令者，集而為之。」羅振玉先生也持此說：「集眾人而命令之。故古令與命為一字一誼。」也就是說「令」和「命」最初是同一個字，後來才分化為兩個不同的字。

林義光在《文源》一書中則認為：「從口在人上，像口發號，人跽伏以聽也。」

白川靜先生在《常用字解》中則有非常新穎的解釋：「會意，形示頭戴深深的禮帽，跪受神托之人。拜受到的神托為『令』，義指天啟、神之啟示，亦指天子等大人物的詔書、命令……『令』是來自神的啟示，因此，由遵從神意之義而衍生，此字有了良好、出色之義。」

## 釋義關鍵

綜上所述，將「令」字的本義解釋為振鐸發令，有眾多而清晰的文獻支持，應當以此為準。至於「令」的引申義，張舜徽先生認為「乃以雙聲借令為良也」，意思是「令」和「良」古時聲母相同，是為雙聲，因此得以假借。但是「令」訓為「善」之義，更有可能是引申而來：天子的詔書、朝廷的教令是好的，令人向善的，故「令」訓為美、善。比如《論語‧學而》中出自孔子之口的成語「巧言令色」，東漢學者包咸注解說：「巧言，好其言語；令色，善其顏色。」用巧言和令色取悅於人。

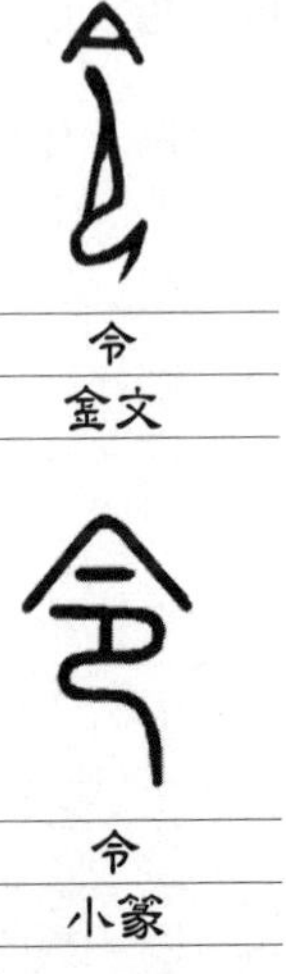

令 金文

令 小篆

「令」的金文字形，下面跪著的人形更是栩栩如生。「令」的小篆字形，下面跪著的人變形得非常厲害，以至於被許慎誤認作「卩」（ㄐㄧㄝˊ）。「卩」通「節」，節制之意。沒有見過甲骨文的古代學者們都遵循了許慎的誤解，將「令」釋為聚集眾人而節制之，其實「令」並沒有對百姓加以節制之意。

## ○用法

「令」當作敬詞，即由美、善引申而來，用於讚美與對方有關的人。同時，「令」的下部那個跪著的人也向我們提示著尊敬的含意。跪而聽命，理所當然地表示尊敬。

以「令」敬稱的稱謂，比如「令郎」，猶如說「您美好而吉善的兒子」。這些稱謂都很容易理解，只有「令堂」一詞較為費解。為什麼用「令堂」來尊稱對方的母親呢？

古代的建築物面南背北，內部分為三個部分：堂，室，房。最前面是堂，主要功能是祭獻神靈，祈求豐年，不能住人；堂的後面是室，是住人的地方；室的兩側是房，就是我們常說的東廂房、西廂房。

「堂」高大軒敞，又是祭祀的重要之地，因此古人就把一家之主的父母尊稱為「高堂」。「堂」後來引申用來泛指房屋的正廳，傳統上一家的主婦也就是母親要住在東房的北部，房、室相連而沒有北邊的牆壁，與「堂」相望，因此用「北堂」來指代母親的住處，後來也就順理成章地用來稱呼母親了。

《儀禮・士昏禮》中規定：「婦洗在北堂。」「洗」是盥洗用的器皿，主婦盥洗都在北堂，故又稱「北洗」。《詩經・衛風・伯兮》中有「焉得諼草？言樹之背」的詩句，「諼草」即萱草，又稱忘憂草。《毛傳》注解說：「諼草令人善忘；背，北堂也。」

古人認為萱草可以使人忘憂，遊子出門遠行的時候，常常要在母親居住的北堂的臺階下種上幾株萱草，以免母親惦念遊子，同時讓母親忘記憂愁，因此就將母親的居處稱為「萱堂」。唐代詩人聶夷中有詩：「萱草生堂階，遊子行天涯。慈親倚堂門，不見萱草花。」

這就是將對方的母親尊稱為「令堂」的來歷。「北堂」或「萱堂」用來作為對自己母親的代稱；「令堂」則只能尊稱對方的母親，如果稱自己的母親為「令堂」，就會讓人笑掉大牙！

# 尊

《禮記．表記》：「使民有父之尊，有母之親，如此而後可以為民父母矣。」這是中國文化中關於「嚴父慈母」的最早表述方式。《廣韻》則解釋說：「尊，重也，高也，貴也，敬也，君父之稱也。」可見，「尊」很早就用作敬詞，「父之尊」或「君父之稱」，是對國君或者長輩的敬稱。

南北朝時北齊文學家顏之推著名的《顏氏家訓》，在〈風操〉篇中記載了當時的江南風俗：「凡與人言，稱彼祖父母、世父母、父母及長姑，皆加『尊』字，自叔父母以下，則加『賢』字，尊卑之差也。」「凡宗親世數，有從父，有從祖，有族祖。江南風俗，自茲已往，高秩者，通呼為『尊』。」「高秩」指職位高。

「尊」當作敬詞，直到今天還在使用，比如敬稱對方的父親為尊上、令尊、尊大人，敬稱對方的母親為尊堂，敬稱長輩為尊長，敬稱同輩為尊兄，恭敬地詢問對方的姓名要問「尊姓大名」……至於對國君的敬稱，「至尊」的稱謂更是人盡皆知。

## ○字形分析

我們來看看「尊」的字形演變及其義項的演變。「尊」的甲骨文字形之一，上面是一隻酒罈子，下面是雙手，雙手捧著酒罈子。甲骨文字形之二，左邊添加了一個表示升高的字符，也就是「阜」字，意為奉獻登進。

金文字形之一，下面的兩隻手沒變，上面的酒罈裡裝著酒，因為是陳酒，酒和酒糟下沉，用酒器中的兩橫來表示。「酉」的上面那兩撇像浮出的水形，也有人說是酒滿了要浮出來的樣子，還有人說表示揮發出來的酒氣。金文字形之二，左邊還是表示升高的符號。

小篆字形，下面簡化成了一隻手（寸）。《說文解字》：「尊，酒器也。從酋，廾以奉之。《周禮》六尊：犧尊、象尊、著尊、壺尊、太尊、山尊，以待祭祀賓客之禮。」

「廾」即「拱」字，兩手捧物之形。

據《周禮》記載，周代有「小宗伯」一職，職責之一是「辨六尊之名物，以待祭祀賓客」。六尊是六種注酒器，即許慎所引的犧尊、象尊、著尊、壺尊、太尊、山尊。犧尊是牛形的盛酒器，背上鑿孔注酒，另一說是在尊的腹部刻畫牛形；象尊是象形或鳳凰形的盛酒器，另一說是用象牙或象骨裝飾；著尊是殷商時期的尊，著地無足，即立在地上，沒有尊足；壺尊是以壺為尊；太尊是用瓦製成的，太古的瓦尊；山尊是刻畫山和雲形的酒器。用這六尊來祭祀和接待賓客。

## ○釋義關鍵

作為盛酒器，尊的形狀是敞口，高頸，圈足。尊上常常飾以動物或山雲形象，如同六尊那樣。段玉裁解釋說：「凡酒必實於尊以待酌者。鄭注《禮》曰：『置酒曰尊。』凡酌酒者必資於尊，故引申以為尊卑字，猶貴賤本謂貨物，而引申之也。自專用為尊卑字，而別製罇、樽為酒尊字矣。」向人敬酒是一種尊重的表示，因此「尊」字引申為尊重、尊敬之意，而「酒器」的本義被新造的「罇」、「樽」所替代。

不過，張舜徽先生在《說文解字約注》中則認為，表示尊卑之「尊」的本字應該是那個帶有升高符的字形，意為雙手捧著酒器上前奉獻給國君或長輩，即所謂「奉獻登進」；而「尊」僅僅是酒器的象形，但是後來借「尊」為尊卑之「尊」，於是帶有升高符的那個字就廢棄不用了。

這就是「尊」字作為敬詞的來歷。有趣的是，「尊」還有一個同義的字「嚴」，合稱「尊嚴」，因此「嚴」也可以用作父親的代稱，比如敬稱自己的父親為「家嚴」，敬稱對方的父親為「令嚴」。所謂「嚴父慈母」，相應地，「慈」也就順理成章地用作母親的代稱，比如敬稱自己的母親為「家慈」，敬稱對方的母親為「令慈」。

## ○用法

我們看古書，國君的專有稱謂「至尊」的前面，還常常加上一個「九五」，稱作「九五至尊」。「至尊」已經到了極致的頂點，為什麼還要用「九五」來加強語氣呢？而且，為什麼偏偏要用「九五」這兩個數字來指代，而不是使用別的數字呢？原來這跟「九」和「五」在中國數字序列中的特殊地位密切相關。

中國古代把數字分為陽數和陰數兩類，奇數一三五七九為陽，偶數二四六八十為陰。陽數又稱天數，陰數又稱地數。《周易．繫辭上》：「天數五，地數五，五位相得而各有合。天數二十有五，地數三十；凡天地之數五十有五，此所以成變化而行鬼神也。」古人認為「地數雜而不純，天數純而不雜」，天數中九為「數之極也」，因此九的地位最高。五則居中，《說文解字》：「五，陰陽在天地間交午也。」這是五行之說，水火木金土相剋相生，陰陽交午，因此五的地位僅次於九。九最高，五居中，取至高和中正之意，故稱皇帝為「九五至尊」。

不過也有學者認為這一稱謂出自《周易》。《周易》第一卦為乾卦，乾者，天也，皇帝乃天之子，因此乾卦就是皇帝的卦象。乾卦由六條陽爻組成，是純陽、極盛之相。六條陽爻分別是初九、九二、九三、九四、九五、上九，最下是初九，最上是上九（九六）。其中九五的卦象最好：「九五：飛龍在天，利見大人。」孔穎達解釋說：「言九五陽氣盛至於天，故云『飛龍在天』。此自然之象，猶若聖人有龍德飛騰而居天位，德備天下，為萬物所瞻睹，故天下利見此居王位之大人。」此「大人」落實在現實中，不是皇帝還能是誰？因此就用「九五」來指代皇帝。

上九的卦象是「亢龍有悔」，亢，極也，物極必反，盛極而衰，不免敗亡之悔。孔穎達解釋說：「九五天位，有大聖而居者，亦有非大聖而居者，不能不有驕亢，故聖人設法以戒之也。」因此後人將驕橫無德之君稱作「亢龍」，但是沒有一個在位的皇帝願意自稱「亢龍」的。這就是為什麼不用比「九五」更高的「上九」來指代皇帝的原因。

# 賢

讓我們重溫一下上文所引《顏氏家訓‧風操》篇中記載的江南風俗：「凡與人言，稱彼祖父母、世父母、父母及長姑，皆加『尊』字，自叔父母已下，則加『賢』字，尊卑之差也。」

「賢」當作敬詞，比如賢弟、賢侄、賢甥、賢妻等等，比如敬稱夫妻為賢伉儷，用以敬稱別人，毫無疑問是讚美他人的美好品德。但是奇怪的是「賢」的下面為什麼會是「貝」？「貝」是古代貨幣單位，從貝的字都與錢財有關，那麼，難道錢財多就意味著「賢」嗎？這個疑問肯定會縈繞在許多人的心頭。

## ○字形分析

臤

甲骨文

其實，「賢」最早並不從貝，而是寫作「臤」，讀音相同。我們來看看「臤」的甲骨文字形，左邊是「臣」，右邊是一隻右手。「臣」字形中的大眼睛非常突出，而且還是豎立著的。甲骨文大家郭沫若先生在《甲骨文字研究》中解釋說：「以一目代表一人，人首下俯時則橫目形為豎目形，故以豎目形象屈服之臣僕奴隸。」

也就是說，人在低頭的時候，從側面看上去，眼睛就是豎起來的。奴隸既不能抬頭看主人，又不能正面直視主人，所以「臣」字就是一個非常生動的男性奴隸的模樣。也有學者說古代抓獲戰俘，刺瞎一隻眼睛當作奴隸。《說文解字》：「臣，事君也，象屈服之形。」其實這並不是「臣」的本義，「臣」的本義是男性奴隸。「臣」既是奴隸和俘虜，那麼就要屈服於主人，因此把對應於「君」的臣子也稱作「臣」，古代官吏便在國君面前自稱「臣」。

《說文解字》：「臤，堅也。」段玉裁注解說：「謂握之固也。」即「臤」是堅固的意思。張舜徽先生在《說文解字約注》中解釋說：「臤像手執俘虜及罪人，恐其逃亡，故執之甚固，因引申為凡堅之稱。」主人或者國君用手牢牢地、堅固地掌握著奴隸或者臣子的命運，這就叫「臤」。

許慎又說：「古文以為賢字。」「臤」是「賢」的本字，漢代碑刻中還多用這個本字。比如記述江蘇溧陽長潘乾品行和德政的《校官碑》，用隸書寫道：「親臤寶智。」「師臤作朋。」《袁良碑》的碑文也寫道：「優臤之寵，於斯盛矣。」用的都是「臤」這個本字。

賢
金文

「賢」的金文字形，下面添加了一隻「貝」，從此引發了後人的疑惑。流沙河老先生就在《白魚解字》中發出了這樣的疑問：「貝是貨幣就是錢。人賢不賢，看他有無德才，不是看他有錢無錢。漢碑多見賢字不要下面的貝，只要上面左臣右又，就當作賢字講。這倒吻合腐儒『君子恥言利』的作派，但是難以解釋不要貝的左臣右又之字為何終被淘汰，為何後人非要下面添貝寫成賢字不可。如此說來，賢字為何從貝，疑問仍舊存在，等待解釋。」

緊接著，老先生提出了自己的猜想：「臣是嗔的象形字，畫一隻嗔大的眼睛。又是右手的象形字，畫一隻伸出的右手。下面來一個貝，意思是眼明手快會搞錢，這就叫賢。古代國王沒有一個不需要這樣的賢臣。」

流沙河先生真是人老心不老，居然能想出如此富有童趣的解釋來！不過這種解釋純屬個人的猜測，並沒有文獻支持。

## ○釋義關鍵

《說文解字》：「貝，海介蟲也。」晚清學者宋育仁解釋說：「海介蟲，海中所生介蟲也。介者肉內而骨外，龜之屬。」其實所謂「介」就是「甲」，指貝類的外殼。如此說來，「貝」這個字專指海貝。白川靜先生認為這種海貝就是子安貝，而且甲骨文和金文中所有的「貝」無一例外全部都是子安貝的形狀，「子安貝產於南海，生活在內陸地區的殷人、周人視之為珍奇異寶」。因此在金屬貨幣普及之前，就用貝作為貨幣。

這種海貝為什麼稱作「子安貝」呢？這是因為古時婦女生產時，產婆會將這種貝放在產婦手中，令她緊握以便用力產子，同時也是祈求母子平安的意思，故稱「子安貝」。子安貝還被當成祭祀的器具，台灣的原住民至今還保留著「子安貝祭」的習俗，傳說他們祖先的靈魂就藏在子安貝裡。商代墓葬中曾經大量出土過這種貝類，可見它在古人生活中的重要性。

許慎又說：「古者貨貝而寶龜，周而有泉，至秦廢貝行錢。」這幾句話是中國古代的貨幣變遷史。上古的時候，使用貝殼作貨幣，就像占卜使用龜甲一樣，貝殼和龜甲極其相似，因此許慎當作一類來說。到了周代，開始用金屬鑄錢，稱作「泉」，意思是像泉水一樣流淌而不會壅積。周代有泉府的官職，負責掌管國家的稅收。又可稱「布」，意思是遍布於外。到了秦代，開始使用「錢」的稱謂，一直延續到今天。

子安貝產於南洋，離黃河流域的中原地區十分遙遠，那麼，即使子安貝透過貿易傳入了中原地區，因路程的遙遠仍然極其珍貴。那麼，「賢」之所以下面從貝，就意味著主人或者國君用手牢牢地掌握著奴隸或者臣子的命運，驅使他們去尋找子安貝，進而引申為為自己創造財物。這才是「賢」字的本義！即「賢」的本義是多財物。

## ○用法

莊子在〈徐無鬼〉篇中說：「以財分人謂之賢。」用的正是本義。而段玉裁也注解得非常正確：「引申之凡多皆曰賢。」《詩經．小雅．北山》中有這樣的詩句：「大夫不均，我從事獨賢。」意思是大夫分派不公平，我從事的差役很多很多。因為事情多而辛勞叫「賢」，就是引申義，後來又引申出現在的用法——多才多能，品德美好，賢人、賢士、賢臣、時賢、賢慧等等都是用的這個引申義。

不過，也有學者持不同意見。《說文解字》的釋義為：「賢，多才也。」段玉裁注解說：「賢本多財之稱。」正符合我們上述對「賢」字金文字形的解說。但是張舜徽先生卻在《說文解字約注》中發表了不同的觀點：「從貝之賢，則後增體也。賢字必從貝者，蓋後人附會於寶賢之說，從而加偏旁耳。自戴侗謂貨貝多於人為賢，段氏注本且改許書說解為『多財』，皆泥於此字從貝，必求有合於資財之義。」

戴侗是南宋學者，張舜徽先生認為戴侗和段玉裁將許慎的釋義「多才」改為「多財」是錯誤的，是附會後增的「貝」而強為之說。

以上就是「賢」字的本義及其引申義的演變，正如段玉裁所說：「人稱賢能，因習其引伸之義而廢其本義矣。」「賢」當作敬稱即由此而來，意為恭維別人多才多能，品德美好。

# 足下

「足下」是一個敬詞，下對上或者同輩之間都可以尊稱對方為「足下」，意思跟今天的「您」相近。

《戰國策．燕策》中收錄有投奔趙國的燕國大將樂毅回覆燕惠王的一封信，開篇就寫道：「臣不佞，不能奉承先王之教，以順左右之心，恐抵斧質之罪，以傷先王之明，而又害於足下之義，故遁逃奔趙。」「斧質」是古代一種酷刑，將人放到砧板上，用斧頭砍死。

樂毅這段話的意思是：臣不才，不能遵循燕國先王的教誨，來順應大王您左右官員之心，恐怕犯下斧質之罪，這樣既傷害了先王的英明，又有害於足下您的仁義，因此遁逃投奔了趙國。樂毅是臣，燕惠王是君，這是「足下」之稱用於下對上。同輩之間互稱「足下」的例子則更多，此不贅言。

人們會覺得這個敬稱很奇怪：既然是尊敬的稱呼，怎麼能把對方稱為腳下呢？原來，這個稱謂的由來還有一個令人心酸的故事呢。

## ○出處

晉人嵇含所編撰的《南方草木狀》中，引述了一條西漢幽默大師東方朔在《瑣語》中的記事：「木履起於晉文公時。介之推逃祿自隱，抱樹而死。公撫木哀嘆，遂以為履。每懷從亡之功，輒俯視其履曰：『悲乎足下！』足下之稱，亦自此始也。」

南朝宋的劉敬叔所著《異苑》卷十中也有類似的記載：「介子推逃祿隱跡，抱樹燒死。文公拊木哀嗟，伐而製屐。每懷割股之功，俯視其屐曰：『悲乎，足下！』足下之稱，將起於此。」

再後來，南朝梁的文學家殷芸所著的《小說》一書中則寫道：「介子推不出，晉文公焚林求之，終抱木而死。公撫木哀嗟，伐樹製屐。每懷割股之恩，輒潸然流涕視屐曰：『悲乎足下！』足下之言，將起於此。」

綜上所述，這個故事源自晉文公和介子推（也寫作「介之推」）。

春秋時期，晉國的公子重耳被逼逃亡國外十九年，顛沛流離，有時候在流亡路上實在沒有食物可吃，只好吃野菜。重耳是位貴公子，哪裡吃得下野菜？隨從的侍從介子推看到這種情形，就不聲不響地割下自己大腿上的一塊肉，燉成一鍋肉湯，端給重耳吃。重耳把肉吃完，把湯喝光，吧嗒吧嗒嘴巴，意猶未盡地說：「哎呀，還是肉湯好喝啊！老介你真有本事，你是從什麼地方弄來這塊肉的？」介子推說：「我看公子吃不下野菜，就把自己大腿上的肉割了一塊。怎麼樣，俺的手藝還不錯吧？」重耳一聽，非常感動。

回到晉國之後，重耳當上了國君，即著名的晉文公。剛剛即位，晉文公就開始大行封賞，把逃難時期跟隨自己的人都封了大官，這些人也毫無愧色地接受，有的人甚至還嫌官職太小，向晉文公求更大的官。

介子推實在看不下去了，對母親說：「公子當上國君，那是天意使然，如今這些人居然恬不知恥地認為是自己的功勞，向國君伸手要官，這簡直是貪天之功以為己有。我怎能跟這些人相處？」

母親回答道：「你為什麼不學學他們，也求一個官職？光在這裡抱怨有什麼用？」介子推說：「我明明知道這是錯的還要去效仿他們，那罪過就更大了！」母親於是對兒子說：「那咱們不與他們為伍，乾脆去隱居吧。」母子二人便隱居到了今山西省介休市的綿山裡面。

晉文公準備封賞介子推，可是找來找去找不到他。有人告訴國君介子推躲進了綿山，晉文公就派人勸說介子推出山當官。介子推脾氣很倔，死活不肯出山。為了逼介子推出山，晉文公下令放火燒山，以為如此一來介子推非得被燒出來不可。沒想到介子推十分倔強，竟然抱著一棵樹活活給燒死了。

這個結果大大出乎晉文公的預料，晉文公非常悲傷，撫摸著這棵樹痛哭不止。哭完了，晉文公令人砍下這棵樹，讓鞋匠做成一雙木屐，天天穿在腳上，以此紀念介子推的割股之功，還常常看著腳下的木屐說：「悲乎，足下！」後人因此就用「足下」表示對對方的尊稱。

不過，在為《史記．秦始皇本紀》所作的集解中，南朝宋的學者裴駰引述蔡邕的解釋說：「群臣士庶相與言，曰殿下、閣下、足下、侍者、執事，皆謙類。」如此說來，「足下」之稱，意味著不敢直視對方，猶如說：我只敢盯著您的腳下說話。

## ○釋義關鍵

東方朔《瑣語》、劉敬叔《異苑》和殷芸《小說》都是小說家言，更原始的文獻《左傳》和《史記》中都沒有介子推被燒死的記載。《左傳．僖公二十四年》僅僅簡單地記載道：「遂隱而死。晉侯求之，不獲，以綿上為之田，曰：『以志吾過，且旌善人。』」按照這個記載，介子推一直隱居到老死，稱得上壽終正寢。《史記．晉世家》則記載道：「於是文公環綿上山中而封之，以為介推田，號曰介山，『以記吾過，且旌善人』。」都沒有介之推被燒死的情節。

因此這個流傳久遠的故事很可能是杜撰出來的，蔡邕的解釋則更為可信。但是不管怎樣，「足下」的稱謂卻就此流傳了下來，一直沿用到今天，不過更多是用在書面語或者書信之中。

更有趣的是，清明前一日或二日的寒食節竟然也跟介子推這個莫須有的故事扯上了關係。東漢學者桓譚在《新論．離事》篇中寫道：「太原郡民，以隆冬不火食五日，雖有疾病緩急，猶不敢犯，為介子推故也。」「火食」即吃熟食。這顯然是太原郡所轄的介休一帶的風俗。

《後漢書．周舉傳》中也有類似的記載：「太原一郡，舊俗以介子推焚骸，有龍忌之禁。至其亡月，咸言神靈不樂舉火，由是士民每冬中輒一月寒食，莫敢煙爨，老小不堪，歲多死者。舉既到州，乃作弔書以置子推之廟，言盛冬去火，殘損民命，非賢者之意，以宣示愚民，使還溫食。於是眾惑稍解，風俗頗革。」所謂「龍忌」，「龍」指二十八星宿中的東方青龍七宿，其中的心宿二乃大火星，寒食禁火，故稱「龍忌」。「爨」（ㄘㄨㄢˋ）指燒火做飯。根據這則記載，可見東漢時的寒食節在盛冬季節，而且長達一月之久！周舉革除了這一陋俗之後，久經演變，才最後定型為春季，歷代相沿。

不過，據《周禮》載，周代時已有禁火之制：「中春，以木鐸修火禁于國中。」用木鐸警示眾人實行火禁，這是因為仲春時節天乾物燥的緣故。這才是寒食節的真正起源，晉人將之附會到介子推身上，無非是為了紀念他而已。

介子推的「割股之功」竟然一舉衍生出影響中國兩千多年的兩大事件——「足下」的敬詞，寒食節的民間習俗——真可以稱得上前無古人後無來者！

# 閤下

在一些隆重的場合或者問候的書信中，常常尊稱對方為「閤下」。不知道這個詞的來歷的人，甚至常常誤以為這個詞是從英語翻譯過來的，因為在很多歐美影視劇或者兩國的外交場合，這個稱謂出現的頻率非常之高，比如「總統閤下」、「大使閤下」之類的稱呼。殊不知這是最正宗的中國古代的禮貌用語，更鮮為人知的是，這還是一個誤用了兩千多年的稱謂！

## ◎釋義關鍵

首先需要辨析的是，在古代，「閤」和「閣」是兩個完全不同的字，讀音相同。《爾雅·釋宮》：「所以止扉謂之閣。」郭璞注解道：「門辟旁長橛也。」《說文解字》：「閣，所以止扉也。」段玉裁注解道：「門開則邊旁有兩長橛，使其止而不過也。」也就是說，開門之後，為了防止門扇自動合上，用兩根長木樁放置到門扇兩旁，這兩根長木樁就叫「閣」。

清代學者王筠在《說文句讀》中對郭璞的注解進一步加以解釋：「『旁長橛』者，謂門開之後兩旁地下有孔，以橛通其中，以止其扉，使之不動，今都城各門皆然。」意猶未盡，他又在《說文釋例》中再次解釋說：「凡門扇太大者，既開之後，無所附麗……於是以木或石，鑿為楃頭形。一半卑處，承門之下；一半高處，倚門之面。是門庋閣在上，故謂之閣。」

「楃（ㄆㄨˊ）頭」是古代男子所戴的一種四腳頭巾，「庋」（ㄍㄨㄟˇ）是放東西的架子。王筠的意思是說：這兩根長木樁鑿成四腳楃頭的模樣，一半放在低處，抵住門，一半放在高處，倚住門，就像兩扇門放在這兩根長木樁上一樣，因此稱「閣」。

張舜徽先生在《說文解字約注》中也說：「今俗猶用木或石止門之自掩，蓋即閣之遺意。」今天的中國農村，大門裡側的兩旁仍然還有這樣的長木樁或者同樣功能的長石條。

「閣」字既明，那麼讀音相同的「閤」呢？《說文解字》：「閤，門旁戶也。」段玉裁注解道：「漢人所謂閤者，皆門旁戶也，皆於正門之外為之。」也就是說，大門旁邊另開的小門叫「閤」。《玉台新詠》收錄的東漢時期的樂府詩歌《上山采蘼蕪》中有「新人從門入，故人從閤去」的詩句，意思是新娶的妻子從大門進來，而被拋棄的妻子則從旁邊的小門被趕了出去。

張舜徽先生在《說文解字約注》中提供了一個佐證：「湖湘間造大宅者，多於正中大門之旁，別為小門以通出入，名曰腳門。腳即閤之雙聲語轉也。」今天農村的大宅院或城市的四合院中仍然有這樣的小門、偏門。

《爾雅．釋宮》又解釋了闈、閨、閤三個字的區別：「宮中之門謂之闈，其小者謂之閨，小閨謂之閤。」闈、閨、閤，三道宮中的門戶，一個比一個小。宮門一入深似海，因此閨闈和閨閣由宮中之門引申而借指內室；後世禮教對女人的束縛越來越嚴厲，女人被困於家庭之中，大門不出二門不邁，因此閨闈和閨閣又引申特指女人的臥室。

「閣」和「閤」形近音同，後人不察，一概將「閤」誤寫作「閣」，將「閨閤」誤寫作「閨閣」，將「內閤」、「閤下」誤寫作「內閣」、「閣下」。這一誤可就誤了兩千多年！

## ○出處

至於「閤下」的稱謂，據唐人趙璘所著《因話錄》記載：「古者三公開閤，郡守比古之侯伯，亦有閤，所以世之書題有『閤下』之稱……今又布衣相呼，盡曰『閤下』，雖出於浮薄相戲，亦是名分大壞矣。」

趙璘所謂的「三公開閤」，《漢書．公孫弘傳》中有生動的記載：「弘自見為舉首，起徒步，數年至宰相封侯，於是起客館，開東閤以延賢人，與參謀議。」被薦舉者中居首位的稱「舉首」，平民稱「徒步」。公孫弘從「徒步」官至宰相，便建了一座客館，打開客館東邊的小門招攬賢士。顏師古注解道：「閤者，小門也，東向開之，避當庭門而引賓客，以別於掾史官屬也。」

為什麼要開東邊的小門呢？這是因為賢士不是宰相的下屬，為示尊重起見，在正門之外特意開「東閤」延請入內。凡是能夠進出「東閤」的都是賢士，故以「閤下」敬稱。相應地，開閤的宰相被稱作「閤老」，唐代時「舍人年深者謂之閤老」，這是對資歷深的中書舍人的敬稱；「兩省相呼為閣老」，這是對中書、門下兩省屬官的敬稱。

## ○用法

《新五代史．雜傳》中記載了一則唐代的制度：「天子日御殿見群臣，曰常參；朔望薦食諸陵寢，有思慕之心，不能臨前殿，則御便殿見群臣，曰入閤。宣政，前殿也，謂之衙，衙有仗。紫宸，便殿也，謂之閤。其不御前殿而御紫宸也，乃自正衙喚仗，由閤門而入，百官俟朝於衙者，因隨以入見，故謂之入閤。」

皇帝每天上朝，在宣政等前殿見群臣，稱作「常參」，即固定時間參拜之意；初一和十五祭祀先帝的陵墓，因為有思慕祖宗之心，不是正式的朝政大事，因此不能在前殿見群臣，而要在旁邊的便殿見群臣，稱作「入閤」，意思是群臣從便殿進來朝見。宣政殿是前殿，稱「衙」，正式的朝見時要有相應的儀仗，以顯示皇帝的威儀；而紫宸殿屬於便殿，就像正門旁邊的小門一樣，故稱「閤」。皇帝在便殿見群臣，正殿的儀仗隊要從便殿的小門進入，百官也跟著進入朝見，因此就叫作「入閤」。後來加以引申，把進入中央官署做官也稱作「入閤」。

段玉裁說：「凡上書於達官曰『閣下』，猶言執事也。今人乃偽為『閤下』。」趙璘則感嘆「今又布衣相呼，盡曰『閤下』」乃「浮薄相戲」、「名分大壞」，殊不知連「閣下」一詞都誤為「閤下」了！

這就是「閣下」一詞誤寫作「閤下」的來龍去脈。今天所有與做官有關的詞組，比如「入閣」、「內閣」、「組閣」等等，其實都是錯誤的。雖然早已約定俗成，但是因為將「閤」誤為「閣」，以至於人們再也不明白「閤」和「閣」的本義了，甚至有的辭典望文生義，把「閣下」的尊稱解釋為「我在您的閣樓之下」，真是令人浩嘆！

# 兄台

朋輩之間相互敬稱「兄台」，這個敬詞至今還在使用，更多的是用在書面語或書信之中。很多人並不清楚這個敬詞到底是怎麼來的，甚至還有人解釋為「兄在台上我在台下」，因此用來表示敬意。這種解釋非常可笑，原因在於不懂得「台」字的特殊含意。

首先需要辨析的是「臺」和「台」。在古代，這是兩個完全不同的字。《說文解字》：「台，說也。」「說」通「悅」，「台」也就通「悅」，喜悅的意思。而「臺」字呢？《說文解字》：「臺，觀，四方而高者……與室、屋同意。」也就是說，用土築成、四面而高、可以供人觀望的建築物叫「臺」。「臺」由此引申為古代中央官署之名，比如尚書臺、御史臺等等。

那麼，「兄台」之「台」，到底應該是「台」還是「臺」呢？這是一個非常有趣的問題。

已故北京大學教授、著名語言學家王力先生在《王力古漢語字典》中對這兩個字進行了辨析：「台，三台，星名，古以三台喻三公，故以『台』表示敬稱，如兄台、台啟、台照等……表示敬稱的台，後代多有誤作臺的。」

王力先生的觀點有一個重要的參照，即明代學者黃生所著《字詁》一書中的辨析：「今書啟中所用台字，如台候、台照、台禧之類，蓋相尊之稱。尊莫過於宰相，故取三台之義。又曰台下、閣下、臺下，閣與台同意，臺則執憲之官所居，尊稍次於閣者也。今俗遇書柬中台字，輒誤以臺字呼之，不知何說。抑或有用台、臺者，勢必不能不分為二音矣。獨於單台字，則異口同聲讀之曰臺，亦何不思之甚。」

兩位學者的意見是：「兄台」之「台」應為「台」，而不能用「臺」。「台」作為敬詞，取「三台」之義，那麼，我們先來看看什麼是「三台」。

## ○釋義關鍵

《後漢書．楊震列傳》開篇就講了一則楊震出仕前的故事：「後有冠雀銜三鱣魚，飛集講堂前，都講取魚進曰：『蛇鱣者，卿大夫服之象也。數三者，法三台也。先生自此升矣。』年五十，乃始仕州郡。」

冠雀，即鸛雀；鱣，通「鱔」，鱔魚；都講，古代學舍中協助博士講經的儒生。唐代學者李賢注解說：「鱣魚長者不過三尺，黃地黑文，故都講云『蛇鱣』，卿大夫之服象也。」漢代卿大夫的官服乃「黃地黑文」，黃色的底色，黑色的花紋，和鱔魚的色澤、紋路相像，故以此作比喻。

楊震是著名學者，矢志問學而不願做官。這一天他講學時，有鸛雀銜著三條鱔魚飛到講堂前，協助楊震講學的都講上前說：「蛇和鱔魚都是卿大夫官服上的形象，三條鱔魚象徵著三台之位，先生要發達了。」果然，楊震後來官至太尉。

什麼叫「三台」？《晉書．天文志》載：「三台六星，兩兩而居，起文昌，列抵太微。一曰天柱，三公之位也。在人曰三公，在天曰三台，主開德宣符也。」原來，「三台」是星名，地上的「三公」就是比照著天上的三台星而設置的。周代以太師、太傅、太保為三公，東漢以太尉、司徒、司空為三公，是僅次於皇帝的最高官員。周代宮廷外種有三棵槐樹，三公朝見天子時，面向槐樹而立，因此也稱三公為「三槐」。「三台」、「三槐」合稱「台槐」，代指宰輔之位。

那麼，緊接著就出現了一個疑問：「三公」為什麼可以比照「三台」？「三台」之「台」果真應該寫作「台」而不是「臺」嗎？

「三台」還有兩個別名，是解開這個疑問的鑰匙。《史記．天官書》載：「魁下六星，兩兩相比者，名曰三能。」」「三能」即是「三台」的第一個別名。何謂「三能」？裴駰集解引述蘇林的話說：「能音台。」此外並無對其含意的解釋。

唐代學者司馬貞索隱引述孟康的解釋說：「泰階，三台也。」「泰階」即是「三台」的第二個別名。何謂「泰階」？據《漢書．東方朔傳》載，東方朔願向漢武帝「陳《泰階六符》」，顏師古注引應劭曰：「黃帝《泰階六符經》曰：『泰階者，天之三階也。上階為天子，中階為諸侯公卿大夫，下階為士庶人。上階上星為男主，下星為女主；中階上星為諸侯三公，下星為卿大夫；下階上星為元士，下星為庶人。三階平則陰陽和，風雨時，社稷神祇咸獲其宜，天下大安，是為太平。三階不平，則五神乏祀，日有食之，水潤不浸，稼穡不成，冬雷夏霜，百姓不寧，故治道傾。

天子行暴令，好興甲兵，修宮榭，廣苑囿，則上階為之奄奄疏闊也。』」

這段話很好理解，不再翻譯為白話文。按照黃帝《泰階六符經》的說法，「泰階」即天上的星宿所對應的人間的三階，三個等級制的階梯。「泰」通「臺」，「泰階」即「臺階」。這也就是「臺階」一詞的由來，絕不能寫成「台階」。「臺」的本義是高臺，登高臺必須一階一階、一級一級地攀登，上階、中階、下階之「三階」正是從這個本義引申而來，因此「三台」的別稱「泰階」即「臺階」，相應地，「三台」之「台」必須寫成「臺」而不是「台」。

另外，「台」是喜悅之意，三台星的命名跟喜悅完全扯不上任何關係。

綜上所述，「三台」之「台」正確的寫法應該是「臺」，而不是像黃生和王力先生所說的「台」。正如同上階、中階、下階這一等級制的三臺星的命名，「三公」的官名也是按照等級制制定的，因此可以比照「三臺」。至於「三能」的別名，除了音同之外，「能」者，勝任也，很可能是形容「三公」的賢能。

## 用法

「台」這個字之所以成為敬稱，正是由「三臺」及其對應的「三公」而來，朋輩之間互稱「兄台」，跟都講恭維楊震很快就要做「三公」之類的大官是一個道理。此外，「台鑒」是請對方審察、裁奪的敬語；「台照」也是請對方鑒察的敬語；「台啟」是寫在信封上的敬詞，敬請啟封的意思；

「台安」表示對收信人的問候；「台諱」是詢問對方名字的敬詞；「台甫」則是詢問對方表字的敬詞；「台候」用於問候對方的寒暖起居……

這才是「兄台」之「台」作為敬詞的真正來歷，而且正確的寫法應該是「兄臺」。

# 古人怎麼稱呼皇帝、諸侯

中國有兩千多年的帝制傳統。所謂帝制，即君主專制政體，由一人終生擔任國家元首，並通過世襲的方式進行更替。

在漫長的帝制史上，產生了許多對國家元首的特定稱謂。最為人們所熟知的，比如天子，古人認為君權神授，帝王乃是天之子，故稱「天子」；比如皇帝，前文已經說過，秦併天下之後，秦始皇取天皇、地皇、泰皇之「皇」，再採納上古的「帝」位號，合稱「皇帝」，因此秦始皇號稱「始皇帝」。

除了天子和皇帝之外，還有一些有趣的稱謂。如果不了解這些稱謂的由來，看古書時常常會覺得莫名其妙；而且這些稱謂中還包含了古代生活中的各種禮儀、風俗，甚至建築、車駕的形制。本文將選取關於皇帝、諸侯的稱謂之中，最富趣味性或人們不了解詞源者，一一加以解說。單字的有帝、王、君，單字以上的有陛下、萬歲、大駕。

陛下

萬歲

大駕

# 帝

《左傳．僖公二十五年》載：「今之王，古之帝也。」《史記．高祖本紀》載，劉邦在群臣的擁戴下，「乃即皇帝位汜水之陽」，裴駰集解引述蔡邕的話說：「上古天子稱皇，其次稱帝，其次稱王。秦承三王之末，為漢驅除，自以德兼三皇、五帝，故併以為號。漢高祖受命，功德宜之，因而不改。」

可見最高統治者的稱謂，最早稱「皇」，其次稱「帝」，最後稱「王」。古籍中的記載也符合這三個稱謂的變遷：最早的「三皇」，其說不一，但無非是指伏羲、神農、燧人、女媧、祝融或黃帝之類傳說中的始祖；其次是「五帝」，其說也不一，大致指黃帝、顓頊（ㄓㄨㄢ　ㄒㄩˋ）、帝嚳（ㄎㄨˋ）、唐堯、虞舜；最後是「三王」，指夏、商、周三代之君。秦始皇之後，即一變而為「皇帝」之稱。

不過奇怪的是，甲骨文中迄今並未發現「皇」這個字，金文中才開始大量出現，這說明「皇」是後起字，比「帝」、「王」的稱謂都要晚，此不贅言。

很多讀者朋友可能都不知道，雖然秦始皇將「皇帝」命名為國家最高統治者的稱謂，但其實

「皇」、「帝」合稱卻並非從秦始皇開始。《尚書・呂刑》中兩次出現這一稱謂：「皇帝哀矜庶戮之不辜。」「皇帝清問下民，鰥寡有辭于苗。」其中的「皇帝」是對前代已故帝王的尊稱。這兩句話都出自周穆王之口，意思是：「前代帝王堯哀傷憐憫眾多被刑戮的人遭受不當刑罰。」「帝堯詳細地詢問百姓的疾苦，很清楚鰥寡之人對三苗之君的怨恨。」

金文中所稱的「皇帝」則與此不同，古文字學家趙誠先生總結道：「皇帝當即皇天，指偉大的上帝或偉大的上天，說的是天帝而非人間之帝。這是西周銅器的皇帝，是形容詞修飾名詞構成的詞組或短語。」

皇帝、上帝，這是今天的人們理解的「帝」的含意。那麼，「帝」為什麼既可以用來表示人間至高無上的帝王，又可以用來表示宇宙間的神呢？我們來看看「帝」這個字是怎麼造出來的。

## ○字形分析

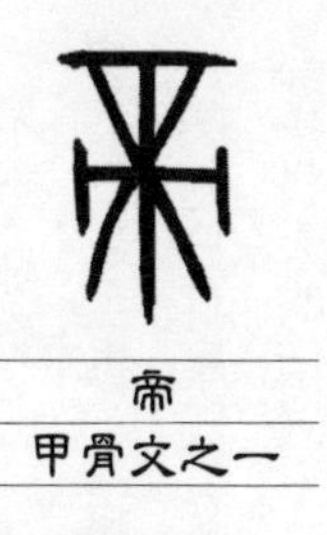

帝
甲骨文之一

「帝」是一個非常有趣的漢字，同時也引發了古今中外無數學者們的爭議。「帝」的甲骨文字形之一，這是一個象形字，中間是三根木柴，攔腰的一長橫兩短豎表示將木柴捆紮起來，最上面的一橫代表天。徐中舒先生在《甲骨文字典》中說：「像架木或束木燔以祭天之形，為禘之初文，後由祭天引申為天帝之帝及商王稱號。」

這個字形是古人祭天的形象寫照，即所謂「禘祭」，在郊外燔柴祭天。《儀禮．覲禮》中規定：「祭天，燔柴。」「燔」（ㄈㄢˊ）是焚燒的意思。《禮記．郊特牲》中的規定略有不同：「郊之祭也，迎長日之至也，大報天而主日也。」日神為所有的天神之主，因此祭日即祭天。《周禮》中也有「以實柴祀日月星辰」的記載，「實柴」指「實牛柴上」，將用作祭牲的牛架到點燃的木柴上。這些都是祭天的儀式。

《爾雅．釋天》中也說：「祭天曰燔柴。」郭璞解釋說：「既祭，積薪燒之。」邢昺解釋得更加詳細：「祭天之禮，積柴以實牲體玉帛而燔之，使煙氣之臭（ㄒㄧㄡˋ）上達於天，因名祭天曰燔柴也。」將木柴堆積起來，焚燒用作祭牲的動物的軀體和玉器、絲織品，使煙氣和香氣上達於天，以此祭天，取悅諸神。

南宋學者鄭樵在《通志．六書略》中認為「帝，像華蒂之形」，「華蒂」即「花蒂」。清末學者吳大澂進一步發揮道：「蒂落而成果，即草木之所由生，枝葉之所由發，生物之始。」義大利漢學家阿馬薩里在《中國古代文明》一書中也持此說：「可以看出是由『蒂』字，即花的梗和根莖和『木』字組成，而字的上部『一』則表示天。」「帝」由此而引申為萬物之祖。有的學者更由此進一步認為「帝」像女性生殖器之形，因此而成為萬物之始。但是這些解釋跟「帝」的字形差距太大。

「帝」的甲骨文字形之二，字形更規整，最上面用兩橫代表天。白川靜先生在《常用字解》中認為這是祭桌之形：「祭桌上擺放供神的酒食。一般的祭桌為『示』，祭祀天帝的大型祭桌桌腳交叉，抓地穩定。擺放大型祭桌進行祭祀，謂『帝』，亦指天神。『帝』指自然神，最高神為『天帝』。據金文可知，祖先之靈升至上天，奉侍天帝。祀『帝』之祭典稱『禘』。」但這個解釋不符合「禘祭」的祭祀方式，「禘祭」是「燔柴」而祭，不是將祭牲和玉帛擺放在大型祭桌上而祭。

帝
甲骨文之二

「帝」的甲骨文字形之三，中間攔腰的捆紮之形變成了長方的口形。張舜徽先生在《說文解字約注》中就是根據這個字形認為中間的長方口形「像日之光芒四射狀」，並引《易經》「帝出乎震」，解釋說「震謂東方，帝即日也」，又說：「其後人群有統治者出，初民即擬之於日，故以帝稱之。」這個解釋忽略了「帝」字形中的木柴之形，那些交叉的木柴難道是太陽發出的光芒？顯然不像。而且也無法解釋最上面的一橫。

帝
甲骨文之三

「帝」的金文字形，字形變得極其美觀，但同時也開始變形，幾乎跟小篆字形和我們今天使用的字形一模一樣，但是卻看不出造字的原意了。

《說文解字》：「帝，諦也，王天下之號也。」「諦」是細察之意，許慎的意思是說明察秋毫方能王天下，故以為號。這個解釋不符合「帝」燔柴祭天的本義，只不過是其引申義而已。

帝
金文

徐中舒先生在《甲骨文字典》中總結說：「禘祭初為殷人祭天及自然神、四方之祭，其後亦禘祭先公先王。」這一解釋最富有說服力。據《周禮》記載，周代有小宗伯一職，職責之一是「兆五帝於四郊」，五帝指蒼帝、赤帝、炎帝、黃帝、黑帝，「兆」是「為壇之營域」，在四郊設置的祭壇。小宗伯負責在郊外設置祭壇，燔柴祭祀五帝，這正是祭祀自然神以及四方、五方之祭的真實寫照，後來才引申為商王的專用稱號，並進一步成為人間帝王的稱號。

# 王

先秦時期，天子和諸侯都可稱「王」，秦漢之後，天子不再稱「王」，「王」成為封爵中的最高一級。那麼，「王」的本義是什麼？為什麼可以繼「皇」、「帝」之後代表最高統治者呢？

《說文解字》：「王，天下所歸往也。董仲舒曰：『古之造文者，三畫而連其中謂之王。三者，天、地、人也，而參通之者王也。』孔子曰：『一貫三為王。』」

這是許慎根據小篆字形所作的錯誤解說，林義光在《文源》中辨之甚詳：「通三畫未可云通天、地、人，天、地、人者，王亦非能參通之也。所引孔子語亦無考。」林義光的質疑十分有道理，中間一豎雖然連通了上下三畫，但怎麼就能夠意味著參通了天、地、人呢？而且為「王」者也未必就能夠真正參通了天、地、人。因此許慎的解釋是附會之言。

## 字形分析

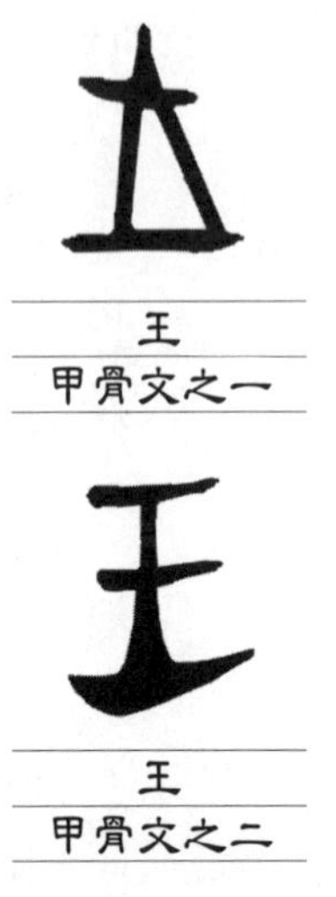
王 甲骨文之一
王 甲骨文之二

欲知「王」的本義，我們還是來看看「王」的甲骨文字形之一，還有的寫作甲骨文字形之二，吳大澂認為下面表示火，上面表示地面：「地中有火，其氣盛也。火盛曰王，德盛亦曰王，故為王天下之號。」林義光也認同此說，張舜徽先生在《說文解字約注》中進一步發揮道：「地下之火稱王，猶天上之日稱帝。二者皆天地間威力最烈之物，故初民取以為統治者之號。」

但甲骨文的「火」實與這個字形下部的字符不合。徐中舒先生在《甲骨文字典》中的解釋為大多數學者所認可：「像刃部下向之斧形，以主刑殺之斧鉞象徵王者之權威。」

## 釋義關鍵

白川靜先生在《常用字解》中闡釋得更加充分：「象形，大鉞的頭部之形，加上斧柄為『戉』（鉞）。鉞頭刃部朝下，並非實用的兵器，實為顯示君王尊嚴的儀禮之具，置於王位之前，用為王權之象徵，因此『王』指代君王、君主、帝王。」

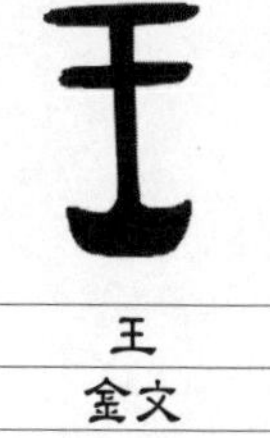

王
金文

「王」的金文字形，下面斧鉞的刃部更加清晰，也更加栩栩如生，整個就像一把大斧。因此，「王」的本義就是一把刃部向下的斧鉞。我們現在使用的「王」字，上中下三橫等齊排列，再也無法辨認出斧鉞之刃的形狀了；實際上在「王」的小篆字形中，中間的一橫向上緊挨著最上面的一橫，將斧柄與斧刃區別開來，仍然有斧鉞的遺意。

誠如白川靜先生所說，斧鉞早已由實用的兵器演化為儀禮之具，成為王者權威的象徵。《尚書．牧誓》繪形繪影地描述周武王伐商時的儀仗：「王左杖黃鉞，右秉白旄以麾。」周武王左手持著用黃金裝飾的大鉞，右手舉著用犛牛尾裝飾的白色軍旗，指揮軍隊。既為黃金裝飾，如何能夠實戰？況且即使君王親自執著斧鉞，也絕不會真的衝到戰場的第一線，自有士卒「為王前驅」，因此「黃鉞」只不過是顯示君王威儀的儀仗而已。

據《左傳．昭公四年》載，齊國大夫慶封殺了齊莊公，三年後又遭到國內其他家族的圍攻，只好投奔吳國。楚靈王聯合諸侯伐吳，攻取了慶封的封邑，在殺死慶封之前，楚靈王「負之斧鉞，以徇于諸侯」，讓慶封背負著斧鉞，在諸侯面前巡示，數說他弒君的罪行。之所以「負之斧鉞」，就是將楚靈王作為君王的權威，透過斧鉞象徵性地加諸於慶封的身體之上。

《漢書．天文志》也記載了斧鉞的類似功能。漢景帝中元二年，梁王劉武為了爭奪王儲之位，派人刺殺了反對他繼位的大臣爰盎，漢景帝大怒，於是「梁王恐懼，布車入關，伏斧戉謝罪，然後得免」。「布車」指用布當作帷幔的車子，梁王不敢乘坐裝飾華麗的車子，這是表示謝罪的意思；

入關後，梁王趴到斧鉞之上，同樣表示謝罪，結果漢景帝赦免了他。「伏斧戉」，伏在斧鉞之上，意味著向君王的權威投降。

這就是「王」為什麼成為君王稱謂的由來。實戰中，斧鉞的刃部一定要朝上，才會具殺敵之效；而在「王」的甲骨文和金文字形中，斧鉞的刃部卻偏偏朝下，顯然只具備象徵性，用斧鉞來象徵君王的權威，並從此固定為君王儀仗的工具。

# 君

孔子的學生子夏在為《儀禮．喪服》所作的「傳」中說：「君，至尊也。」鄭玄注解道：「天子、諸侯及卿大夫有地者，皆曰君。」

「君」的稱謂不同於「皇」、「帝」、「王」：「皇」、「帝」之稱只能用於天子；「王」則既可用於天子，亦可用於諸侯；而「君」既可用於天子，亦可用於諸侯，還可用於卿大夫，大夫以上都有封地，只要有封地的都可稱「君」。

不僅如此，「君」還可以引申用作對人的尊稱，相當於今天說的「您」，甚至女人亦可稱「君」，比如漢武帝即位後，尊皇太后的母親（也就是自己的外婆）臧兒為平原君。

總之，「君」的稱謂範圍極廣。這說明「君」缺乏「皇」、「帝」、「王」這些稱謂的神聖性和唯一性。

## 字形分析

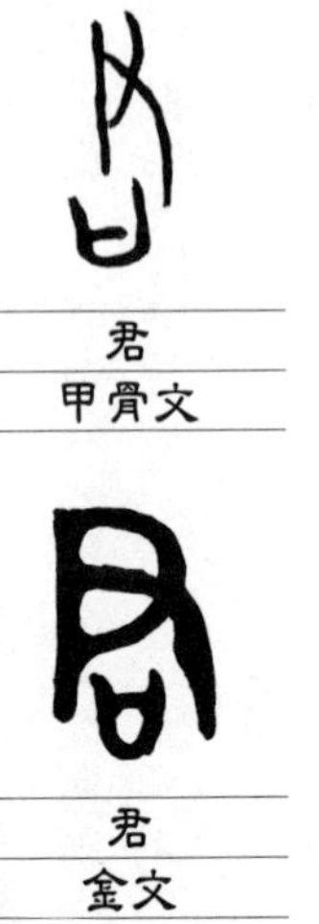


那麼，「君」為什麼不具備神聖性呢？我們來看看「君」的甲骨文字形，上部是一隻右手持著一根杖子，下部是「口」。這根杖子可不是一般的杖，而是神杖，只有神職人員才可以持有。下部的「口」是指用口發布命令。整個字形會意為神職人員傳達神的旨意。「君」的金文字形，大同小異，只不過筆劃更粗，字形更美觀而已。

《說文解字》：「君，尊也。從尹。發號，故從口。」「尹」是古代部落酋長之稱，只有他才可以握有權杖。白川靜先生在《常用字解》中則認為這個字下部的「口」並非是指嘴巴，而是「置有向神禱告的禱詞的祝咒之器」，因此，「君」會意為「手持神杖、誦詠禱詞、能夠召請神靈降臨的巫祝的首長。巫祝的首長擁有統治權，因此氏族的首長稱作『君』。『君』原指巫祝的長老，但後來用來指代君主、君王以及君子、主君」。

## 釋義關鍵

白川靜先生最為卓異之處在於從不把「口」字當作口腔之「口」，而是認作一種祭祀的器具，他自己的術語是「祝咒之器」，裡面裝有各種禱詞。如此一來，「君」就成為一種神職，進而引申為國家的最高統治者，即《尚書》的定義：「皇天眷命，奄有四海，為天下君。」

張舜徽先生則在《說文解字約注》中認為「君、威古聲通。君之得訓為尊，蓋受義於威。因之一切有威而能發號之人，古皆以君稱之。」

雖然「君」字形中的那隻右手執持的是一根神杖，但每個部落都有這樣的神職人員，或者白川靜先生所說的「巫祝的長老」，絕對比不上天之子的「皇」、「帝」、「王」所具備的唯一性，因此「君」才可以加以引申，泛指一切可以發號施令的人。正如張舜徽先生總結的：「故子稱父母曰君，婦稱舅姑曰君，妾稱其夫為男君，稱夫之嫡妻為女君，子稱父之嫡妻曰君母，妻稱其夫曰君子，皆是義也。」

# 陛下

「陛下」是臣子對皇帝的敬稱。什麼叫「陛」？《說文解字》：「陛，升高階也。」「陛」是自低升高的台階，特指帝王宮殿的臺階。中國的古代建築都建在一個高出地面的臺基之上，所以必定要有臺階，要進入堂屋必定要「升階」，一級一級臺階登上去，所以只能「登堂」才能「入室」，所以有「升堂」之稱。普通的臺階就叫「階」，帝王宮殿的臺階才叫「陛」。

## 出處

古代天子賜給諸侯、大臣的九種器物稱作「九錫」，這是一種最高禮遇，其中就包括「陛」。「九錫」分別是：一曰車馬，二曰衣服，三曰樂則，四曰朱戶，五曰納陛，六曰虎賁，七曰弓矢，八曰鈇鉞，九曰秬鬯。

「車馬」指御賜的各種馳騁遊樂的車駕馬匹；「衣服」指御賜的各種服飾；「樂則」指定音、校音的器具；「朱戶」指朱紅色的大門，賞賜給有德的諸侯或有功的大臣使用；「納陛」說法不一，大致指專門賞賜給大臣，使其便於登階上殿的木梯；「虎賁（ㄅㄣ）」指勇士；「弓矢」指特製的紅色和黑色弓箭；「鈇（ㄈㄨ）鉞」指砍刀和大斧，本是腰斬、砍頭的刑具，賞賜給諸侯和功臣，象徵著諸侯和功臣有征殺的大權；「秬鬯」（ㄐㄩˋ ㄔㄤˋ）是用黑黍和香草釀成的香酒，「芬芳攸服」，酒香芬芳濃郁，飲後使人舒泰暢達。

## ○釋義關鍵

舊制，「天子之陛九級」；陛上面的空地還要用朱砂塗成紅色，叫作丹墀（ㄔˊ）；「陛下」的兩側還有執兵器的武士隨時進行戒備。據蔡邕《獨斷》的解釋：「陛下者，陛，階也，所由升堂也。天子必有近臣執兵陳於階側，以戒不虞。謂之陛下者，群臣與天子言，不敢指斥天子，故呼在陛下者而告之，因卑達尊之意也。上書亦如之。」

百官奏事，不敢直接對天子說話，要呼叫在「陛下」的侍衛替自己轉達。《呂氏春秋．制樂》載：「臣請伏于陛下以伺候之。」臣子和皇帝之間隔了九級臺階，得用多大聲說話皇帝才能聽見啊！因此要請侍衛轉達。

「陛下」也是外國使節所能接近皇帝的最近距離。《戰國策．燕策》記載荊軻刺秦王之事：「荊軻奉樊於期頭函，而秦武陽奉地圖匣，以次進，至陛下。秦武陽色變振恐，群臣怪之，荊軻顧笑武陽，前為謝曰：『北蠻夷之鄙人，未嘗見天子，故振慴，願大王少假借之，使畢使於前。』」

荊軻請求「使畢使於前」，也就是說請寬容驚恐的秦武陽，使他能夠從「陛下」登階而上，完成他的使命；而荊軻能刺秦王是因為秦王特許他「升階納陛」，來到自己跟前的緣故。一個「顧」字，顧，回頭看，表明荊軻已經走完了所有的臺階，直接面對秦始皇；秦武陽則還在「陛下」，正準備開始登階。

## ○用法

由「陛下」一詞又引申出「陛見」，表示臣子拜見皇帝；「陛辭」，臣子在陛下向皇帝辭別。

「殿下」本來和「陛下」的意思一樣，都用作對皇帝的敬稱。所謂「殿下」即指殿階之下，殿階之下豈非就是「陛下」？但後來「陛下」一詞專用於皇帝，「殿下」一詞就慢慢降級使用了。

宋人高承所著《事物紀原》中有詳細的辨析：「漢以來，皇太子、諸王稱殿下，漢之前未聞。唐初，百官於皇太后亦稱之，百官洎東宮官對皇太子亦呼之。今雖親王亦避也。始於漢。《續事始》曰：『漢以前，未有此呼。』《魏志》：『太祖定漢中，杜襲始呼之，時操封魏王，故襲呼殿下。』按此，自杜襲始也。《酉陽雜俎》曰：『秦、漢以來，於天子言陛下，皇太子言殿下，將言麾下，使者言節下、轂下，二千石長吏言閣下，父母言膝下，通類相呼言足下。』」

杜襲是三國時期曹魏官員，當時曹操被封為魏王，杜襲因此呼為「殿下」，已經不用為對皇帝的敬稱了。

至於「麾下」，「麾」（ㄏㄨㄟ）是軍旗，故用作對將領的尊稱；「節下」，「節」是竹製的符節，古代使者出使時持節而行，故稱「節下」；「轂下」，「轂」（ㄍㄨˇ）本義是車輪中心有孔的圓木，用以插軸承軸，代指車，「轂下」即車下之意，使者乘車而行，故稱「轂下」；漢代郡守的月俸為二千石糧食，「石」（ㄉㄢˋ）是計量單位，十斗為一石，二千石的郡守尊稱為「閣下」；「膝下」是對父母的尊稱，如同說幼年時常依於父母膝旁；「通類」指輩分、地位相同的人，互相尊稱「足下」，前文已述。

# 萬歲

眾所周知，「萬歲」是皇帝的專用稱謂，除了皇帝之外，任何人不得僭越使用。據《宋史．曹利用傳》記載，朝廷重臣曹利用的侄子曹汭（ㄖㄨㄟˋ）有一次喝醉酒，「衣黃衣，令人呼萬歲，杖死」。黃衣是皇帝的專服，曹汭不僅穿上黃衣，竟然還讓從人呼喊自己「萬歲」，結果被「杖死」，用刑杖活活打死，曹利用也因此降職。

清代學者趙翼在《陔餘叢考》一書中辨析道：「蓋古人飲酒必上壽稱慶曰萬歲，其始上下通用為慶賀之詞，猶俗所云萬福、萬幸之類耳。因殿陛之間用之，後乃遂為至尊之專稱。而民間口語相沿未改，故唐末猶有以為慶賀者，久之，遂莫敢用也。」趙翼所說的「久之，遂莫敢用也」，其實正是從宋代開始才用於皇帝的專稱。曹汭如果生活在宋代之前，是斷斷不會因為被人呼喊「萬歲」而被殺的。

## ○釋義關鍵

趙翼又說：「萬歲本古人慶賀之詞。」事實也是如此，「萬歲」本為祝頌之詞，祝福別人千秋萬代，永遠存在，上下皆可通用。《戰國策．齊策》記馮諼（ㄒㄩㄢ）前往孟嘗君的封邑薛地收租，假稱孟嘗君之命將債券一燒而光，「民稱萬歲」，這是薛地的百姓感謝孟嘗君而發出的祝福之詞。孟嘗君不過是齊國貴族，而竟然可稱「萬歲」，由此可見最初的時候「萬歲」確為上下通用的「慶賀之詞」。

雖然《史記．高祖本紀》載有未央宮建成之後，劉邦在未央宮的前殿大宴群臣，「殿上群臣皆呼萬歲，大笑為樂」，但這裡的「萬歲」之稱仍然是當時流行的祝福語，並沒有任何神祕色彩。直到漢武帝時期，「萬歲」的稱謂方才神聖化。

據《漢書．武帝紀》載，元封元年的春天，漢武帝下詔吹噓自己的中嶽嵩山之行：「親登嵩高，御史乘屬，在廟旁吏卒咸聞呼萬歲者三，登禮罔不答。」漢武帝登嵩山的時候，御史在旁護衛車駕，到了廟旁，隨行的吏卒只聽見嵩山發出了巨大的呼聲，呼喊的就是三遍「萬歲」，而漢武帝回禮的時候，嵩山也都答應了。顏師古注引荀悅的話說：「萬歲，山神稱之也。」

在古代統治者看來，這就是祥瑞之兆，兆示著登基的皇帝得到了上天的許可。從此之後，參見皇帝的朝儀和為皇帝祝頌的儀式上就充斥著「山呼萬歲」的馬屁之聲，這一官場慣例就此固定了下來。因為是登嵩山而招來的呼聲，故稱「嵩呼」、「呼嵩」，或者乾脆就稱作「山呼」。

《元史·禮樂志》中規定：「曰『跪左膝，三叩頭』，曰『山呼』，曰『山呼』，曰『再山呼』。」注解說：「凡傳『山呼』，控鶴呼噪應和曰『萬歲』，傳『再山呼』，應曰『萬萬歲』。」「控鶴」指宿衛的禁軍。由此可見，今人常常將這一禮儀誤稱作「三呼萬歲」，其實正確的稱謂應為「山呼萬歲」。不過，我們在影視劇中常常聽到的「萬歲萬歲萬萬歲」整齊劃一的呼喊並非起源於元代。據《宋史·外國傳》記載，西南大海中的渤泥國國王向打遣使向宋朝進貢，上表稱：「渤泥國王向打稽首拜，皇帝萬歲萬歲萬萬歲，願皇帝萬歲壽。」雖然這是「以華言譯之」，但肯定是當時流行的對皇帝的祝壽語。

漢武帝的神話還沒有完。太始三年的春天，漢武帝巡幸東海邊的琅邪，在成山祭日，「山稱萬歲」。看來漢武帝對這種自我造神運動樂此不疲，竟然還沒完沒了！

將「萬歲」之稱神聖化，這才能夠視之為皇帝專用稱謂的起始。不過，誠如趙翼所說：「民間口語相沿未改，故唐末猶有以為慶賀者。」據《資治通鑒》卷二百二十三載：唐代宗時期，叛將僕固懷恩勾結吐蕃、回紇、黨項等國攻唐，名將郭子儀與回紇結盟為誓，以酒酹地曰：「大唐天子萬歲！回紇可汗亦萬歲！兩國將相亦萬歲！」可見「萬歲」仍然是上下慶賀之通稱，一直到宋代才一變而為皇帝的專有稱謂。

還有一個常用的成語「萬壽無疆」，和「萬歲」的情況一樣。後世以之專用於祝頌皇帝，其實最初並非如此。《詩經·國風·七月》描寫十月裡將莊稼收進穀倉，村莊裡舉行盛大的酒宴，宰殺羔羊之後，「躋彼公堂，稱彼兕觥，萬壽無疆」。「兕」（ㄙ）是像野牛的青獸，「兕觥（ㄍ

ㄨㄙ）」即刻有獸頭的酒器。農夫們登上聚會的公堂，舉起刻有獸頭的酒器，祝福提供聚會場所的主人萬壽無疆，年壽長遠，無邊無際。可見在先秦時期，「萬壽無疆」只不過是尋常的頌辭和祝福語。

## **○用法**

漢語中有一個有趣的語言現象，叫作「反義同詞」（編注：也稱為反訓），即一個詞的詞義系統中包含兩個意義相反或相對的義項，既可表示正面意思，又可表示反面意思。最典型的莫過於「冤家」一詞，既可表示仇人，又可表示愛人。本來是仇人，恨極反而生愛，男女情侶之間那種似恨實愛、苦惱之極但是又無法分離的狀態，用「冤家」來形容真的是太貼切了！

「萬歲」也是如此，既可祝福皇帝萬壽無疆，又可諱稱皇帝之死。《戰國策．楚策》描寫楚共王暢遊雲夢澤：「仰天而笑曰：『樂矣，今日之遊也。寡人萬歲千秋之後，誰與樂此矣？』」「萬歲千秋」即死後之意。

據《南史．齊豫章文獻王嶷傳》載：「嶷謂上曰：『古來言願陛下壽比南山，或稱萬歲，此殆近貌言。如臣所懷，實願陛下極壽百年亦足矣。』」「貌言」即假話。王嶷堪稱拍馬屁的高手，皇帝能活一萬歲，人人都知道是假話，但還是照說不誤，惟獨王嶷說自己只希望皇帝活一百歲已於願足矣，這是從反面來拍皇帝的馬屁，可發一笑！

# 大駕

「大駕」這個敬稱直到今天還在使用，不過已經變成了日常生活中通用的客套話，比如說大駕光臨、勞您的大駕，此外還有尊駕、勸駕、擋駕等用法。「大駕」和「尊駕」都是敬詞，「勸駕」和「擋駕」則是由敬詞引申而來的委婉語，「勸駕」是委婉地勸人擔任某項職務或者做某件事情，「擋駕」則是謝絕來客的婉詞。

總而言之，這些敬詞或婉詞都跟「駕」有關，駕者，車駕也。鮮為人知的是，「大駕」的稱謂在古代可不能隨便使用的，而是專用於皇帝，是皇帝的代稱，除了皇帝之外，任何人都不准使用。

## ○出處

蔡邕在《獨斷》一書中說：「乘輿出於律。律曰：『敢盜乘輿服御物。』謂天子所服食者也。天子至尊，不敢渫瀆言之，故托之於乘輿。乘猶載也，輿猶車也，天子以天下為家，不以京師宮室為常處，則當乘車輿以行天下，故群臣托乘輿以言之。或謂之車駕。」

蔡邕所說的「律」指《漢律》，即漢代法典的總稱。按照《漢律》的規定，不能偷盜御用的車駕和衣物。這段話中又出現了皇帝的另外兩種稱謂：乘輿和車駕。「渫瀆」（ㄒㄧㄝˋ ㄉㄨˊ）即褻瀆的意思。天子至尊，任何對天子的直接稱呼都屬於褻瀆之舉，而只能用天子所使用的器物來代稱。之所以用「乘輿」或「車駕」代稱，是因為天子不能總是住在京城的宮室之中養尊處優，既然以天下為家，那麼就要「乘車輿以行天下」，巡視百姓的疾苦，這樣才能做一個好皇帝。

## ○釋義關鍵

蔡邕又說：「天子出，車駕次第謂之鹵簿，有大駕，有小駕，有法駕。」天子的儀仗隊稱之為「鹵簿」。這是一個很費解的名詞，應劭在《漢官儀》中解釋說：「兵衛以甲盾居外為前導，皆著之簿，故曰鹵簿。」也就是說，「鹵」通「櫓」，是一種大盾牌，兵衛持著這種盾牌，在天子的周邊進行防禦；「簿」是簿籍，登記所用的冊子。兵衛甲盾有先後次第，都一一登記在簿籍之中，天子出行的時候，按照先後次序作為前導，故稱「鹵簿」。

天子出行時扈從的儀仗隊共分三種，分別是大駕、法駕、小駕。

「大駕則公卿奉引，大將軍參乘，太僕御，屬車八十一乘，備千乘萬騎。」古人乘車，尊者在左，駕車的御者居中，還要有一人在右邊陪坐，稱為「參乘」或「車右」。陪坐的這個人必須是一位勇士，以備有突發事件，負責保衛天子的安全。

「大駕」的規模最大，公卿駕車在前充當導引車，太僕為皇帝御馬，大將軍在右邊陪坐，跟隨的車輛共有八十一輛。在以天子為核心的這個隊列之外，尚備有千乘萬騎，排場可謂盛大。

「法駕，公卿不在鹵簿中，唯河南尹、執金吾、洛陽令奉引，侍中參乘，奉車郎御，屬車三十六乘。」「法駕」的規模次之，公卿不在其中，河南尹、擔任警衛的執金吾、洛陽令駕車在前充當導引車，侍從皇帝的侍中在右邊陪坐，奉車郎為皇帝御馬，跟隨的車輛共有三十六輛。

「法駕，上所乘曰金根車，駕六馬，有五色安車、五色立車各一，皆駕四馬，是為五時副車。」「根車」是用自然圓曲而非人力加工的樹木做車輪的車子，古人認為如果帝王有盛德，山中就會出根車，泉眼中就會出黑色丹砂，乃祥瑞之兆。「金根車」當然就是用黃金裝飾的根車，只能供皇帝本人乘坐。古人乘車皆為立乘，即站著乘車，這叫「立車」；只有年老的高級官員或者貴婦人才可以坐乘，坐乘的車就叫「安車」，安坐的意思。

「法駕」的排場也很大，除了皇帝乘坐的金根車之外，還有五色安車、五色立車各一。「各一」可不是各有一輛，而是有青、赤、黃、白、黑五色的安車，和青、赤、黃、白、黑五色的立車，合起來就是十輛隨從的副車，這就叫「五時副車」。

「小駕」的規模最小：「小駕，祠宗廟用之。每出，太僕奉駕上鹵簿於尚書，侍中、中常侍、侍御史主者，郎令史皆執注以督整諸軍車騎。」「小駕」乃皇帝到宗廟祭祀或者逢凶事舉行哀悼時所用。出行的時候，太僕要將鹵簿呈遞給尚書，「注」即儀注，同鹵簿一樣，也是登記的冊子，侍中、中常侍、侍御史擔任主管，郎令史輔助，皆手執儀注以督率整頓諸軍車騎。唐代時的規模更小，皇帝僅僅是乘坐四望車（四面有窗可以觀望），侍衛清道而已；宋真宗時期，改「小駕」之名為「鑾駕」。

## 用法

因為「大駕」的規模最大，最為隆重，因此皇帝就被尊稱為「大駕」，相應地，陪同皇帝出行的官員稱作「護駕」。皇帝到某處或者某地視察，稱作「駕臨」、「駕到」。發生戰爭，需要皇帝親自上前線督戰，這叫作「大駕親征」，後來也叫作「御駕親征」。

同樣，皇帝死了叫作「駕崩」。「崩」的本義是山倒塌，古人把天子和皇帝的死看得很重，就像山倒塌下來一樣，因此從周代開始帝王之死稱「崩」，也稱「駕崩」。「崩」或「駕崩」只能專用於天子或皇帝。

《禮記．曲禮下》中說：「天子死曰崩，諸侯曰薨（ㄏㄨㄥ），大夫曰卒，士曰不祿，庶人曰死。」其中最有意思的是士之死名為「不祿」，有人把「不祿」解釋為死了就沒有俸祿了，簡直是笑話！「祿」的本義是福氣，福運，鄭玄解釋「不祿」為「不終其祿」，意即沒有福氣繼續當官！把「不祿」解釋為沒有福氣還有一個旁證，《禮記．曲禮下》中說夭折也叫「不祿」，「短折曰不祿」，當然是沒有福氣繼續活著的意思。士是貴族階層中最低的一個等級，從「不祿」的稱呼中也可以看出來地位之低下，僅僅比普通老百姓的「死」高出一個等級。

# 皇帝、諸侯怎麼自稱

既有對皇帝和王侯的尊稱，那麼相應地一定也會有皇帝和王侯的自稱。即使貴為皇帝、王侯，仍然遵從著漢語文化中「貶己尊人」的禮貌原則，因此皇帝、王侯的自稱仍屬謙詞。但是皇帝、王侯的自謙之詞未免太過令人震駭。

老子在《道德經》中說：「貴以賤為本，高以下為基，是以侯王自稱孤、寡、不轂。」接著又說：「人之所惡，唯孤、寡、不轂，而王公以為稱。」由此可知，古代國君和王侯的自謙之詞有三個：孤、寡、不轂。這三個詞一聽就是壞字眼，正如老子所說的乃是「人之所惡」，人們極其厭惡的字眼，那麼為什麼國君和王侯會用作自謙之詞呢？

老子的解釋是「貴以賤為本，高以下為基」，老子注本中影響極大的《河上公章句》（約成書於東漢中後期）注解得非常清

# 不穀

晰：「必欲尊貴，當以薄賤為本，若禹、稷躬稼，舜陶河濱，周公下白屋也。」夏朝的始祖禹和周朝的始祖后稷都曾經親自耕作；五帝之一的舜曾經親自在黃河之濱製作陶器；輔佐周武王滅商的周公則出身平民，「白屋」指用白茅覆頂的房屋，或者指露出木材的本色，而不能用彩色塗飾的房屋，都是庶人所居。「貴以賤為本」，禹、稷、舜和周公後來都建立了不世功業。

《河上公章句》又注解說：「必欲尊貴，當以下為本基，猶築牆造功，因卑成高，下不堅固，後必傾危。」築牆時下面的根基必須牢固，慢慢才會升高築成高牆，根基不牢固，將來就會傾覆，此之謂「高以下為基」。

這就是老子所解釋的國君和王侯自稱孤、寡、不穀的原因。我們來看看這三個謙詞為什麼都是壞字眼。

# 寡

## ○字形分析

寡
金文之一

甲骨文中沒有「寡」字，金文中方才出現。「寡」的金文字形之一，這個字造得很有趣，同時也讓人看起來就感覺不舒服。上面是屋頂，下面是一個人，這位有頭有腳的人模樣十分奇特，不知道在屋子裡面做什麼。林義光認為「像人在屋下」，屋下的這個人「顛沛見於顏面之形」，意思是顛沛流離，受盡磨難和挫折之後，臉上的表情顯得很苦，在屋子裡面自怨自艾。

張舜徽先生則在《說文解字約注》中認為，這個人的頭頂「像頭骨隆起形」，是將頭部的肉剔淨之後，「空留頭骨在屋下也」；而夫妻一體，如果將之分離，就像肉和骨分離一樣，因此用這個字形來表示或者無妻或者無夫的寡居狀態。如此說來，「寡」的這個字形很像一個因為某種原因受刑之人。

白川靜先生在《常用字解》中的解釋更是奇特，他認為上面的屋頂「形示祭祖之廟舍」，而「『寡』乃葬禮時頭纏白布、戴孝之人的側視圖，此人在廟宇中仰望在天神靈，噫嘻不止」。這個女人死了丈夫，因此戴孝，那麼「寡」就指未亡人、寡婦。

張舜徽先生和白川靜先生的解釋都過於奇特，古人造字，「近取諸身，遠取諸物」，因此還是應該用日常生活中的意象來加以解釋為妥。細看這個字形，倒真的如同林義光所說，像極了一個愁眉苦臉的人，一個人在屋子裡面愁眉苦臉，會意為失去伴侶後的寡居狀態。我們再看「寡」的金文字形之二，這個人頭髮豎起，睜著一隻大眼睛，東張西望，左顧右盼，卻四顧彷徨，就像夜晚失眠一樣，或者緬懷逝去的伴侶，或者盼望趕緊有一位伴侶來到自己身邊。形容無妻的「鰥夫」一詞的「鰥」字恰恰也是睜著眼睛失眠的意思，可與「寡」字作一對照。

寡
金文之二

「寡」的小篆字形，雖然有些變形，但中間的「頁」字仍然是頭部的象形，彎腰屈膝的這個人的兩旁還添加了兩撇，似乎是流淚的樣子。《說文解字》：「寡，少也。」這並非「寡」的本義，只不過是由寡居引申而來的義項。

寡
小篆

## 釋義關鍵

《禮記‧王制》：「老而無夫者謂之寡。」東漢學者劉熙所著《釋名‧釋親屬》：「無夫曰寡。寡，踝也，踝踝，單獨之言也。」「踝」通「裸」，單獨的意思。漢代字書《小爾雅》：「凡無妻無夫通謂之寡。」可見「寡」並非單指寡婦，而是無妻無夫都可稱「寡」。

想一想「寡」的字形中那位愁眉苦臉、睜眼失眠的人的樣子，就可以理解「寡」為什麼是一個壞字眼了。而國君自稱「寡」，實在是將自己貶低到極其低下的位置，作為一個謙詞，真是「謙」得不能再「謙」啦！

## ○用法

《禮記．曲禮下》中規定：「諸侯……與民言，自稱曰『寡人』。」孔穎達解釋說：「寡人者，言己是寡德之人。」「寡德」即少德，國君和諸侯對百姓謙虛地自稱德行極少，可以視之為對百姓的安撫。

國君自稱「寡」或「寡人」，臣子對別國說話的時候，也相應地要謙稱本國的國君為「寡君」；國君夫人對諸侯則自稱「寡小君」，臣子對別國說話的時候，也相應地要謙稱本國國君的夫人為「寡小君」。

有趣的是，晉代人率直任誕，瀟灑倜儻，視禮法如無物，竟然上下通稱「寡人」！《世說新語．文學》記載了一則趣事：「裴散騎娶王太尉女，婚後三日，諸婿大會，當時名士、王、裴子弟悉集。郭子玄在坐，挑與裴談。子玄才甚豐贍，始數交，未快；郭陳張甚盛，裴徐理前語，理致甚微，四坐諮嗟稱快。王亦以為奇，謂諸人曰：『君輩勿為爾，將受困寡人女婿。』」

裴遐時任散騎郎，故稱「裴散騎」；王衍時任太尉，故稱「王太尉」。裴遐是王衍的女婿。

著名玄學家郭象字子玄，才識淵博，鋪陳玄學的義理極其充分，他在這次名士雲集的大會上專門挑中了裴遐來辯論。沒想到裴遐雖然語速緩慢，但是「理致甚微」，對義理和情致的闡發都極其精微，結果舉座稱歎，連王衍都稱奇不已，對大家說：「你們不要再辯論了，否則就要被『寡人』的女婿給困住了！」

王衍以太尉之職而竟然自稱「寡人」，這大概就是惹後人豔羨、獨步中國史的魏晉風度吧！

# 孤

「孤」是一個很晚才出現的後起字。《說文解字》：「孤，無父也。從子瓜聲。」許慎的這個解釋是從《孟子．梁惠王下》篇中而來，孟子對齊宣王說：「老而無妻曰鰥，老而無夫曰寡，老而無子曰獨，幼而無父曰孤。此四者，天下之窮民而無告者。」可見至遲到戰國時期已經稱「幼而無父曰孤」了。

## ○出處

不過，更早的時候還有「孤子」的稱謂。《禮記．深衣》中規定：「如孤子，衣純以素。」鄭玄注解說：「三十以下無父稱孤。」其實這只是漢代的義項，對比上文父母雙全的表述，這裡的「孤子」指的是父母雙亡的孤兒。孤兒衣服的邊緣不能用彩色裝飾，而要用素色，也就是白色。

春秋時期的《管子．輕重己》篇中也說：「民生而無父母，謂之孤子。」可見最初的時候，「孤」或「孤子」都指父母雙亡的孤兒，戰國之後才專指「幼而無父」。

《禮記．雜記上》篇中記載有這樣的禮儀：「祭稱孝子孝孫，喪稱哀子哀孫。」父親或母親剛去世的時候，非常哀痛，哭得上氣不接下氣，稱作「哀子」；過了一段時間，哀痛慢慢減輕了，停止了哭泣，這時再祭奠去世的父親或母親，稱作「孝子」。因此，「孝子」是祭奠的時候才使用的稱謂，後來一概把居父母喪的男子稱作「孝子」。

同「孝子」的稱謂一樣，「哀子」和「孤子」也都是居父母之喪的稱謂。記錄南朝史事的《南史》一書中曾記載錄事參軍謝沉「居母喪被起，聲樂酣飲，不異吉人。衣冠既無殊異，並不知沉居喪。沉嘗自稱孤子，眾乃駭愕」。古代居喪期間不能做官，但謝沉卻於喪中起復為官，而且飲酒作樂，與常人無異。直到謝沉有一次無意中自稱「孤子」，眾人方才知道他還在居喪期。由此可知，居父母之喪都可稱「孤子」。

唐代之後，「孤子」和「哀子」的稱謂開始分化：父亡稱孤子，母亡稱哀子，父母俱亡稱孤哀子。其實，「父亡稱孤子」仍是繼承漢代「幼而無父曰孤」的字義而來。

那麼，「孤」這個字為什麼可以指父母雙亡呢？許慎釋為「從子瓜聲」，這是將「孤」字當作形聲字對待了，不過右邊的「瓜」字表聲也表義。流沙河老先生在《白魚解字》中的解說很有趣：「種瓜之法，一藤只留一瓜。瓜多了長不大。可知孤兒原指獨兒，並非《孟子》說的『少而無父曰孤』。」

這一解釋雖然有趣，但「瓜」字本身就是象形字，乃是藤上結瓜之形，兩邊像瓜蔓，中間像葫蘆形的果實。所以「瓜」字本身已經包含了「一藤只留一瓜」的形象。而我們看「孤」字，是「瓜」

外之子，因此並非「原指獨兒」。

那麼「孤」的本義到底是什麼？又為什麼可以作為王侯的自稱呢？

## ○釋義關鍵

《禮記‧曲禮下》篇中有這樣的規定：「庶方小侯，入天子之國曰『某人』，於外曰『子』，自稱曰『孤』。」《禮記‧玉藻》篇中也說：「小國之君曰『孤』。」「庶方小侯」指四夷之君，即四方少數民族東夷、北狄、西戎、南蠻的國君，古代的爵位分為公、侯、伯、子、男五等，四夷之君只能封為「子」，故對外稱「子」，比如楚王稱「楚子」，就是這個緣故。

毫無疑問，被封為子爵的四夷之君，離中原地區的天子之國極其遙遠，就如同「瓜」外之子一樣，因此才會自稱「孤」。「瓜」字以其象形，本來就有綿延後代之意，比如《詩經‧大雅‧綿》中「綿綿瓜瓞，民之初生」的名句，大者曰瓜，小者曰瓞（ㄉㄧㄝˊ），「綿綿瓜瓞」因此用來比喻子孫綿延不絕。而四夷之君猶如被天子撒向四方的後裔，故封為「子」，故自稱「孤」。

有一個成語叫「孤臣孽子」，可作為佐證。現代人大概都覺得這是一個貶義詞，「孤」和「孽」都不是什麼好字眼，但其實這卻是一個不折不扣的褒義詞。「孤臣」指被國君疏遠的遠臣，「孽子」指妾所生的庶子，「孤臣孽子」因而指不受國君重用，但是卻心懷忠誠之人。可想而知這類人常處憂患之中，因此孟子在〈盡心上〉篇中稱讚道：「獨孤臣孽子，其操心也危，其慮患也深，故達。」只有那些被疏遠的臣子和妾所生的兒子，他們操心勞神總是不安，他們憂慮禍患想得深遠，因此才能夠通達事理。

「孤臣」之「孤」意為遠，恰與邊遠之地的四夷之君自稱「孤」是一個意思；而「孽子」非正妻所生之子，乃是庶出之子，也與遠離天子中心的四夷之君身分相同。這就是四夷之君自稱「孤」的由來，後來才引申為小國的國君也自稱「孤」。

綜上所述，「孤」的本義應該是「瓜」外之子，父親的妾所生的庶子；庶子當然不受重視，遠離父親和正妻所生的嫡子，就像沒有父親一樣，因此才漸漸引申為「少而無父曰孤」。

據《左傳．莊公十一年》載，這一年秋天，宋國發生了大水災，魯莊公派人前去慰問，宋閔公對來使說：「孤實不敬，天降之災，又以為君憂，拜命之辱。」因為我對上天不誠敬，才降下這場災難，同時也讓貴國國君擔憂，真是感激不盡。

宋閔公的封爵是「公」，卻自稱「孤」，《左傳》載魯國大夫臧文仲的話說：「列國有凶稱孤，禮也。」「列國」即諸侯之國，諸侯國有了凶事，就如同居父母之喪一樣，要降級稱「孤」。這是當時的禮儀所規定的，同時也是諸侯國的國君「罪己」之意，誠如宋閔公所言「孤實不敬」，是因為我不誠敬的緣故，將罪責都攬到自己身上。

至此，王侯自稱「孤」的由來就很清楚了。「孤」不僅僅是一個謙詞，而且還含有天災人禍時國君的「罪己」之意；不管是不是作秀給別國國君或者本國的百姓看，起碼這一美德與後世帝王之狂妄也是大異其趣啊！

# 不穀

「不穀」可不是「布穀、布穀」的鳥叫聲，《說文解字》：「穀，續也。百穀之總名。」「穀」的左下角是一個「禾」字。原來，我們日常吃的糧食都可以稱「穀」，因為「穀」是百穀的總名，「不穀」即沒有糧食吃。

古時有百穀、九穀、六穀、五穀等分類，具體包括哪些種類，說法不一。今日人們還有「五穀雜糧」的稱謂，大致是指水稻、麥子、大豆、高粱、黃米（或薯類），而習慣性地將米麵之外的所有糧食統稱為「雜糧」。

張舜徽先生在《說文解字約注》中解釋古時「百穀」之所以種類繁多的原因，極具說服力：「古人舉數以名穀，時愈早則所晐愈廣。良以太古始事耕稼，未知穀類孰為美惡，故必廣種遍播以驗其高下。經歷多時，別擇乃精，所留之種，由多而少，自百穀而九穀，而六穀，最後定為五穀。」

「晐」通「賅」（ㄍㄞ），完備的意思。《漢書．食貨志》載：「種穀必雜五種，以備災害。」古人種穀一定要種「五穀」，對自然災害防患於未然。不過，古人的口味畢竟跟今人不同，經過不知多少年的栽種，古人最終將粟封為「嘉穀」，粟就是我們今天說的小米。

## ○釋義關鍵

關於「不穀」的稱謂，通常的解釋是：「穀」由養育人類而引申為善的意思，「不穀」即不善。

《禮記．曲禮下》載：「九州之長，入天子之國曰『牧』……於內自稱曰『不穀』。」古代中國分為九州，中國因此別稱「九州」，這是盡人皆知的常識；至於九州之名，各種古籍中記載的說法不一，此不贅述。每一州之中分封有許許多多的諸侯國，根據禮制，天子要從這許許多多的諸侯國選取一位最為賢能的，加一級封爵，主持一州的政事，稱作「牧」或「州牧」。

孔穎達注解說：「若入天子國，則自稱曰『牧』。牧，養也，言其養一州之人。」州牧進入天子之國，對天子要自稱「牧」；而在本州之內，對官員和百姓要自稱「不穀」。「牧」和「不穀」其實是一種對應關係。

《詩經．小雅．小弁》是一首遭父母拋棄後表達憂憤心情的詩篇，其中有「民莫不穀，我獨於罹」的詩句，鄭玄注解說：「穀，養……天下之人，無不父子相養者，我大子獨不，曰以憂也。」「大子」即太子，古人附會此詩為周幽王放逐太子，故有此稱。這句詩的意思是：萬民沒有不父子相養的，只有我被父親趕了出來，因而內心憂憤。

《詩經．小雅．蓼莪》則是一首抒發自己不能為父母養老送終的痛切心情的詩篇，其中有「南山烈烈，飄風發發。民莫不穀，我獨何害」的詩句，鄭玄注解說：「穀，養也。言民皆得養其父母，我獨何故，睹此寒苦之害。」主人公父母雙亡，在外服勞役，目睹南山酷寒，暴風淒厲，心想萬民都可以為父母養老，只有我的遭遇悲苦，獨自一人在這裡感受酷寒之害。

詩中又有「南山律律，飄風弗弗。民莫不穀，我獨不卒」的詩句，鄭玄注解說：「卒，終也。我獨不得終養父母，重自哀傷也。」南山酷寒，暴風淒厲，萬民都可以為父母養老送終，只有我不能為父母養老送終。

從這幾句詩可以看出，「穀」是養育之意，跟「牧」的意思一樣。州牧之所以對天子自稱「牧」，是向天子申明自己的職責所在，意思是不敢違背天子的任命，遵照您的旨意養育一州的百姓；而州牧之所以對本州百姓自稱「不穀」，同樣是向百姓申明自己的職責所在，意思是天子賦予我養育一州百姓的責任，但我卻還沒有養育好你們，請你們原諒，我還得繼續努力。與上文「孤」的謙詞一樣，「不穀」的自稱同樣含有「罪己」的成分。

## ○用法

有趣的是，「不穀」還有一種寫法「不轂」。百穀之「穀」的左下角是「禾」，而這個「轂」的左下角則是「車」，讀音則完全相同。這種寫法即出自為老子作注的《河上公章句》一書。

本章開頭所引老子《道德經》的話說：「貴以賤為本，高以下為基，是以侯王自稱孤、寡、不穀。」「人之所惡，唯孤、寡、不轂，而王公以為稱。」各本都寫作「不穀」，《河上公章句》則寫作「不轂」，注解說：「不轂，喻不能如車轂為眾輻所湊。」

「轂」是車輪中心有孔的圓木；「輻」就是輻條，一根一根的木條，一端連接車輪的邊框，一端連接「轂」。老子《道德經》中說：「三十輻共一轂。」三十根輻條共同插入一個有孔的「轂」中，四周的輻條都向「轂」集中，因此而有「輻輳」一詞，從各方聚集的意思。「不轂」即王侯自謙：我與百姓的關係很疏遠，不能像車輪中心的車轂被四周的眾輻條輻輳。意思等同於國君自謙「寡」的「寡德之人」一樣。

這就是最早為九州之長謙稱，後來也引申為王侯謙稱的「不穀」這一謙詞的由來。

# 男人怎麼稱呼妻子

胡適先生在《慈幼的問題》一文中借朋友的口說道：「你要看一個國家的文明，只消考察三件事：第一，看他們怎樣待小孩子；第二，看他們怎樣待女人；第三，看他們怎樣利用閒暇的時間。」

雖然古代中國有著無數美好的詞彙來形容男女之間的愛情，比如相思、連理、鴛鴦、比翼、良人、伉儷等等，但是古代中國男尊女卑也是一個不爭的事實。本章先考察「婦」和「妻」這兩個最常用來形容女人的漢字，看看這兩個漢字是怎麼反映古代女人的日常生活的，再來考察古代男子對自己妻子的幾個稱謂：內人，內子，拙荊。

婦

妻

內人

內子

拙荊

# 婦

**字形分析**

婦
甲骨文

婦
金文

「婦」的甲骨文字形，左邊是一把栩栩如生的掃帚，右邊是一位跪坐著的女子。《說文解字》：「婦，服也。從女持帚，灑掃也。」我們今天還常常說「男主外女主內」，古代也是一樣，女子主家門之內的事務，因此解釋為服事全家人。「婦」的金文字形，掃帚變得更加美觀，很明顯這是一把精心編製的掃帚，連中間捆紮的模樣都畫出來了。我們今天使用的「帚」字，就是這把掃帚的變形。

**釋義關鍵**

甲骨文還有借「帚」為「婦」的用例，女人持家，灑掃是第一要務，因此才用掃帚來會意。

這個字形中的女人之所以呈跪姿，是因為魏晉之前的中國人都席地而坐，這種「坐」可不同於今天的垂腿而坐，而是兩膝著地，臀部壓在腳跟上。同理，女人持家也總是呈跪姿，看看今天日本人的日常生活就會明白了。

《爾雅．釋親》：「子之妻為婦。」因此「婦」一定是出嫁之後的稱謂。之所以說古代中國是男尊女卑的社會，是因為古人賦予了出嫁之婦許多限制，這就是所謂「三從四德」。

孔子的學生子夏在為《儀禮．喪服》所作的「傳」中說：「婦人有三從之義，無專用之道，故未嫁從父，既嫁從夫，夫死從子。」此即「三從」。

周代有「九嬪」一職，據《周禮》記載，「九嬪」的職責是「掌婦學之法，以教九御婦德、婦言、婦容、婦功」。九嬪和九御都是宮中的女官之名。

鄭玄注解說：「婦德謂貞順，婦言謂辭令，婦容謂婉娩，婦功謂絲枲。」絲枲（ㄒㄧˇ）是紡織之事。古代婦女可真夠累的，又要有專一的「婦德」，又要有辭令得體的「婦言」，又要有溫柔順從的「婦容」，最後還要有勤勞幹活的「婦功」。此即「四德」。

## ○用法

古時出嫁之婦稱丈夫的父親為「舅」，稱丈夫的母親為「姑」，合稱「舅姑」。有趣的是，困擾今天中國人的婆媳關係，其實已經困擾了中國人幾千年，白川靜先生在《常用字解》一書中總結說：「『婦姑』問題自古有之，婆媳間常常發生衝突。甲骨文關於婦人的平安的占卜紀錄中，詢問姑之靈是否會作祟生殃之占卜多見。人們相信，給媳婦造成災殃的大多為姑婆之靈。」

古人甚至還專門發明了一個成語「婦姑勃溪」來描述婆媳爭吵。莊子在〈外物〉篇中寫道：「室無空虛，則婦姑勃谿。」住室不寬敞，婆媳之間就會爭吵。這個成語非常有意思：「勃」的本義是推動，引申為爭的意思；「勃谿」也寫作「勃豀」，無水曰谿（豀），有水曰谷，因此「谿」（豀）引申為空的意思。「勃谿」的意思就是住室不寬敞，為了爭奪其中有限的空間，婆媳之間發生了激烈的爭鬥。多麼生動的比喻！

這個比喻其實是一個隱喻，隱喻著婆媳二人對家庭控制權的爭奪。但婆婆也是由「婦」升級為「姑」的，由此可見，「婦」之為「婦」，難矣哉！

# 妻

今人娶妻，大紅新衣披掛，高檔轎車迎接，豪華酒宴待客，可哪裡想得到「妻」這個字被造出來的時候是什麼樣子呢！

## ○字形分析

妻
甲骨文

「妻」的甲骨文字形，右邊是一隻右手，左邊是一個面朝左跪著的長髮女人，會意為用手梳理頭髮。流沙河老先生可愛地認為不是待嫁的女人自己在梳頭，而是女僕在替她梳頭。

不過，這個字形的真相恐怕應該如徐中舒先生在《甲骨文字典》中的分析：「上古有擄掠婦女以為配偶之俗，是為掠奪婚姻，甲骨文妻字即此掠奪婚姻之反映。」他的意思是說：右邊的手表示捉住、擄掠，把長髮女人搶走做老婆。左民安先生則在《細說漢字》一書中解釋得更加清楚：「其下部為面朝左跪著的一個婦女，頭上是蓄長髮之形，右上部有一隻手，整個形體是『捉女為妻』，這與上古的搶親風俗有關。」

古時的婚禮都在晚上舉行，可能就跟這一搶親風俗有關：婚禮舉行完畢，立刻進入洞房，哪裡還來得及把新娘搶走？今天的婚禮很多都在中午時分舉行，早已失去了婚禮的原意，當然，現在也沒有人再敢去搶親了。

張舜徽先生在《說文解字約注》中則認為這個字形乃「言織布之事」：「女子織布手勞於上，足踏於下，乃婦工之最敏速者。」但這個字形怎麼看都不像織布的樣子。

## ○釋義關鍵

妻
金文

「妻」的金文字形，左右結構變成了上下結構，為後來使用的小篆字形打下了基礎。上面的長髮綰了起來，再插上簪子，手也移到了頭上。這個字形倒更像女人結髮插簪，準備出嫁的樣子。古代女子到了十五歲就要把原來的垂髮盤起來，綰成一個髻，再用簪子綰住，表示已經成年了。這叫笄（ㄐㄧ）禮，笄就是簪子，笄禮就是女子的成年禮，行笄禮之後就可以嫁人為妻了。

白川靜先生在《常用字解》一書中則充滿溫馨地描述道：「象形，整理髮髻的女子之態。頭上插有三支簪，加上手（又），為『妻』，即婚禮時的穿著姿態，意為妻子。『妻』當成動詞時，意為出嫁、嫁人。『夫』為『大』（站立者正視圖）上加『一』，表示男人髮髻上插有一支簪，表示穿著禮服的男士。『夫』、『妻』本為描寫婚禮時穿著禮服的新郎、新娘形象之字。」

不過，「夫」其實是男子成年禮的寫照。男孩到了二十歲，已經成年，這時要舉行冠禮，將頭髮束起來，用一根髮簪固定，然後再戴上帽子。這就是古代男人的成年禮，也就是《春秋穀梁傳》所說的「男子二十而冠，冠而列丈夫」。因此二十歲的男子稱作「弱冠」。

男人的正式配偶稱「妻」。《說文解字》：「妻，婦與夫齊者也。從女從屮從又。又，持事，妻職也。」夫婦等齊，故為齊，孔穎達在為《詩經．小雅．十月之交》所作的注疏中解釋道：「妻之為齊，齊於夫也，雖天子之尊，其妻亦與夫敵也。」「又」這個字符古時候就代表右手，許慎解釋這個字符的意思是「持事，妻職也」，即從事勞動是妻子的職責。這些解釋都不符合甲骨文和金文字形，只能說是引申義。

## ○用法

絕大多數人大概都知道在中國古代有休妻的規定，稱為「七出」，意思是出妻的七項條款。到底是哪七項條款呢？相信很多人都說不清楚，而且在「七出」的條款之外，還有限制出妻的三種條款。

漢代編定的《大戴禮記》中稱作「七去」，〈本命〉篇中載：「婦有七去：不順父母去，無子去，淫去，妒去，有惡疾去，多言去，竊盜去。不順父母去，為其逆德也；無子，為其絕世也；

淫，為其亂族也；妒，為其亂家也；有惡疾，為其不可與共粢盛也；口多言，為其離親也；盜竊，為其反義也。」

其義甚明，不再一一詳解。其中第五項「有惡疾，為其不可與共粢盛也」，「粢盛」（ㄗ ㄔㄥˊ）指盛在祭器內以供祭祀的穀物。祭祀是古人生活中最重要的事情，因此要求參加祭祀的人必須清潔，而身患惡疾的媳婦自然無法參與，故有此項規定。

〈本命〉篇同時記載了休妻的輔助條款，即「三不去」：「婦有三不去：有所取無所歸，不去；與更三年喪，不去；前貧賤後富貴，不去。」妻子的娘家人都不在或者散亡了，如果妻子被休，有可能導致無家可歸的後果，因此這種情況下不准休妻；妻子曾經為公婆服喪三年，這種情況下也不准休妻；丈夫娶妻時貧賤，慢慢變得富貴起來，這種情況下更不准休妻。

「七出」之名最早見於《孔子家語．本命解》篇中，內容與《大戴禮記》相同，唐代時進入法律，從「禮」的範疇進入「法」的範疇。《唐律疏議》中的「七出」條款雖然與《大戴禮記》和《孔子家語》相同，但前後順序卻加以調整，「無子」和「淫泆」上升到頭兩條，以下則分別為：「三不事舅姑，四口舌，五盜竊，六妒忌，七惡疾。」這一調整意味深長，證明娶妻的首要目的就是生兒子，家族利益凌駕於個人利益之上。

這就是古代中國「七出」的具體條款，雖然有「三不去」的條款作為平衡，但仍然反映了男權社會中男尊女卑的悲慘現實。

另外，與娶妻有關的規定，《大戴禮記》和《孔子家語》中都有「五不娶」的記載：「女有五不取：逆家子不取，亂家子不取，世有刑人不取，世有惡疾不取，喪婦長子不取。逆家子者，為其逆德也；亂家子者，為其亂人倫也；世有刑人者，為其棄於人也；世有惡疾者，為其棄於天也；喪婦長子者，為其無所受命也。」

「世有刑人」指家裡有受過刑罰之人；「世有惡疾」指家裡有得過惡疾之人；「喪婦長子」則指母親去世，跟著父親一起長大的長女，這類女子「無教戒也」，意思是缺乏母親關於婦道方面的管教。這是完全站在夫家立場上極不公平的「五不娶」標準。

# 內人

當一個中國男人說出「內人」這個稱謂的時候，他的頭腦中一定會閃現出「男主外女主內」這個標準的社會分工模式。因此，「內人」不僅僅是對妻子的謙稱，還反映了古代中國的這種分工模式。

不過，有人不同意這個謙稱所蘊含的分工模式，這個人就是台灣名作家李敖先生。

李敖先生在一九七九年所寫的《且從青史看青樓》一文中說：「現在人稱自己太太做『內人』，如果這位太太是『從良』了的，倒真名副其實。原來唐朝稱妓女叫『內人』。《教坊記》裡說：『妓女入宜春院，謂之內人。』張祜的詩說：『內人已唱春鶯囀，花下傞傞輕舞來。』都特指妓女。」

他又說：「現代人向人介紹自己老婆是『內人』的時候，無異同時告訴人自己是『龜公』，是『大茶壺』。兩位男士互相介紹自己內人的時候，就同時是兩隻『龜公』，兩把『大茶壺』。三人四人，五人六人，自然依此類推，不在話下。這些謔話，都因為古人將妓女『以充家用』。」

河北大學教授劉玉凱先生在《出口成錯》一書中據此得出結論：「這樣說來，如今還有人故作高雅地稱自己的夫人為『內人』，真是天大的笑話！」

## ○出處

漢語詞彙都有一個演變的過程，唐朝稱妓女為「內人」確實不錯，但最初「內人」也確實用來稱呼自己的妻妾。

《荀子·法行》篇說：「曾子曰：『無內人之疏而外人之親。』」「內人」和「外人」對舉，很顯然，「內人」指家人。這是「內人」的本義，妻妾也是家人，正是由此引申，「內人」才用來指妻妾。

《禮記·檀弓下》載：「文伯之喪，敬姜據其床而不哭，曰：『昔者吾有斯子也，吾以將為賢人也，吾未嘗以就公室。今及其死也，朋友諸臣未有出涕者，而內人皆行哭失聲。斯子也，必多曠於禮矣夫。』」

敬姜是魯國大夫文伯的母親。文伯死後，朋友和臣僚還沒有痛哭流涕呢，他的「內人」倒放聲大哭起來，敬姜因此判斷兒子生前一定薄於賓客朋友之禮。鄭玄注解說：「內人，妻妾。」《孔子家語·曲禮子夏問》中的記載則更直接：「公父文伯卒，其妻妾皆行哭失聲。」《孔叢子·記義》則如此記載敬姜的評價：「今死而內人從死者二人焉，若此，于長者薄，于婦人厚也。」由此可知，「內人」的稱謂最初就是指妻妾。

## ○釋義關鍵

唐朝稱妓女為「內人」固然有之，但同時唐朝也稱妻子為「內人」。全唐詩中錄有黃滔《喜侯舍人蜀中新命三首（之三）》，尾句為：「內人未識江淹筆，竟問當時不早求。」黃滔讚揚侯舍人的文采堪比南朝著名文學家江淹，以至於妻子埋怨他為何「當時不早求」。這裡的「內人」即指妻子，而不可能指妓女。

即使到了清代，仍然用「內人」來稱呼妻子。《清詩別裁集》中錄有吳嘉紀《內人生日》一詩：「潦倒丘園二十秋，親炊葵藿慰餘愁。絕無暇日臨青鏡，頻過凶年到白頭。海氣荒涼門有燕，溪光搖盪屋如舟。不能沽酒持相祝，依舊歸來向爾謀。」雖然生活艱苦但夫妻情深，描寫得十分感人。趙翼也有《觀家人醃菜戲成四十韻》一詩，其中吟詠道：「茹蔬貧宦慣，蓄旨內人工。」「旨」是美味的食品，這句詩誇讚自己的妻子擅長製作並儲存美味的食品。

綜上所述，把自己的妻子稱作「內人」一點兒錯都沒有，而且不僅不是「故作高雅」，相反倒確實是古意盎然。李敖先生只知其流不知其源，口出讕言，以至於鬧出了「龜公」的笑話；而劉玉凱先生則人云亦云，錯上加錯，那才真是天大的笑話呢！

# 內子

與「內人」相似的稱謂還有「內子」，老一輩是絕對不會弄錯「內子」這個稱謂的，但是今天的人們就不一定了，比如說曾經有人把自己的兒子稱作「內子」，還自以為謙謙然有君子之古風，孰不知大錯而特錯，直讓人笑掉大牙。

「內子」同「內人」一樣，是在人前對自己妻子的謙稱。不過最早的時候，「內子」這個稱謂有特定的含意，指卿或大夫的嫡妻。

## 出處

據《左傳．僖公二十四年》載，晉文公把自己的女兒趙姬嫁給了大夫趙衰，但是此前趙衰在陪同晉文公逃亡期間已經娶了一個妻子叔隗（ㄨㄟˇ），叔隗生的兒子就是著名的趙盾。賢明的趙姬得知後，不僅讓趙衰把趙盾母子接了回來，立趙盾為嫡子，而且還「以叔隗為內子，而己下之」。杜預解釋說：「卿之嫡妻為內子。」鄭玄則在注解《禮記》時說：「內子，大夫妻也。」孔穎達則進一步解釋說：「叔隗為趙衰妻，是大夫嫡妻也。若對而言之，則卿妻曰內子，大夫妻曰命婦；若散而言之，則大夫是卿之總號，其妻亦總名為內子。」

大夫比卿低一個等級，因此大夫之妻稱作「命婦」，即有封號的婦人；但如果泛泛而言的話，卿和大夫都屬於大夫階層，因此妻子都可稱「內子」。

據《國語．楚語上》載，楚平王的兒子、大司馬子期「欲以妾為內子」，被左史倚相一頓教訓，指責他只顧按照自己的欲望行事，卻不考慮禮儀和道義，於是「子期乃止」。可見「內子」是嫡妻，妾是絕對不可以僭越的。

## 用法

隨著時間的流逝，「內子」的範圍開始擴大，先是稱別人的妻子為「內子」。《晏子春秋》中講了一個有趣的故事：齊景公想把愛女嫁給晏子，可是晏子已經有了妻子，於是齊景公就到晏子家裡去，「飲酒，酣，公見其妻曰：『此子之內子耶？』」這裡的「內子」就是齊景公對晏子妻子的稱呼。齊景公趁著酒勁兒，說晏子的妻子又老又醜，自己的女兒又年輕又漂亮，想讓晏子娶自己的女兒。

晏子的回答非常令人感動：「乃此則老且惡，嬰與之居故矣，故及其少且姣也。且人固以壯托乎老，姣托乎惡，彼嘗托，而嬰受之矣。君雖有賜，可以使嬰倍其托乎？」我的妻子現在確實又老又醜，但我已經和她生活很多年了，當初她也曾年輕貌美過。況且人年輕時就寄寓著衰老，貌美時就寄寓著貌醜，她曾經把自己託付給了我，而我也已經接受了她。您雖然有恩賜，難道能夠讓我背叛她的託付嗎？

面對晏子的專一，齊景公只好死了這條心。

到了南北朝時期，「內子」方才開始用作對自己妻子的謙稱，並與「外子」相對稱呼。這兩種稱謂源起於南朝梁的一對文學夫妻的贈答詩。

這對令人豔羨的文學夫妻，丈夫叫徐悱，妻子叫劉令嫻。徐悱任職在外，寫給妻子兩首《贈內詩》，其一曰：「日暮想青陽，躡履出椒房。網蟲生錦薦，遊塵掩玉床。不見可憐影，空餘黼（ㄈㄨˇ）帳香。彼美情多樂，挾瑟坐高堂。豈忘離憂者，向隅心獨傷。聊因一書劄，以代九回腸。」劉令嫻回以兩首《答外詩》，其一曰：「花庭麗景斜，蘭牖輕風度。落日更新妝，開簾對春樹。鳴鸝葉中響，戲蝶花中騖。調瑟本要歡，心愁不成趣。良會誠非遠，佳期今不遇。欲知幽怨多，春閨深且暮。」可見二人感情之深。從此之後，「內子」、「外子」的稱謂才流傳開來，「內子」並專用於稱呼自己的妻子。

「內人」和「內子」只是出於古代的分工模式而產生的謙稱，大概古人以為這兩個稱謂還不夠謙虛，竟然又在前面加上了一個程度更甚的字眼，將自己的妻子更進一步謙稱作「賤內」！當然，「賤」字同時也被古代男人用作自己的謙詞，其含意眾所周知，不再贅言。

# 拙荊

在關於妻子的謙詞中，有一個最令人費解的稱謂，就是「拙荊」。拙者，笨拙也，向別人謙稱自己的妻子只不過是一位笨手笨腳的家庭主婦，沒有任何問題，而且口氣中還透露出一股溺愛的味道；那麼「荊」指什麼？為什麼可以用於指稱妻子呢？

## ○出處

關於「荊」字的出處，還有一則有趣的公案。

西漢學者劉向所著《列女傳》只有七卷，但現在的通行本則有八卷，其中第八卷不知為何人增補。第八卷中載有「梁鴻妻」一篇，全文如下：

梁鴻妻者，右扶風梁伯淳之妻，同郡孟氏之女。其姿貌甚醜，而德行甚修，鄉里多求者，而女輒不肯。行年三十，父母問其所欲，對曰：「欲節操如梁鴻者。」

時鴻未娶，扶風世家多願妻者，亦不許。聞孟氏女言，遂求納之。孟氏盛飾入門，七日而禮不成。妻跪問曰：「竊聞夫子高義，斥數妻，妾亦已偃蹇數夫。今來而見擇，請問其故。」鴻曰：「吾欲得衣裘褐之人，與共遁世避時。今若衣綺繡，傅黛墨，非鴻所願也。」妻曰：「竊恐夫子不堪。妾幸有隱居之具矣。」乃更粗衣椎髻而前。鴻喜曰：「如此者，誠鴻妻也。」字之曰德曜，名孟光，自名曰運期，字俟光，共遁逃霸陵山中。

此時王莽新敗之後也。鴻與妻深隱，耕耘織作，以供衣食，誦書彈琴，忘富貴之樂。後復相將至會稽，賃舂為事。雖雜庸保之中，妻每進食，舉案齊眉，不敢正視。以禮修身，所在敬而慕之。君子謂：「梁鴻妻好道安貧，不汲汲於榮樂。《論語》曰：『不義而富且貴，於我如浮雲。』此之謂也。」

偃蹇（ㄧㄢˇ ㄐㄧㄢˇ），困頓，此處形容孟氏女婉拒求婚者；裘褐（ㄑㄧㄡˊ ㄏㄜˊ），粗陋的衣服；椎（ㄔㄨㄟˊ）髻，將髮髻結成一撮，形狀如椎，形容不事妝扮；賃舂，受雇為人舂米；庸保，受雇傭充任雜役的人。

疑難字詞既明，那麼這個故事就非常容易理解了。值得一提的是，「舉案齊眉」這個成語就出自此，比喻夫妻相互敬愛。

## ○釋義關鍵

唐人李翰編著的兒童識字課本《蒙求》中第一次出現了「孟光荊釵」的四字掌故，北宋大型類書《太平御覽》中引《列女傳》曰：「梁鴻妻孟光，荊釵布裙。」荊釵布裙，現在的通行本對應的則是「粗衣椎髻」，也就是說，對梁鴻妻孟光「荊釵布裙」的描寫直到唐代才出現，比如唐代女詩人葛鴉兒《懷良人》一詩：「蓬鬢荊釵世所稀，布裙猶是嫁時衣。胡麻好種無人種，合是歸時底不歸。」

荊就是荊棘，一種小灌木。古今中外的女人都一樣愛美，不管是達官貴婦還是貧寒之家，女人對美的追求都是無法扼殺的。在古代，貧寒之家的女人買不起金釵銀釵玉釵，於是聰明的女人們就到家門前的荊棘叢裡，伐下一根荊棘的枝條，用它做成一根釵子。因為荊棘的枝條十分堅硬，做成釵子插到頭髮上不會掉下來。

同「荊釵」一樣，貧寒之家的女人也買不起綾羅綢緞，只好用粗布做成裙子，雖然沒有綾羅綢緞那樣的裙子飄逸，但是也顯示了女人的愛美之心。於是，這樣的家境就誕生了一個令人心酸的詞——「荊釵布裙」，代指婦女樸素或貧寒的服飾。

「孟光荊釵」的故事實在是太有名了，因此宋代之後人們就把自己的妻子謙稱為「拙荊」或「荊妻」。當然並不是所有男人的妻子都戴著「荊釵」，這個謙稱寄寓著對妻子美好品行的嚮往。

# 女人怎麼自稱

古代女人自稱，當然也要使用謙詞，最常用的是妾、奴、婢。單字「婢」又可以衍生出奴婢、婢子、婢女等稱謂，「婢」從「卑」字而來，自居為卑賤之位，不必贅言；鮮為人知的是，「妾」和「奴」的謙詞竟然都和奴隸有關！另外，明清時期，女人還自謙「蒲柳之姿」，這是市民文化粗俗化的典型反映。

妾

蒲柳之姿

# 妾

「妾」當作女人的自謙之詞，先秦就已經出現。大家都知道古代中國的妻妾制度，正妻之外另娶的女人稱「妾」。所謂三妻四妾、妻妾成群，都將之視為中國男人的畢生夢想，其實這種理解是錯誤的。

## ○出處

正妻又稱「嫡妻」，固然只能有一個，但「妾」的數量卻也是有限制的，並非可以毫無節制地納妾。據《禮記．昏義》載：「古者天子后立六宮、三夫人、九嬪、二十七世婦、八十一御妻。」這是天子的妻妾數量。

《春秋公羊傳．莊公十九年》載：「諸侯娶一國，則二國往媵之，以侄娣從。侄者何？兄之子也。娣者何？弟也。諸侯一聘九女，諸侯不再娶。」

「媵」（ㄧㄥˋ）指陪嫁之女。《春秋公羊傳》的這一段論述，即是古代中國獨特的陪媵制。

諸侯娶一個國家的女子為妻，女方必須以侄娣作為陪嫁之女。「侄」指女方兄弟的女兒，「娣」（ㄉㄧˋ）指女方的妹妹。然後還要從與女方同姓的另外兩個國家中各選一女陪嫁，這兩位陪嫁之女也必須以侄娣相從。這樣加起來就是九位女子，除一人為正妻外，其餘都是妾。這就是諸侯的妻妾數量。

天子的媵妾與諸侯相似，區別在於數量多了一些。天子娶一位王后，王后「媵三」，有三位陪嫁之女，即「三夫人」；三夫人又各有「媵三」，三三得九，即「九嬪」。合起來則天子的妻妾數量是十二人。至於「二十七世婦、八十一御妻」，只不過是更加等而下之的陪嫁之女，不列入正式的妻妾，但仍然是按照「媵三」的數量計算的：九嬪各有「媵三」，是為「二十七世婦」；二十七世婦又各有「媵三」，是為「八十一御妻」。

戰國時期，隨著周王室地位的下降，諸侯們非但僭越了周天子一娶十二女之制，甚至還可以一娶再娶，陪媵制遂走向沒落。

據蔡邕《獨斷》記載：「天子一取十二女，象十二月，三夫人九嬪；諸侯一取九女，象九州，一妻八妾；卿大夫一妻二妾；士一妻一妾。」庶人則不得娶妾。東漢學者班固彙編的《白虎通義》中說：「庶人，稱匹夫者。匹，偶也，與其妻為偶，陰陽相成之義也，一夫一婦成一室。」平民百姓只能「一夫一妻」。照這個標準來看，今天的中國人都屬於「庶人」，「二奶」只能「包」而不能「娶」。

那麼，「妾」這個字的本義到底是什麼？又為什麼可以作為古代女人的自謙之詞的呢？

## ○字形分析

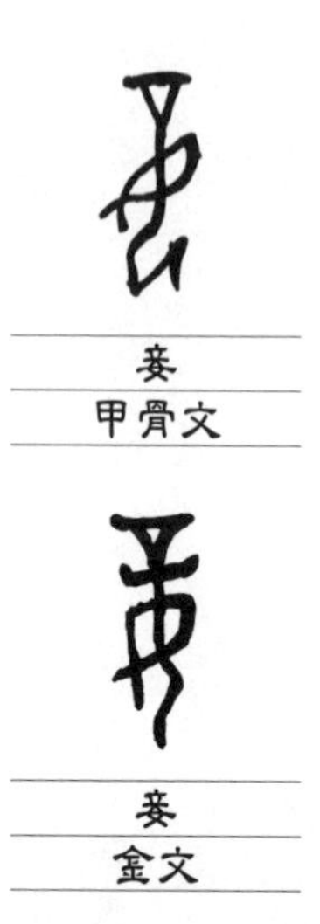
妾 甲骨文

妾 金文

我們來看看「妾」的甲骨文字形，下部是一個面朝左跪著的女人，頭頂是一把平頭的刑刀。「妾」的金文字形，下面的女人半立著，頭上刑刀的樣子更是栩栩如生。

## ○釋義關鍵

這把刑刀是用來幹什麼的呢？甲骨文大家郭沫若先生在《釋支干》一文中解釋說：「蓋古人於異族之俘虜或同族中之有罪而不至於死者，每黥其額而奴使之……有罪之意無法表示，故借黥刑以表示之；黥刑亦無法表現於簡單之字形中，故借施黥之刑具剞劂以表現之。」

黥（ㄑㄧㄥˊ）刑是在俘虜或奴隸的臉上刺字並塗墨，但這種刑罰無法表示出來，只好借用施黥刑的平頭刑刀來表示。「剞劂」（ㄐㄧ ㄐㄩㄝˊ）即雕刻所用的刀具。這把刑刀其實就是「辛」字，所以我們使用的「妾」字上面本來應該是「辛」，但卻訛變成了「立」，以至於失去了造字的原意。

綜上所述，「妾」的本義就是有罪的女奴。據《史記·越王勾踐世家》載，越王勾踐敗於吳王夫差，派大夫文種對吳王說：「勾踐請為臣，妻為妾。」此處的「臣」和「妾」都是有罪的奴僕之意，並不是讓妻子給吳王做妾。

《說文解字》：「妾，有罪女子，給事之得接於君者。」「給事」的意思是侍奉。妾是有罪的女人，或者戰爭中被擄獲的女俘虜，黥額後用作奴隸。已故著名學者馬敘倫先生說：「女奴於給事之餘，復供枕席之薦，於是即以給事之稱為匹偶之名矣。」「妾」因此才成為男人配偶的稱謂。

## ○用法

《禮記．內則》中說：「聘則為妻，奔則為妾。」鄭玄注解道：「聘則為妻：聘，問也；妻之言齊也。以禮則問，則得與夫敵體。奔則為妾：妾之言接也。聞彼有禮，走而往焉，以得接見於君子也。」娶妻要舉行正式的聘禮，因此妻的地位與丈夫相等，所謂「敵體」即地位相等，沒有上下尊卑之分；而納妾則不需要舉行聘禮，妾聽說哪位男人是禮儀君子，自己「奔」來，得以與君子交接。這裡的「奔」不是私奔、淫奔之意，而是指不必舉行聘禮。《釋名．釋親屬》中就是這樣解釋的：「妾，接也，以賤見接幸也。」以身分低賤，被男人所接納為幸。一個「接」字，一個「幸」字，鮮明地揭示出妾的地位之低下。

《春秋穀梁傳》載魯僖公九年，諸侯在葵丘盟誓，誓詞中的一條就是「毋以妾為妻」，這是要保證嫡長子的繼承權。這一條後來成為法律，一直延續到帝制的結束。最典型的莫過於唐代的法律規定，據《唐律疏議》載：「諸以妻為妾，以婢為妻者，徒二年；以妾及客女為妻，以婢為妾者，徒一年半。」「客女」比婢女身分略高，經主人放免後才能成為平民；「徒」即徒刑，是拘禁起來強制服勞役之刑。

「妾」的地位如此之低，恰與男尊女卑的社會現實相符合，因此女人才會以「妾」作為自稱的謙詞。《晏子春秋》記載了一則「景公欲殺犯所愛之槐者」的故事：「景公有所愛槐，令吏謹守之，植木懸之，下令曰：『犯槐者刑，傷之者死。』有不聞令，醉而犯之者，公聞之曰：『是先犯我令。』使吏拘之，且加罪焉。」

齊景公是一位很有個性的國君，居然愛上了一棵槐樹，不僅日夜派人看守，還懸掛一紙命令：「觸碰到槐樹的人受刑，弄傷槐樹的人處死。」結果有個醉漢觸碰到了槐樹，等待受刑。這時，醉漢的女兒來到相國晏子的家，說：「負廓之民賤妾，請有道於相國，不勝其欲，願得充數乎下陳。」「負廓」即「負郭」，指靠近城郭的外城的居民；「下陳」本指堂下陳列物品的地方，引申指地位低下的侍妾。該女子以「賤妾」自稱，願意充當晏子的侍妾。

晏子的反應很有趣，他笑著說：「嬰其淫於色乎？何為老而見奔？」因為該女子主動前來要求充當侍妾，所以用了一個「奔」字，「奔則為妾」。晏子說：「難道晏嬰我是好色之徒嗎？這麼老了還有女子願意來做我的侍妾？」

該女子講了一番大道理，最後以「鄰國聞之，皆謂吾君愛樹而賤人」收尾，晏子肅然起敬，於是向齊景公進諫，齊景公從善如流，「罷守槐之役，拔置懸之木，廢傷槐之法，出犯槐之囚」。

醉漢的女兒自稱「賤妾」是有求於晏子，而且「奔」的舉動也符合這一身分，古代的女人們遂繼承了這個謙詞，與「妾」一起成為延續兩千年的女性自謙之詞。

# 奴

聞一多先生在《婦女解放問題》一文中認為：「『女』字和『奴』字在古代不但聲音一樣，意思也相同，本來是一個字，只是有時多加一隻手牽著『女』而已，那時候，未出嫁的女兒叫『子』，出嫁後才叫『女』或『奴』，所以婦女的命運從歷史的開始起，就這麼慘了。」

## ○字形分析

女
甲骨文

聞一多先生之所以有這樣的觀點，是因為他把甲骨文的「女」字字形解讀為「象徵繩子把坐著的人捆住」，但我們看「女」的甲骨文字形，明明是一位面朝左半跪著的女人，雙手交叉在胸前，哪裡有繩子捆住的痕跡？

雖然《說文解字》釋義為「女，婦人也」，但其實這是統而言之，嚴格區分的話，誠如《禮記．曾子問》篇中所引孔子的話：「嫁女之家，三夜不息燭，思相離也；取婦之家，三日不舉樂，思嗣親也。」「嗣」是接續之意，娶妻生子，意味著接續香火，而父母行將老去，並最終會去世，思之悲哀，因此不能奏樂。「嫁女」和「娶婦」對舉，那麼「女」一定尚未出嫁，而「婦」則已經出嫁。聞一多先生「出嫁後才叫『女』」的論斷是錯誤的。

至於「女」字的造字形態為什麼會採取跪姿，段玉裁解釋說「像其掩斂自守之狀」，意思是一副順從的樣子。這也是大部分學者的看法，即女子跪在男人面前，反映了古代中國男尊女卑的概念。但是未嫁之女稱作「女」，既然未嫁，哪裡來的男人？在父親兄弟之間大約用不著如此卑微吧。

谷衍奎《漢字源流字典》認為「是上古擄婚習俗的遺跡」，意思是被擄走的女子方才取「柔順交臂跪坐之形」。白川靜先生認為這是女子向神靈跪拜的祈禱之姿。我倒更傾向於從日常生活的角度來理解。古人日常生活多取跪姿，未嫁之女從事家務勞動較多，比如為家人盛飯之類，跪姿應當是常見的形態，因此才有造字形態為跪姿的字形，並非如聞一多先生所說「婦女的命運從歷史的開始起，就這麼慘了」。

奴
甲骨文

聞一多先生又認為「女」和「奴」本來是一個字，我們來看看「奴」的甲骨文字形。這個字形是有爭議的，有的甲骨文字典也確實將它收入「女」部，但這個字形是女子面朝左跪坐，雙手反縛，背到身後，與「女」字雙手交叉到胸前的樣子迥然不同。因此有學者認為這個字形就是「奴」字的初文。

奴
金文之一

「奴」的金文字形之一，右下方添加了一隻右手，白川靜先生解釋說：「『女』被手抓住，謂『奴』，有被擄之女、傭人、奴僕之義。」這也是大部分學者所公認的，不過也有學者有另外的釋義，比如北宋學者徐鉉解釋說：「又，手也，持事者也。」意思是女人用手操持勞務。清代學者徐灝駁斥了這種觀點：「奴之字蓋起於女隸，而因以為男子入於罪隸之通稱。」張舜徽先生在《說文解字約注》中進一步發揮道：「古者奴隸易逃，奴字從又，所以拘執之也。」「奴」還有一個古文字形，從人從女，「女旁有人，即所以監守之也」。

其實，不管是透過戰爭等手段擄來的女子，還是防止逃走因而加以拘執的女子，都表明這位女子確實是一位奴隸。

奴
金文

「奴」的金文字形之二，下面添加的字符是一隻稍微變形的左手，兩隻手擄或者拘執該女子，奴隸之義更甚。值得注意的是，在這兩個金文字形中，女人的雙手都是被反縛到背後的。

《說文解字》：「奴，奴、婢，皆古之罪人也。」這就是「奴」的本義。《周禮》中有這樣的規定：「其奴，男子入於罪隸，女子入於舂稾。」最初的時候，男性奴隸和女性奴隸都可稱「奴」，性別關係還沒有區分開。「罪隸」指沒入官府為奴，這是男性奴隸的去處；「舂稾」指舂人和稾（ㄍㄠˇ）人，舂人掌管祭祀、吃飯時需要的大米，稾人掌管閒散官員的飲食，女性奴隸為這兩種官員工作，負責舂米和打雜。

## ○用法

「奴」當作謙詞，即自居為罪人，同樣符合「貶己尊人」的禮貌原則。如同男性奴隸和女性奴隸都可稱「奴」一樣，男女也都可謙稱為「奴」，而且不管尊卑都可自稱「奴」，唐昭宗御制《菩薩蠻》詞中就有「何處是英雄，迎奴歸故宮」的詩句。

南宋學者朱翌在《猗覺寮雜記》中說：「男曰奴，女曰婢，故耕當問奴，織當問婢。今則奴為婦人之美稱，貴近之家，其女其婦則又自稱曰奴，自漢以前婦人皆稱妾。」其實早在唐、五代的俗文學敦煌變文中就開始自稱「奴」了，比如《破魔變文》中寫道：「庫內綾羅，任奴妝束。」

至於「奴家」的稱謂，也早在唐、五代時就開始使用了，《破魔變文》中就屢現此稱，比如「奴家美貌，實是無雙，不合自誇，人間少有」，比如「奴家愛著綺羅裳，不熏沉麝自然香」，比如「奴家年幼，父母偏憐，端正無雙，聰明少有」。可見當時民間早已流行這一自稱了。

清代學者錢大昕在《十駕齋養新錄》中說：「六朝人多自稱儂，蘇東坡詩：『他年一舸鴟夷去，應記儂家舊姓西。』儂家，猶奴家也，奴即儂之轉聲。」蘇東坡所吟詠的西施正是吳越之人，如今的吳語還自稱「儂」，所謂吳儂軟語是也。但「儂」並非謙詞，只是吳越方言區「我」的自稱而已。

# 蒲柳之姿

今人有一個誤解，誤以為「蒲柳之姿」專門用來形容閨閣弱質，男人們一說「蒲柳之姿」，頓時就會生出滿腔的憐惜之情，孰不知這個詞最早卻是男人的自謙之詞，而且雖幾經演變，也不能用來表示對女人的憐惜。

## ○出處

蒲柳，又名水楊，一入秋就凋零，因此古人才會用來形容體質衰弱或者未老先衰。「蒲柳之姿」一詞出自《世說新語．言語》：「顧悅與簡文同年，而髮早白。簡文曰：『卿何以先白？』對曰：『蒲柳之姿，望秋而落；松柏之質，經霜彌茂。』」顧悅和東晉簡文帝同年，但是頭髮早已斑白。面對簡文帝的疑惑，顧悅稱自己是「蒲柳之姿」，而簡文帝是「松柏之質」，既拍了簡文帝的馬屁，又表了自己公務繁忙的功勞。

「蒲柳之姿」先是顧悅的自謙之詞，後人也拿來寫實，比如杜甫有詩「孤舟亂春華，暮齒依蒲柳」，白居易有詩「四人先去我在後，一枝蒲柳衰殘身」，盧綸有詩「風雲才子冶游思，蒲柳老人惆悵心」，雖是自謙，但「望秋而落」的歲月之嘆，亦足以令人惆悵。

由此可知，「蒲柳」或「蒲柳之姿」原本是形容水楊早衰，引申而為歲月之嘆，遂被古人用作體質衰弱的客套話，而且還只能為男人所專用。到了明清時期，市民文化發達，相應地，人們的語言也就開始向粗俗化的方向發展，很多古時極其風雅的詞彙都被賦予了粗俗化的理解，「蒲柳之姿」即是其中典型的一例，由男人的自謙之詞引申為對女性的輕賤稱謂或女性的自謙。

## ○用法

明代豔情小說《巫娥志》描寫書生謝生璉寓居舅舅的後園，被四位巫山神女所惑的故事。第一夜，神女之一來到書生房間，說：「奴等蒲柳醜姿，丹鉛弱質。偶得一接光儀，翩然忽動其情，莫或自持，是不可忍。故冒禁而相就，遂犯禮以私奔。肅抱衾裯，願薦枕席。」此乃常見的豔情小說的套路，其中「蒲柳醜姿，丹鉛弱質」即為神女的自謙之詞。

清代豔情小說《青樓夢》第七回〈品名花二生逸致 奏妙技諸美才能〉，描寫金挹香、拜林二人與二十四位美人品鑒，眾美人笑說：「妾等蒲柳之姿，惟恐不足當二君雅賞。」仍然是女性的自謙之詞。

更有名的當然是《紅樓夢》第五回所錄的歌曲：「中山狼，無情獸，全不念當日根由，一味的驕奢淫蕩貪歡媾。覷著那侯門豔質同蒲柳，作踐的公府千金似下流。嘆芳魂豔魄，一載蕩悠悠。」這是對女性的稱謂。

顧況和古代文學家以「蒲柳之姿」自謙，其中充斥的不過是歲月流逝的嘆息，自傷身世，合情合理；那麼，為什麼又將「蒲柳之姿」引申而用於女性，並在以後的歲月裡居然專指女性呢？原因跟其中的「柳」字大有關係。

## ○釋義關鍵

「柳」與女性的關係至為密切，比如把妓院聚集的地方稱作柳市花街、柳巷花街或煙花柳巷，把妓女比作弱柳，把狎妓比作尋花問柳、眠花宿柳，把失去童貞的婦女比作殘花敗柳等等。這些比喻都跟「折柳」的漢代習俗有關。相傳為六朝人撰寫的《三輔黃圖》中記載道：「灞橋，在長安東，跨水作橋。漢人送客至此橋，折柳贈別。」柳、留諧音，因此「柳」用來暗喻離別之情。

到了唐代，折柳而別的風俗更是風行。白居易《憶江南》：「曾栽楊柳江南岸，一別江南兩度春。遙憶青青江岸上，不知攀折是何人。」施肩吾《折楊柳》：「傷見路旁楊柳春，一重折盡一重新。今年還折去年處，不送去年離別人。」有唐一代，人們離開長安遠去，必在楊柳掩映的霸陵橋作別，因此才有李白的千古名句：「年年柳色，霸陵傷別。」

唐人許堯佐所著《柳氏傳》記載了一則傳奇故事：著名詩人韓翃有寵姬柳氏，以豔麗著稱。後韓翃回家省親，柳氏留居長安，恰逢安史之亂，「柳氏以豔獨異，且懼不免，乃剪髮毀形」，出家為尼。後來韓翃擔任平盧節度使侯希逸的書記之職，派人給柳氏送去了一首詩：「章台柳，章台柳，昔日青青今在否？縱使長條似舊垂，亦應攀折他人手。」

「章台」典出漢代張敞故事。張敞時任京兆尹，也就是長安市長。《漢書．張敞傳》載：「敞無威儀，時罷朝會，過走馬章台街，使御吏驅，自以便面拊馬。又為婦畫眉，長安中傳張京兆眉憮。」章台街是妓館雲集之地，堂堂京兆尹竟然從此經過，雖然讓趕車的吏卒驅趕行人，自己又用扇子遮擋住臉，拍馬快行，但畢竟不雅。張敞又喜歡為妻子畫眉，京城中都傳說張京兆畫的眉嫵媚可愛。從這個故事中誕生了兩個成語：走馬章台，張敞畫眉。

韓翃寫給柳氏的詩即用此典，以「章台柳」稱柳氏，是懷疑柳氏已經身許他人。柳氏回了一首詩：「楊柳枝，芳菲節，所恨年年贈離別。一葉隨風忽報秋，縱使君來豈堪折。」

再後來柳氏被蕃將沙吒利所奪，侯希逸的部將許俊有感於韓翃的深情，孤身一人將柳氏劫奪而回。侯希逸向朝廷上書，請求成全二人，朝廷下詔曰：「柳氏宜還韓翊，沙吒利賜錢二百萬。」結局大團圓。

韓翃詩中「亦應攀折他人手」，柳條柔軟，易於攀折，因此「折柳」即暗喻女人委身男人，「柳」和女性的關係由此就建立了起來；而由於古代女人地位低下，身體並不常常屬自己所有，就像年年折柳，「一重折盡一重新」一樣，很容易就「攀折他人手」，因此就將女人和「柳」的這種習性聯繫起來，歧視性地將女人比之於「柳」。這就是為什麼妓女、妓院都用「柳」來稱呼的原因所在。

還有一個歧視性的成語叫「水性楊花」，比喻女人作風輕浮浪蕩，用情不專一。「水性」容易理解，即水性隨勢而流；「楊花」到底是什麼花？如果僅僅按照字面意思釋為楊樹之花，則不可解。楊樹多生於北方，主要種植在大道兩旁，起防風、遮陽或綠化作用，或者種植在墓地裡，楊樹葉大，無風自動，甚至聲如濤湧，可以陪伴寂寞的逝者，兼以招魂。而且楊樹挺拔，富有陽剛之氣，跟「水性」搭配在一起，殊為不倫不類。

再者，「楊柳」是古代詩文中常見的意象，比如《詩經．小雅．采薇》中的名句：「昔我往矣，楊柳依依。今我來思，雨雪霏霏。」很多人望文生義，以為楊柳就是楊樹和柳樹的合稱，其實大謬不然。如上所述，楊樹樹形高大，枝幹挺拔，何來「依依」的嬌弱之態？南朝詩人費昶也有詩：「楊柳何時歸，嫋嫋復依依。」楊樹同樣也沒有「嫋嫋」的嬌弱之態。

原來，「楊花」之「楊」即指水楊，也就是蒲柳，「楊花」即柳絮。

《說文解字》：「柳，小楊也。」北宋陸佃所著字書《埤雅》解釋說：「柳柔脆易生之木，與楊同類，雖縱橫顛倒植之皆生。」段玉裁說：「楊之細莖小葉者曰柳。」這種種說法都是把楊和柳視為兩種不同的樹種，其實都是錯誤的。《爾雅．釋木》：「楊，蒲柳。」北宋韻書《廣韻》：「楊，赤莖柳。」可見最早的時候楊和柳是一個樹種，楊是柳的一種，即蒲柳。

《戰國策．西周策》中講了一個故事：「楚有養由基者，善射，去柳葉者百步而射之，百發百中。」後來被總結為「百步穿楊」這個成語。養由基射的明明是柳葉，為何稱為「穿楊」？這就是因為楊和柳是同一樹種的緣故。

唐代還有一個很好玩的故事，也能夠很好地說明楊柳一體。據唐代名臣李泌的兒子李繁為父親所作的傳記《鄴侯家傳》記載，李泌寫詩諷刺楊國忠道：「青青東門柳，歲晏復憔悴。」楊國忠拿著詩去向唐玄宗李隆基告狀，唐玄宗笑著說：「賦柳為譏卿，則賦李為譏朕可乎？」楊國忠明明姓楊，唐玄宗卻說「賦柳為譏卿」，同樣是楊柳一體的明證。

唐人傳奇《煬帝開河記》中提供了一個生動有趣的傳說。汴梁（今開封）的大渠修成後，為了避暑，隋煬帝親自動手，和群臣及百姓將兩岸都栽滿了垂柳，當時的歌謠唱道：「天子先栽，然後百姓栽。」栽畢，隋煬帝御筆寫賜垂柳姓楊，曰「楊柳」也。雖然是民間傳說，但也間接證明了楊柳一體。

《說文解字》：「蒲，水草也。」因此稱「蒲柳」或「水楊」。生長在水邊的蒲柳，一到春天，柳絮漫天飛舞，落入水中，隨水流而俱去，此之謂「水性楊花」。需要說明的是，柳絮並非「柳花」，明代著名醫學家李時珍所著《本草綱目》引述唐代醫家陳藏器的話說：「花即初發時黃蕊，其子乃飛絮也。」柳絮原來是柳樹的種子，被一層絮狀的綿毛所包裹，故稱「柳絮」。

「水性楊花」如同「蒲柳之姿」一樣，本來都是一種自然現象，但卻被粗俗的市民文化比附到女人身上，前者遂成為輕浮女性的代表性特徵，後者則成為女性的輕賤稱謂或自謙之詞。

「蒲柳之姿」這個屬於特定的男尊女卑時代的賤稱，今天的言情小說和影視作品中，竟然還會讓妙齡少女說出「妾身蒲柳之姿，願以身相許」之類的話來，以博取男人的憐惜，實屬滑稽之至，可惡之至！

# 古人怎麼稱呼男孩子、女孩子

對孩子的稱謂，可說是漢語史上最豐富多彩的稱謂之一。古人不僅以年齡劃分孩子各階段的成長歷程，還將日常生活的禮儀灌注進形形色色的稱謂之中。

本章先將各年齡層比較容易理解的稱謂一一羅列並稍加解說，再擇取更有趣、內涵更豐富的稱謂詳細加以解說。

兒

赤子

弱冠

犬子

破瓜

花信

千金

掌上明珠

嬰兒：初生的幼兒當然就是「嬰兒」，不過據秦朝丞相李斯所作《倉頡篇》載：「男曰兒，女曰嬰。」「嬰」的上面是兩個「貝」，古人以成串的貝作為頸飾，因此女嬰就稱「嬰」，女人愛美的天性也體現在這一命名之中。

襁褓：「襁」（ㄑㄧㄤˇ）是將嬰兒固定在背上的寬布幅，用以背負嬰兒；「褓」是包裹嬰兒的被子，用以摟抱嬰兒。今天各地還能夠看到這兩種包裹嬰兒的方式。

孩提：《孟子．盡心上》篇中說：「孩提之童無不知愛其親者。」東漢學者趙岐注解說：「孩提，二三歲之間，在襁褓，知孩笑可提抱者也。」其實兩三歲的孩子已經不用襁褓包裹了。

黃口：今天的日常俗語中還有「黃口小兒」的稱謂。「黃口」本指雛鳥的嘴，見過雛鳥的人應當有深刻的印象。於是就用雛鳥的「黃口」來借指幼兒。

垂髫：《說文解字》：「髫，小兒垂結也。」小孩子幼小的時候，不束髮，前額下垂的頭髮就叫「髫」（ㄊㄧㄠˊ）。陶淵明的《桃花源記》中有「黃髮垂髫，並怡然自樂」的名句，「黃髮」指老年人，老人髮白，久則髮黃，故稱「黃髮」。另外「髫」也通「齠」，讀音相同。「齠」既從「齒」，當然跟牙齒有關係。西漢韓嬰所著《韓詩外傳》載：「男八月生齒，八歲而齠齒……女七月生齒，七歲而齔齒。」「齠」和「齔」（ㄔㄣˋ）都是指小孩子換牙。因此，「垂髫」和「齠齔」即指小孩子三四歲到七八歲的年齡。

總角：《詩經．國風．氓》中有「總角之宴，言笑晏晏」的名句。什麼叫「總角」？我們知道古人用「總角之交」來比喻兒童時期的玩伴，兒童把垂下來的頭髮分成兩半，各自在頭頂上紮成一個結，形狀就像羊角，故稱「總角」，「總」是「總聚攏的意思。所謂「男角女羈」，「角」就是指男孩兒的「總角」；女孩兒則叫「羈」，一縱一橫，剪成十字形，就像縱橫交錯的馬絡頭一樣，故稱「羈」，「羈」就是馬籠頭或馬絡頭。

舞勺、舞象：這是兩個比較生僻的稱謂，同時也更加古雅。據《禮記．內則》載：「十有三年，學樂，誦詩，舞勺；成童，舞象，學射御。」「勺」是周公所作的樂名，屬於「文舞」，執羽毛而舞；「象」是周武王模仿擊刺的動作所作的樂名，屬於「武舞」，執兵器和盾牌而舞。十三歲的男孩子要學習音樂，誦詩，學習文舞；十五歲以上的男孩子要學習武舞，練習射箭和御馬之術。

豆蔻：杜牧《贈別》詩中的名句「娉娉嫋嫋十三餘，豆蔻梢頭二月初」，豆蔻是高大的多年生草本植物，二月初正是含苞待放的時節，初發如芙蓉，其後葉片漸展，花漸出，花色漸淡。因此「豆蔻」初開即用來形容女孩子十三四歲的花樣年華，再長大一點，十五歲的時候，就到了出嫁的年齡了。

束髮：據《禮記．玉藻》載：「童子之節也，緇布衣，錦緣，錦紳並紐，錦束髮，皆朱錦也。」「緇」是黑色，「紳」是束腰的帶子。這是未滿二十歲的男孩子應當遵守的服飾禮儀：要穿黑色布帛所製的衣服，黑色衣服的邊緣要用有彩色花紋的絲織品作裝飾，束腰的帶子和衣服上的結也要用有彩色花紋的絲織品製成，並用這種彩色花紋的絲織品將頭髮束起來，紮成一個髮髻。之所以都用朱錦（即紅色織錦），是因為這個年齡的孩子要打扮得華麗一些，成年後就不能再這樣打扮了。

以上就是對男孩子和女孩子的主要稱謂。

下面要加以詳細解說的，就是那些更有趣、內涵更豐富，有些甚至還經常被人誤解的稱謂：單字的有「兒」；單字以上，有稱呼嬰兒的赤子；有稱呼男孩子的弱冠；有謙稱自己兒子的犬子；有稱呼女孩子的破瓜、花信、千金、掌上明珠。

# 兒

在大陸，「兒」字被簡化成「儿」。但「兒」跟「儿」在古時候就是兩個不同的字，《說文解字》：「儿，仁人也。古文奇字人也。象形。」據此則「儿」和「人」本為一字，與「兒」沒有任何關係。

## ○字形分析

兒
甲骨文

「兒」的甲骨文字形，很明顯這是一個象形字，下面是人形，看得很清楚，上面象形的是什麼呢？

谷衍奎《漢字源流字典》認為：「像幼兒張口嘻笑露少量牙齒形，表示還是幼兒，牙尚未長齊。」

白川靜先生則在《常用字解》一書中說：「頭部為幼兒髮髻之人形。這樣的髮髻指代孩兒、幼兒。《禮記·內則》云，男兒出生滿三個月時，做成髮髻，所謂『男角』。男角髮型為『兒』。」

男角髮髻的編法是，將頭髮從中分成兩股，然後在耳朵上方卷起，卷成圓圈，像動物的角一樣突起。日本古代，男孩子也留類似的髮型。」這種髮型也稱作「總角」。不過「總角」的髮型是在頭頂上面，而該字形上面的半圓形裡面那兩筆短筆劃卻並不像「總角」之形。

兒
金文

「兒」的金文字形，上面的半圓形裡面變成了左右對稱的四個短筆劃。《說文解字》：「兒，孺子也。從兒，象小兒頭囟未合。」「孺子」即小孩子；「囟」（ㄒㄧㄣˋ）指嬰兒的頭頂骨尚未合縫之處，俗稱「囟門」，也稱「腦門」、「頂門」，今天的日常俗語中還在使用這樣的稱謂。明代學者魏校說：「頂門也。子在母胎，諸竅尚閉，唯臍內氣，囟為之通氣，骨獨未合。既生，則竅閉，口鼻內氣，尾閭為之洩氣，囟乃漸合，陰陽升降之道也。」

針對許慎的解釋，張舜徽先生在《說文解字約注》一書中提出了不同意見：「孺子以生齒毀齒辨其長幼，故造文者取象焉。頭囟未合，不見於外，無由象形，固非所從得義也。」所謂「生齒」，指幼兒長出乳齒；所謂「毀齒」，指幼兒乳齒脫落，更換為恆齒。他據此認為「兒」字形裡面的短筆劃乃是牙齒的象形，用新長出的兩顆或四顆牙齒表示幼兒。

因此我們今天使用的「兒」字，上面定型為「臼」，好似形狀如臼的臼齒。

## ○用法

《詩經．大雅．閟宮》中有「既多受祉，黃髮兒齒」的詩句。祉，福也；黃髮，代指老人；兒齒，鄭玄解釋說：「齒落更生細者也。」老人的牙齒落盡後再生出的細齒稱「兒齒」，這當然是不常見的現象，但「兒齒」的稱謂印證了張舜徽先生所謂「孺子以生齒毀齒辨其長幼，故造文者取象焉」的觀點。這句詩的意思是：已經獲得了許多福祉，白髮變黃，乳齒再生。

有的讀者可能會覺得奇怪：不管是囟門未合，還是生齒毀齒，不分男女都是小兒的共同特徵，為什麼偏偏用「兒」稱呼男嬰呢？這是因為古人生子，頭生子都是父系的繼承人，因此頭胎都盼望著生一個男孩子。如果生了男孩子，就順理成章地叫「兒」；如果是女孩子，另造一個「嬰」字稱呼。因此，「男曰兒，女曰嬰」。

由男孩子稱「兒」引申為雄性的牲畜也稱「兒」，比如兒貓指公貓，兒馬指公馬。後來才不加分別，用「嬰兒」泛指出生的幼兒。

# 赤子

我們形容一個心地純潔、毫無雜念的人，常常說這個人有「赤子之心」；形容那些人在海外卻始終心懷祖國的人也常常使用「海外赤子」一詞。「赤子」到底是什麼意思？為什麼會具備這樣的含意呢？

## 出處

「赤子」最早是老子所用的比喻，在《道德經》第五十五章中，老子寫道：「含德之厚，比於赤子。毒蟲不螫，猛獸不據，攫鳥不搏。骨弱筋柔而握固。未知牝牡之合而朘作，精之至也。終日號而不嗄，和之至也。」

攫鳥，鷹隼之類用爪攫取食物的鳥類；牝牡，鳥獸雌性為「牝」（ㄆㄧˋㄣ），雄性為「牡」；朘（ㄗㄨㄟ），男孩的生殖器；嗄（ㄕㄚˋ），聲音嘶啞。

老子的意思是說：道德修養深厚的人，就像「赤子」一樣，毒蟲不螫他，猛獸不傷害他，鷹隼不搏擊他。他雖然筋骨柔弱，但是兩隻小拳頭卻能握得緊緊的；他雖然不懂得男女交合的事情，但是他的生殖器卻勃然舉起，這都是因為他精氣充沛的緣故。整天號哭嗓子卻不會嘶啞，這都是因為他和氣醇厚的緣故。

根據老子的形容，「赤子」毫無疑問是指嬰兒。

## ○ 釋義關鍵

《尚書．康誥》中說：「若保赤子，惟民其康乂。」「乂」（ㄧˋ）是治理之意。這句話的意思是：就像保護嬰兒一樣，盡力把人民治理好，使他們都能得以安康。孔穎達注解說：「子生赤色，故言赤子。」原來嬰兒剛生下來的時候是赤色的，故稱「赤子」。在為《禮記．大學》所作的正義中，孔穎達又說：「赤子謂心所愛之子。」前一種解釋尚可說通，後一種解釋就更讓人糊塗了。

《漢書．賈誼傳》載賈誼向漢文帝上疏，其中有「自為赤子而教固已行矣」的話，意思是太子還在嬰兒的時候，就用禮來加以教養。顏師古注解說：「赤子，言其新生未有眉髮，其色赤。」與孔穎達的第一種解釋相同。

晚明學者來斯行所著筆記《槎庵小乘》中提供了另外一種新穎的解釋。據清人李慈銘《越縵堂讀書記》引來斯行的記載：「愚按尺字古通用赤。尺牘古作赤牘。《文獻通考》：『深赤者，十寸之赤也。』是知赤子者謂始生小兒僅長一尺也。古人多以尺數論長幼，如三尺之童、五尺之童，成人曰丈夫，是也。」梁紹壬在《兩般秋雨庵隨筆》一書中也引述了這一觀點。

古時確有「赤」通「尺」的用法，而且三尺之童、五尺之童的說法也有很多，但卻聞所未聞用「一尺」來比喻初生兒的用法。

張舜徽先生在《清人筆記條辨》一書中駁斥了來斯行的觀點：「古人言赤，猶今人言光。於文，赤從大火，大火則光見矣，故光與赤義通。今語稱空無所有為光，古人則謂之赤。故手無所持曰赤手，足不著履曰赤足，身不著衣曰赤膊，家無所有曰赤貧，皆是意耳。嬰兒初生，惟有肉體而已，故曰赤子，不必通赤為尺也。」此說最具說服力。

## ○用法

「赤子」後來引申為皇帝統治下的子民。《漢書．龔遂傳》載渤海郡盜賊並起，漢宣帝向龔遂問計，龔遂說：「海瀕遐遠，不沾聖化，其民困於飢寒而吏不恤，故使陛下赤子盜弄陛下之兵於潢池中耳。」「潢池」即池塘，「赤子」即指皇帝的子民。

據《資治通鑒》記載，唐太宗貞觀年間，為了抵禦邊境的騷擾，李世民每天都命數百人演習武藝，自己親自坐鎮觀看。群臣擔心他的安全，勸他迴避這種場合，李世民說：「王者視四海如一家，封域之內，皆朕赤子，朕一一推心置其腹中，奈何宿衛之士亦加猜忌乎！」李世民的意思是天下的百姓都是我的「赤子」（子民），我與他們推心置腹，幹嘛要猜忌他們呢？這裡「赤子」

的意思更加顯豁，而且從這句話裡誕生了一個後來的常用詞——「海內赤子」（「封域之內，皆朕赤子」），又慢慢演變成了「海外赤子」這個常用詞。

《孟子・離婁下》篇中說：「大人者，不失其赤子之心者也。」這是第一次出現「赤子之心」。「赤子之心」即嬰兒之心，嬰兒之心當然純潔無瑕，沒有絲毫雜念。今天「赤子之心」的含意跟孟子所說完全相同。

# 弱冠

## ○出處

《禮記・曲禮上》：「二十曰弱，冠。」孔穎達注解說：「二十成人，初加冠，體猶未壯，故曰弱也。至二十九，通得名弱冠，以其血氣未定故也。」

古人認為三十歲之前的男子都屬於血氣未定的時期。在《論語・季氏》章中，孔子說過這麼一段話：「君子有三戒：少之時，血氣未定，戒之在色；及其壯也，血氣方剛，戒之在鬥；及其老也，血氣既衰，戒之在得。」

各種辭典都把「血氣方剛」解釋為形容青年人精力正旺盛，這種解釋是完全錯誤的，原因在於對「方」這個字的釋義錯誤。「方」是並的意思，「血氣方剛」的意思就是血和氣並剛，都很強盛。

在古人的心目中，「血」和「氣」是兩種不同的東西，朱熹說：「血氣，形之所待以生者，血陰而氣陽也。」少年人的體質當然不可能達到血、氣並剛的地步，所謂「血氣未定」是也，所以「血氣方剛」指的只能是中年人。

因此北宋學者邢昺解釋說：「『少之時，血氣未定，戒之在色』者，少，謂人年二十九以下，血氣猶弱，筋骨未定，貪色則自損，故戒之。『及其壯也，血氣方剛，戒之在鬥』者，壯，謂氣力方當剛強，喜於爭鬥，故戒之。『及其老也，血氣既衰，戒之在得』者，老，謂五十以上。得，謂貪得。血氣既衰，多好聚斂，故戒之。」

## ○用法

不過，「弱冠」的時間節點就是二十歲，因此「弱冠」更多還是形容二十歲的男子。男孩子到了二十歲，就要舉行加冠之禮，挽起頭髮，戴上帽子，表示成人。冠禮就是男孩子的成人禮。《禮記．冠義》篇中如此強調冠禮的重要性：「冠而後服備，服備而後容體正、顏色齊、辭令順。故曰：『冠者，禮之始也。』是故古者聖王重冠。」

至於冠禮的具體過程，我們先來看《禮記．冠義》的記載：「古者冠禮筮日筮賓，所以敬冠事，敬冠事，所以重禮，重禮，所以為國本也。故冠於阼，以著代也。醮於客位，三加彌尊，加有成也。已冠而字之，成人之道也。見於母，母拜之，見於兄弟，兄弟拜之，成人而與為禮也。玄冠玄端奠摯於君，遂以摯見於鄉大夫鄉先生，以成人見也。」

「筮」（ㄕˋ）指用蓍（ㄕ）草占卜；「阼」（ㄗㄨㄛˋ）指大堂前東面的臺階；「醮」（ㄐㄧˋㄠ）的意思是尊者為卑者酌酒，卑者接受敬酒後飲盡，不需要再回敬；玄冠，黑色冠名；玄端，黑色禮服；摯，見面時餽贈的禮物；奠摯，相見時，卑者將餽贈的禮物放在地上。

李學勤先生在《古代的禮制和宗法》一文中對此過程有詳細的描述：「冠禮在宗廟舉行。將加冠的青年的父親先用筮（一種占卜方法）決定行禮的日期，並且用筮決定請哪一位賓來為青年加冠。確定後，把日期通知賓家。到行禮那一天，早晨將一切準備好，將加冠的青年立於房中。其父請賓進門，入廟就位，將加冠的青年出房就位，然後行禮。賓把規定的服飾加於青年，共行三次，稱為始加、再加、三加，於是以酒祝青年。青年由西階而下，去拜見他的母親。見母後，回到西階以東，由賓給他起一個字（名字的字）。於是禮成，青年之父送賓出廟門。被加冠的青年見他的兄弟姑姊，隨後再見君和鄉大夫、鄉先生等。其父以酒款待所請的賓，送他束帛、儷皮，最後敬送出家門。」

「束帛」指捆成一束的五匹帛，「儷皮」指成對的鹿皮。這都是古人聘問、餽贈的常用禮物。

在上述的冠禮儀式當中，最重要的環節是取「字」，即《禮記．冠義》所說：「已冠而字之，成人之道也。」加冠之後還要取一個「字」，這才表示正式成人。

需要說明的是，在古代，「名」和「字」是兩個完全不同的概念，當然，「名」和「字」之間也有著非常有趣的關聯。

《禮記．檀弓上》規定：「幼名，冠字。」孔穎達解釋說：「名以名質，生若無名，不可分別，故始生三月而加名，故云『幼名』也。『冠字』者，人年二十，有為人父之道，朋友等類，不可復呼其名，故冠而加字。」其義甚明。

《說文解字》：「名，自命也。從口從夕。夕者，冥也。冥不相見，故以口自名。」許慎說的是已經取好「名」之後的情形：晚上相見，看不清楚，因此自稱「名」，生怕別人把自己當鬼嚇著了別人。人出生三個月，父母就要取個「名」，以分別於他人。

在二十歲的冠禮上，男孩子還要再取一個「字」，此「字」由冠禮的正賓所取。《儀禮．士冠禮》解釋說：「冠而字之，敬其名也。」意思是尊重父母為他取的「名」，因此「君父之前稱名，至於他人稱字」。這個「字」又稱作「表字」，意思是用這個「字」來表其德行，凡人相敬而呼，必稱其表德之字。這就是所謂「名以正體，字以表德」。

由此可見，平輩之間甚至一般關係的尊長對晚輩都必須以「字」來稱呼對方，以示尊重，自稱則必須用「名」。比如諸葛亮字孔明，別人稱呼他時，必須稱「孔明」，他自稱時，必須稱「亮」，絕對不能反其道而行之。由此也可見「指名道姓」即是不尊重對方的表現。

「名」和「字」之間又有著非常有趣的關聯。《白虎通義》說：「聞名即知其字，聞字即知其名，蓋名之與字相比附故。」「名」和「字」的含意絕非毫無聯繫，而是有著相同、相近、相反、相承、相補、相延等關係，這就是「名之與字相比附」。

舉例而言：岳飛，字鵬舉，「飛」和「舉」含意相同；杜甫，字子美，「甫」是對男子的美稱，和「美」含意相近；韓愈，字退之，「愈」是「進」的意思，剛好和「退」含意相反；于謙，字廷益，「滿招損謙受益」，「謙」和「益」是相承關係；孔丘，字仲尼，孔子生於山東曲阜附近的尼山，又稱尼丘，「丘」和「尼」是相補關係，「仲」又點出了孔子排行第二；杜牧，字牧之，這是相延關係。

舉行完冠禮之後，男孩子就可以稱為「男人」，也可以言婚嫁之事了。

相對應地，女孩子的成人禮稱作「笄禮」。「笄」就是簪子，盤髮結笄，表示成人了，此即《禮記．內則》所說「十有五年而笄」，說明女孩子的成人禮要在十五歲的時候舉行，比男孩子提早了五年。因此女孩子十五歲又稱「及笄之年」。

《禮記．曲禮上》又載：「女子許嫁，笄而字。」舉行笄禮的時候，女孩子也要取一個「字」。舉行完笄禮，女孩子就可以出嫁了，但是在笄禮之後、出嫁之前的這一段時間，這位已經成年的女孩子的狀態就稱作「待字」或者「待字閨中」。女孩子尚未婚配，就好像在等待那個成人時方才可以取的「字」一樣，故稱「待字」。這當然是從字面意義上來理解的，「字」的引申義就是「女子許嫁」的「許嫁」二字。

因為重男輕女的緣故，女孩子的成人禮「笄禮」遠遠比不上男孩子的成人禮「冠禮」那樣隆重。後世這一成人禮漸趨式微，但「笄禮」的遺意還在，比如女孩子出嫁之前的上頭和開臉儀式。

所謂「上頭」，其實也就是束髮插笄的意思。五代十國時期，後蜀末代皇帝孟昶的寵妃花蕊夫人是一位著名的女詩人，寫有《宮詞》百首，其中一首吟詠道：「年初十五最風流，新賜雲鬟便上頭。」就是十五歲時「上頭」的形象寫照。

所謂「開臉」，是指女孩子出嫁前，要用線繩絞淨臉上、脖子上的汗毛，修齊鬢角，表示要嫁為人婦，不能再像女孩子那樣隨便了。

# 犬子

日常生活中，人們經常會說「這是我的犬子」、「這是我家犬子」之類的話，這種稱呼是錯誤的，因為「犬子」即「我的兒子」的意思，再加上「我的」、「我家」屬於重複，跟「凱旋」本身就是勝利歸來，「凱旋而歸」就屬於重複是一個道理。

「犬子」是一個謙詞，對別人謙稱自己的兒子為「犬子」，只能在和別人對話的場合使用。這和「犬子」的原始語義有很大差別。

## 出處

「犬子」最早其實是西漢著名文學家司馬相如的小名。《史記．司馬相如列傳》一開篇就寫道：「司馬相如者，蜀郡成都人也，字長卿。少時好讀書，學擊劍，故其親名之曰犬子。」「犬子」本來是指「未成毫」的小狗，即身上的毛還沒有長長的小狗。司馬相如的父母之所以給兒子取了這麼個小名，一來是因為司馬相如尚未成年，就像還沒有長出長毛的小狗，二來非常寵愛這個兒子，不想在他淘氣的時候叫著名字斥責他，因此取了這個低賤的小名，斥責的時候就叫著小名，好像罵的不是自己兒子一樣。這也是一種心理安慰吧。

司馬相如是有歷史記載的第一個「犬子」，但「犬子」卻並非司馬相如父母的發明，而是蜀郡的民間習俗。明代學者曹學佺所著《蜀中廣記》載：「蜀人親愛之詞曰麼，以小兒女為麼；又愛其子曰犬子，司馬相如字犬子。」可見在司馬相如之前之後，一定有過很多小名叫「犬子」的男孩子了，只不過司馬相如後來名氣大了，被史書立傳，他的小名才流傳了下來。

## ○用法

值得注意的是，只有對別人才能稱自己的兒子為「犬子」，千萬不要以為「犬子」既然是對自己兒子的暱稱，就想當然地以為稱呼別人的兒子也可以暱稱為「犬子」，那樣就成罵人話了，就如同罵別人兒子「狗崽子」一樣。歷史上曾經因為稱別人兒子為「犬子」而引發過一場規模巨大的戰爭。

這場戰爭詳細地記錄在《三國演義》第七十三回〈玄德進位漢中王 雲長攻拔襄陽郡〉中。三國時期，關雲長鎮守荊州，孫權想讓兒子娶關雲長的女兒為妻，兩家聯姻，共同對抗曹操。不料媒人諸葛瑾到荊州提親，關雲長一聽來意立刻大怒，回答道：「吾虎女安肯嫁犬子乎！」關雲長真是不客氣，你不願聯姻就算了，居然罵孫權的兒子為「犬子」，孫權焉能嚥下這口氣？於是和曹操結盟，終於奪取了荊州，而關雲長也因為這一句罵人話最終敗走麥城，喪了性命。由此可見，「犬子」的稱呼如果用在別人兒子的身上，後果有多麼嚴重！

除了謙稱自己的兒子為「犬子」外，還可以謙稱「小犬」、「豚犬」、「豚兒」。「豚」是小豬，不是我們今天常說的河豚、白鰭豚之類動物。

《三國志．吳主傳》裴松之注引西晉胡沖《吳歷》的記載：「公見舟船器仗軍伍整肅，喟然嘆曰：『生子當如孫仲謀，劉景升兒子若豚犬耳！』」「公」指曹操，孫權字仲謀，劉表字景升。魏、吳兩國對陣，曹操看到吳國的舟船、器仗、軍容整肅，於是嘆息著說：「生子當如孫仲謀，相比之下，劉表的兒子們就像豬狗啊！」

其實，「豚犬」最初並非專門用於謙稱兒子。明代學者田藝蘅所著《留青日劄》中有「豚犬」一條，其中講述了這個謙詞的來歷：「范蠡欲速報吳，使國民眾多，令國人：女子十七不嫁，丈夫三十不娶，皆罪父母。生丈夫，與酒三壺，犬一；生女子，與酒一壺，豚一。所謂豚犬，蓋幼幼之事也。」

原來，這是吳國戰勝越國後，越國大夫范蠡想出來的迅速增加人口的獎勵措施：生了男孩子，賜酒三壺，賜犬一隻；生了女孩子，賜酒一壺，賜小豬一隻。所謂「幼幼之事」，是指賜予酒、犬、豚，乃是出於愛護初生兒的意思。可見不管生的是男是女，最初的時候都可稱「豚犬」。

「豚犬」、「豚兒」的用法同「犬子」、「小犬」一樣，只能用來謙稱自己的兒子，如果用來稱呼對方的兒子，就屬於辱罵之詞，曹操嘆息「景升豚犬」正是表示看不起的意思。

# 破瓜

民間俗語中把女子第一次性交破身稱作「破瓜」，與「破處」、「開苞」同義。這種用法反映了民間文化的粗俗，反映了使用者道德低下和猥褻的人品。因為「破瓜」本是一個非常美好的比喻。

古人用「破瓜」喻指女子十六歲，因為「瓜」字破開是「二八」，二八一十六，正好用來比喻女子十六歲的青春年華。

## ○出處

「破瓜」一詞出自東晉孫綽所作的《碧玉歌》（又叫《情人碧玉歌》、《千金意》）。南宋郭茂倩編撰的《樂府詩集》卷四十五引述《樂苑》的記載：「《碧玉歌》者，宋汝南王所作也。碧玉，汝南王妾名，以寵愛之甚，所以歌之。」

「宋汝南王」為「晉汝南王」之誤。碧玉是汝南王司馬義的愛妾，因為非常寵愛碧玉，於是作《碧玉歌》。但《碧玉歌》究竟是誰所作，歷來說法不一，有說孫綽應汝南王之請所作，有說其中也有梁武帝的作品，這裡不作深究。根據《樂府詩集》的收錄，將五首《碧玉歌》照錄於下：

其一：「碧玉破瓜時，郎為情顛倒。芙蓉陵霜榮，秋容故尚好。」

其二：「碧玉小家女，不敢攀貴德。感郎千金意，慚無傾城色。」

其三：「碧玉小家女，不敢貴德攀。感郎意氣重，遂得結金蘭。」

其四：「碧玉破瓜時，相為情顛倒。感郎不羞郎，回身就郎抱。」

其五：「杏梁日始照，蕙席歡未極。碧玉奉金杯，淥酒助花色。」

從詩意可知，其一和其四都是豔詩，描寫的都是男女歡好的場景。碧玉自稱「小家女」，而且「慚無傾城色」，可是汝南王卻愛得不行，可見「小家碧玉」必有「小家碧玉」的好處，也許溫柔，也許可愛，也許善解人意，總之碧玉這位最早的「小家碧玉」迷住了汝南王這位皇親國戚，「遂得結金蘭」，「相為情顛倒」。

「小家碧玉」的稱謂就出自這五首《碧玉歌》。「小家碧玉」是和「大家閨秀」相對而言的。「大家閨秀」是指出身於世家大族，修養、談吐、待人接物具有大家風範的女子；「小家碧玉」泛指小戶人家的美貌女子，也與碧玉「妾」的身分相符。

汝南王和碧玉的愛情故事流傳很廣，《樂府詩集》同時收錄了梁元帝蕭繹的一首《採蓮曲》，吟詠的也是這個故事：「碧玉小家女，來嫁汝南王。蓮花亂臉色，荷葉雜衣香。因持薦君子，願襲芙蓉裳。」從此，「碧玉」就成了一個代名詞，不僅指代「小家碧玉」，也指代歌妓，比如唐朝李暇所作《相和歌辭・碧玉歌》：「碧玉上宮妓，出入千花林。珠被玳瑁床，感郎情意深。」

**○釋義關鍵**

「碧玉破瓜時」是指碧玉到了十六歲的時候和汝南王開始了感人的愛情，並最終嫁為人妾。「破瓜」為什麼會被後人誤解為「破處」、「開苞」呢？都是因為這個「破」字在作祟。其實「破瓜」還可以寫作「分瓜」，把「瓜」字分為「二八」。如果「分瓜」代替「破瓜」流傳了下來，人們也就不會產生這樣的誤解和齷齪的聯想了。

**○用法**

唐人段成式《戲高侍御七首（之三）》詩中吟詠道：「花恨紅腰柳妒眉，東鄰牆短不曾窺。猶憐最小分瓜日，奈許迎春得藕時。」「藕」諧音「偶」，這是形容女子十六歲得偶。李群玉《醉後贈馮姬》詩中吟詠道：「桂形淺拂梁家黛，瓜字初分碧玉年。」都是用的「分瓜」。「瓜」字分為「二八」，則兩個「八」相乘為六十四，因此「破瓜」也可以指六十四歲。北宋楊億在《楊文公談苑》中記錄了一則呂洞賓的故事：「張洎家居，忽外有一隱士通謁，乃洞賓名姓，洎倒屣見之……索紙筆，八分書七言四韻詞一章，留與洎，頗言將佐鼎席之意。其末句云『功成當在破瓜年』，俗以破瓜字為二八，洎年六十四卒，乃其讖也。」

跟寇準同時為官的張洎，有一天在家裡閒居，忽然有一位道士求見，通名報姓之後，原來是仙翁呂洞賓。張洎盛情款待之後，呂洞賓留下一首七絕揚長而去。張洎一看這首七絕，最後一句是：「功成當在破瓜年。」呂洞賓的意思是張洎會在六十四歲這一年升任宰相之職，「鼎席」即指宰相之位。果然，張洎在六十四歲這一年拜相。不過，呂洞賓沒有說出口的是，拜相之年也就是身死之年，張洎於同年病死。

明清時期，市民文化開始興盛，「破瓜」一詞進入了日常用語。因為有個「破」字，心理陰暗的文人學士們遂不求甚解，不由分說地將這一稱謂粗俗化。明代通俗作家馮夢龍的著名小說《杜十娘怒沉百寶箱》中，「破瓜」就變成了「破身」之意：「那杜十娘自十三歲破瓜，今一十九歲，七年之內，不知歷過了多少公子王孫，一個個情迷意蕩，破家蕩產而不惜。」

# 花信

「花信」或「花信年華」是對女子二十四歲的雅稱。不過，跟「破瓜」破成二八一十六的方式不同的是，「花信」是「二十四番花信風」的省稱。

## ○出處

「花信」即花信風。南宋學者程大昌所著《演繁露》載：「三月花開時風名花信風。初而泛觀，則似謂此風來報花之消息耳。按《呂氏春秋》曰：『春之得風，風不信則此花不成。』乃知花信風者，風應花期，其來有信也。」程大昌注明此條引自南唐學者徐鍇的《歲時廣記》。

南宋學者高似孫所著《緯略》「花信麥信」條中也說：「徐鍇《歲時記》曰：『三月花開，名花信風。』」可見所謂「花信風」，是指初春三月，與花期同步，應信而來的風。此即《呂氏春秋》所說：「春之德風，風不信，其華不盛，華不盛則果實不生。」應信而來的花信風因此被稱作「德風」。

程大昌和高似孫都是南宋學者，但所引的徐鍇的說法卻出自南唐時期，因此南唐時期的花信風僅僅指三月花開時節的景象。

到了宋代，據南宋學者胡仔《苕溪漁隱叢話．後集》引北宋孫宗鑒《東皋雜錄》云：「江南自初春至初夏，有二十四風信，梅花風最先，楝花風最後。唐人詩有『楝花開後風光好，梅子黃時雨意濃』，晏元獻有『二十四番花信風』之句。」

這是第一次出現「二十四風信」之名，而且注明「梅花風最先，楝花風最後」，時間跨度已經從三月擴展到「自初春至初夏」。

到了明代，開始出現最完整的「二十四番花信風」的序列。王逵在《蠡海集．氣候類》中寫道：「二十四番花信風者……一月二氣六候，自小寒至穀雨，凡四月八氣二十四候，每候五日，以一花之風信應之。世所異言，曰『始於梅花，終於楝花也』。詳而言之：小寒之一候梅花，二候山茶，三候水仙；大寒之一候瑞香，二候蘭花，三候山礬；立春之一候迎春，二候櫻桃，三候望春；雨水一候菜花，二候杏花，三候李花；驚蟄一候桃花，二候棣棠，三候薔薇；春分一候海棠，二候梨花，三候木蘭；清明一候桐花，二候麥花，三候柳花；穀雨一候牡丹，二候酴醿，三候楝花。花竟則立夏矣。」

古人以五天為一候，一個月共有兩個節氣六候，從小寒到穀雨，一共是四個月八個節氣二十四候，故稱「二十四番花信風」。

小寒的三候分別是梅花、山茶、水仙。

大寒的三候分別是瑞香、蘭花、山礬。瑞香是中國傳統名花，是一種常綠灌木，香味濃郁。本名睡香，北宋學者陶谷所著《清異錄》有「睡香」一條：「廬山瑞香花，始緣一比丘晝寢磐石上，夢中聞花香烈酷不可名，既覺，尋香求之，因名『睡香』。四方奇之，謂乃花中祥瑞，遂以『瑞』易『睡』。」

山礬也是一種常綠灌木，北宋著名詩人黃庭堅《戲詠高節亭邊山礬花詩序》中說：「江湖南野中，有一種小白花，本高數尺，春開極香，野人謂之鄭花。王荊公嘗欲作詩而陋其名，予請名曰山礬。野人采鄭花葉以染黃，不借礬而成色，故名山礬。」

立春的三候分別是任春、櫻桃、望春。「任春」，後人多以為乃「迎春」之誤，即迎春花；「望春」即紫玉蘭。

雨水的三候分別是菜花、杏花、李花。「菜花」即油菜花，「李花」即李樹的花。

驚蟄的三候分別是桃花、棣棠、薔薇。「棣（ㄉㄧˋ）棠」也是薔薇科的一種。

春分的三候分別是海棠、梨花、木蘭。「木蘭」是一種落葉喬木，這種植物的花有一個很好聽的名字叫辛夷。

清明的三候分別是桐花、麥花、柳花。「桐花」即桐樹的花，「麥花」指麥熟所開的花，「柳花」即柳樹所開的鵝黃色的花。

穀雨的三候分別是牡丹、酴醾、楝花。酴醾（ㄊㄨˊ ㄇㄧˊ），現在常寫作「荼蘼」，是古代的名花，古人認為它「色黃如酒」，因此加了一個「酉」字旁。此花是夏季最後所開的花，蘇軾有詩「酴醿不爭春，寂寞開最晚」，宋人王淇也有「開到荼蘼花事了」的詩句，可見此花一開，夏季就結束了，秋天即將來臨。「楝（ㄌㄧㄢˋ）花」即苦楝樹所開的花。

這就是所謂「梅花風最先，楝花風最後」。雖然學者們多有指出，這一序列中有的花卉與節候不符，但「二十四番花信風」的稱謂卻傳之久遠。

**○用法**

從清代開始，人們將此稱謂移用於青年男女二十四歲的青春年華，始有「年方花信」、「花信年華」的比喻，當然更多地是用於女子，比如晚清女詩人阮恩灤二十四歲早逝，戴賡保寫了一首詞，其中有「誰念冰雪聰明，華年廿四，花信風吹斷」的句子，即悼念她以二十四歲的青春華年卻早逝之意。

# 千金

「千金」本來是一個敬詞，按照中國古代「貶己尊人」的禮貌原則，過去只能敬稱別人家的嬌女為「千金」，可是如今連自己家的嬌女也竟然都敢稱為「千金」了！「千金小姐」特指未婚女子，女子結婚之後，身價立馬縮水，不能再被稱為「千金」了。

## 釋義關鍵

「金」是古代的貨幣單位，秦始皇統一六國之後，也統一了幣制，規定貨幣分為兩種：黃金為上幣，計量單位為「鎰」（一ˋ），一鎰等於二十兩或者二十四兩；銅為下幣。但是古人卻不用鎰或兩來稱呼貨幣，而是用「金」稱呼，比如「馬一匹百金」之類。漢代以一斤黃金為一金。《史記・項羽本紀》載：「項王乃曰：『吾聞漢購我頭千金，邑萬戶。』」項羽的頭值一千斤黃金，可見有多貴重。後來「千金」就引申為貴重的意思，並誕生了諸如「一字千金」、「一諾千金」、「春宵一刻值千金」、「五花馬，千金裘」等等許多典故。

「千金」既然貴重，古時候就誕生了一句諺語，叫「家累千金，坐不垂堂」，或者「千金之子，坐不垂堂」。據《史記·司馬相如列傳》載，漢武帝喜歡打獵，而且喜歡親自上陣追逐野獸，司馬相如於是給漢武帝上疏，裡面有這樣幾句話：「蓋明者遠見於未萌，而智者避危於無形，禍固多藏於隱微而發於人之所忽者也。故鄙諺曰：『家累千金，坐不垂堂。』此言雖小，可以喻大。」

聖明的人在事情還沒有萌發時便能夠預見到，智者能夠在無形中就避開了危險，災禍本來都是隱藏在細微之中，人們疏忽的時候就會發生。因此俗話才說：「家累千金，坐不垂堂。」

從司馬相如的上疏中可以看到，「家累千金」後面往往跟著一句「坐不垂堂」，而且是司馬相如家鄉蜀地的諺語，很早就已經在民間流傳了。「垂」是指堂簷下靠階的地方，「垂堂」是指靠近堂屋的簷下。司馬貞索隱引述三國時期學者張揖的注解說：「畏簷瓦墮中人也。」坐在簷下害怕簷上的瓦掉下來傷人，因此才「坐不垂堂」，不坐在簷下。

不過，顏師古在為《漢書·司馬相如列傳》所作的注中，卻如此反駁：「垂堂者，近堂邊外，自恐墜墮耳，非畏簷瓦也。言富人之子則自愛深也。」「垂堂」是指坐的地方過於靠外，害怕自己摔下臺階，不是害怕簷上的瓦掉下來砸到頭上。

《漢書·爰盎傳》還有「千金之子不垂堂，百金之子不騎衡」的說法，「衡」指樓殿邊緣的欄杆。千金之子坐不垂堂，百金之子不能騎跨在樓殿邊的欄杆上，比喻家財富有的人常自珍愛，不自蹈險地。

「千金之子」本來指富貴人家的子孫，與之類似，「千金」作為對人的稱謂，最早也是指男孩子，而不是女孩子。

## ○出處

「千金」一詞出自《梁書．謝朏傳》。南朝梁的著名文學家謝朏（ㄈㄟˇ），字敬沖，陳郡陽夏（今河南太康）人，謝莊的兒子。謝朏小時候非常聰明，謝莊很喜歡這個兒子，常常讓他跟隨左右，外出遊玩的時候也帶上他。謝朏十歲就能寫一手好文章，有一次謝莊帶著他去土山遊玩，讓謝朏寫一篇命題作文，謝朏拿過筆來一氣呵成，謝莊看了之後，不由得大喜過望。謝莊的朋友王景文對謝莊說：「賢子足稱神童，復為後來特達。」「莊笑，因撫朏背曰：『真吾家千金。』」真是我家的千金啊！

那時南朝的宋代還沒有被齊、梁兩個朝代取代，謝朏的名聲甚至傳到了宋孝武帝的耳朵眼裡，有一次宋孝武帝去姑蘇（蘇州）遊玩，特意命謝莊帶上謝朏一起前往，並讓謝朏寫了一篇《洞井贊》的命題作文，謝朏隨隨便便就寫完了，宋孝武帝看完之後感歎道：「雖小，奇童也。」後來，謝朏果然成為了著名文學家，官至尚書令。

稍後的《南史．謝朏傳》也有類似的記載。從此之後，「千金」這個比喻就流傳了下來，但是專指男孩。

## ○用法

到了元代，「千金」這一稱謂方才和「小姐」合在了一起，用來敬稱富貴人家的女孩子。比如張國賓所作《薛仁貴榮歸故里》一劇中說道：「小姐也，我則是個庶民百姓之女，你乃是官宦人家的千金小姐，請自穩便。」顯然，在張國賓寫作此劇之前，民間已經改換了「千金」一詞的原始含意，而用來指稱女孩子了，張國賓只是在劇中使用了「千金小姐」這一稱謂而已。一直到今天，「千金」一詞的含意早已固定下來，專指未婚女子了。

# 掌上明珠

「掌上明珠」這個成語很有意思，今天特指愛女，不管是別人的女兒還是自己的女兒，都可稱「掌上明珠」，但是絕不能用來稱呼兒子。不過這個稱謂的演變軌跡卻是：最早用來形容情人，然後用來稱呼兒子，最後才作為愛女的特指。

## ○出處

西晉文學家傅玄作有《短歌行》一詩，模擬一位女子的口吻，懷念棄她而去的情人：

長安高城，層樓亭亭。干雲四起，上貫天庭。蜉蝣何整，行如軍征。蟋蟀何感，中夜哀鳴。蚍蜉愉樂，粲粲其榮。寤寐念之，誰知我情。昔君視我，如掌中珠。何意一朝，棄我溝渠。昔君與我，如影如形。何意一去，心如流星。昔君與我，兩心相結。何意今日，忽然兩絕。

這真是一首淒慘欲絕的詩篇！特別是後半首，今昔對比，一詠三嘆，令人掩耳不忍聞。「昔君視我，如掌中珠」，這就是「掌上明珠」的最早出處，男子把自己心愛的女人稱作「掌中珠」。

到了南北朝時期，南朝梁文學家任昉在《述異記》中記載：「凡珠有龍珠，龍所吐者；蛇珠，蛇所吐者。南海俗諺云：『蛇珠千枚，不及玫瑰。』亦蛇珠賤也。越人諺云：『種千畝木奴，不如一龍珠。』」

「龍珠」即夜明珠。莊子在〈列禦寇〉篇中講過一個故事：「河上有家貧恃緯蕭而食者，其子沒於淵，得千金之珠。其父謂其子曰：『取石來鍛之！夫千金之珠，必在九重之淵而驪龍頷下，子能得珠者，必遭其睡也。使驪龍而寤，子尚奚微之有哉！』」

「緯蕭」指編織蒿草。河上有戶人家很窮，靠編織葦席為生，他兒子潛入深淵，得到一顆千金之珠。父親對兒子說：「快拿石頭來砸碎它！千金之珠必定生於九重深淵黑龍的下巴，你能得到這顆珠子，一定是正趕上它在睡覺。假如黑龍醒來，你還能得到什麼呢！」

戰國時期的《尸子》一書中也說：「玉淵之中，驪龍蟠焉，頷下有珠。」東晉葛洪所著《抱朴子．祛惑》篇中則寫道：「凡探明珠，不於合浦之淵，不得驪龍之夜光也。」合浦是古代郡名，郡治即今廣西合浦縣，有珍珠城，又名白龍城，以盛產珍珠著名。這就是「探驪得珠」這個成語的由來，加以引申，用來比喻應試得第或寫文章能夠抓住關鍵，扣緊主題。

「合浦之淵」產龍珠，還有一個有趣的故事。據《後漢書．孟嘗傳》記載：「（孟嘗）遷合浦太守。郡不產穀實，而海出珠寶，與交阯比境，常通商販，留糴糧食。先時宰守並多貪穢，詭人采求，不知紀極，珠遂漸徙於交阯郡界。於是行旅不至，人物無資，貧者餓死於道。嘗到官，革易前敝，求民病利。曾未逾歲，去珠復還，百姓皆反其業，商貨流通，稱為神明。」

「交阯」即「交趾」，即今越南北部。之所以叫「交趾」，據鄭玄的解釋是「足相向然」，孔穎達則說：「臥時頭向外，而足在內而相交。」這種解釋讓人糊裡糊塗。有學者認為「交趾」其實就是盤腿而坐的一種習俗；也有學者認為「交趾」乃是「文趾」之誤，文其足趾，屬於文身的一種。

「糴」（ㄉㄧˊ）是買進糧食，與「糶」相對，「糶」（ㄊㄧㄠˋ）是賣出糧食。合浦的前任太守貪得無厭，不加節制地採求珍珠，以至於珍珠逐漸遷徙到交趾境內。孟嘗到任之後，革除弊端，不到一年的光景，珍珠就又遷徙回來了。這就是「合浦珠還」這個成語的由來。

「蛇珠」即蛇所吐的珠子，屬於賤物。至於越人的諺語「種千畝木奴，不如一龍珠」，何為「木奴」？原來，晉人稱柑橘樹為「木奴」。

東晉學者習鑿齒所著《襄陽記》載，三國時期吳國文官李衡在治家的問題上和妻子起了衝突，於是祕密派人種了千株柑橘，臨死前對兒子說：「汝母每惡我治家，故窮如是。然吾州裡有千頭木奴，不責汝衣食，歲上一匹絹，亦可足用耳。」原來，李衡遵從的是司馬遷在《史記．貨殖列傳》中「蜀、漢、江陵千樹橘……此其人皆與千戶侯等」的教導，背著妻子種了千株柑橘，留給兒子以為衣食之繼。後來李家果然大富，「木奴」的稱謂就此流傳了下來。「種千畝木奴，不如一龍珠」，可見龍珠之珍貴。

任昉接著寫道：「越俗以珠為上寶，生女謂之『珠娘』，生男謂之『珠兒』。吳越間俗說『明珠一斛貴如玉』者。」不過，簡稱「珠」的時候，無一例外都是指男孩子。南朝梁文學家江淹的第二個兒子不幸去世，江淹作《傷愛子賦》，其中吟詠道：「曾憫憐之慘淒，痛掌珠之愛子。」唐人亦如此使用。白居易在《哭崔兒》一詩中寫道：「掌珠一顆兒三歲，鬢雪千莖父六旬。」王宏《從軍行》：「兒生三日掌上珠，燕頷猿肱穠李膚。」「掌珠」、「掌上珠」都是形容男孩子。

## ○用法

不過，五代十國至宋代時期，「掌珠」的稱謂也仍然可以用來稱呼情人。由五代十國入宋的著名詞人孫光憲所作《更漏子》，其四云：「掌中珠，心上氣，愛惜豈將容易。花下月，枕前人，此生誰更親。交頸語，合歡身，便同比目金鱗。連繡枕，臥紅茵，霜天似暖春。」詞義十分顯豁，吟詠的就是女性情人。

明代也不例外，「掌珠」一詞也是用來稱呼男孩子的。《明成化說唱詞話叢刊》中形容包拯「他嫂嫂惜似掌中珠」，嫂嫂將包拯視作「掌中珠」。

直到清代，「掌上明珠」才開始特指愛女，比如查慎行有《中山尼》一詩，其中寫道：「自言生長本名家，阿父才名宋玉誇。千里飄飄隨遠宦，一家迢遞入三巴。養成嬌女嬌無偶，掌上明珠唾隨口。」從此之後，「掌上明珠」就成為愛女的特定稱謂，再也不能用來稱呼情人和兒子了。

# 古人怎麼稱呼女婿

受到重男輕女觀念的影響，女婿在中國家庭中的地位非常特殊，通常被視為半個兒子，因此從唐代起就有「半子」之稱；宋代民間又將女婿暱稱為「嬌客」，視作嬌貴的人，吳蓋是秦檜的女婿，秦檜的「十客」之一就有「吳蓋以愛婿為嬌客」。這些稱謂如今都還在使用。

為什麼用「婿」來稱呼女兒的丈夫呢？這是一個很有趣的問題，牽涉到古代的等級制度。

駙馬

駙馬

禁臠

乘龍快婿

東床

金龜婿

入贅

布袋

其實「婿」的本字是「壻」，「婿」是俗字，所以「女婿」最初寫作「女壻」。「壻」的左邊可不是「土」，而是「士」，正如許慎在《說文解字》中的解釋：「壻，夫也。從士胥聲。」

在先秦諸侯國中，國君以下分為卿、大夫、士三個級別，屬於統治階層，再往下就是庶民，也就是平民百姓。古書中常常可見「卿大夫」、「大夫士」的稱謂，這是非常嚴格的等級，絕對不能混淆。因此，後世經常所稱的「士大夫」在先秦應該是「大夫士」。直到戰國中期以後，隨著官僚階層的興起，表示等級制的「大夫」逐漸被表示階層的「士」所超越，才慢慢形成了「士大夫」的稱謂。

「胥」則指有才智的人。因此從士從胥的這個「壻」字就意味著：不僅是有才智的人，而且還必須出身士階層。由此可見，「壻」最初是一個具有等級意味的美稱，後來才變成所有女婿的泛稱。

《詩經．國風．氓》是一首棄婦自訴被丈夫遺棄的詩篇，其中有「女也不爽，士貳其行」的詩句，意思是我沒有什麼差錯，丈夫你卻變了心。「士」即指丈夫，許慎引用這句詩來解釋「壻」字為何從士。

這就是之所以稱「壻」的來龍去脈。

女婿的地位如此特殊，因此產生了一系列關於女婿的美稱。比如駙馬和禁臠是皇帝女婿的專用稱謂，任何人不得僭越使用，否則後果很嚴重；又比如乘龍快婿、東床、金龜婿等字面上看起來就非常美好的稱謂。

除此之外，中國民間還存在著一種非主流的女婿，即俗話所說的上門女婿。關於上門女婿的諸多稱謂頗為令人不解，比如入贅、倒插門、布袋。本章將一一解開這些稱謂的祕密。

# 駙馬

皇帝的女婿、公主的丈夫稱「駙馬」，屬於皇家的專用稱謂。「公主」就是皇帝的女兒，人盡皆知，可是為什麼稱「公主」，跟「駙馬」這個稱謂一樣，相信很多人都不知道。

周代的時候，周天子的女兒稱王姬，周的國姓為「姬」，故稱「王姬」。《詩經．國風．何彼襛矣》是一首描寫周天子之女嫁與齊侯之子，車駕盛大的詩篇，「襛」（ㄋㄨㄥˊ）形容出嫁的衣服穿得厚。《毛傳》：「《何彼襛矣》，美王姬也。雖則王姬亦下嫁于諸侯。」鄭玄注解說：「王姬，武王女。姬，周姓也。」孔穎達解釋得更清楚：「王姬者，王女而姬姓。」

據《春秋公羊傳．莊公元年》載：「天子嫁女乎諸侯，必使諸侯同姓者主之；諸侯嫁女于大夫，必使大夫同姓者主之。」天子下嫁自己的女兒，貴為至尊，不能親自主婚，只能由同姓的諸侯主婚，諸侯國的國君的爵位是「公」，「公」來主婚，故稱「公主」。

不過，春秋時期還沒有「公主」之稱，「公主」的稱謂是從戰國時期開始的。《史記．孫子吳起列傳》載：「公叔為相，尚魏公主。」戰國時期魏國大臣公叔痤（ㄘㄨㄛˊ）擔任國相，娶魏武侯的女兒為妻。凡娶國君之女都稱「尚」，尚者，上也，尊也。魏武侯的爵位為「侯」，按照禮制，「諸侯嫁女于大夫，必使大夫同姓者主之」，不能稱「公主」，因此北宋高承在《事物紀原》一書中評價這件事說：「僭天子之女也。」僭越天子之女的稱號。此時周王室的地位早已衰落，因此各諸侯國才敢僭越，諸侯的女兒也可以稱作「公主」了。

從漢代開始，「公主」只能用於皇帝的女兒。五代後蜀學者馬鑒《續事始》中說：「自古天子之女未有封邑，至周中葉，天子嫁女於諸侯，天子至尊，不自主婚，使同姓諸侯主之，始謂之『公主』。漢制，天子女為公主，姊妹曰長公主，帝姑為大長公主。後漢諸王女封縣主。」皇帝的姊妹稱「長公主」，姑母稱「大長公主」。

漢代諸王的女兒則稱作「翁主」。《史記．大宛列傳》載：「烏孫以千匹馬聘漢女，漢遣宗室女江都翁主往妻烏孫，烏孫王昆莫以為右夫人。」「江都翁主」指江都王劉建的女兒。《漢書．高帝紀》載，漢高祖十二年，劉邦下詔：「重臣之親，或為列侯，皆令自置吏，得賦斂，女子公主。」漢初制度寬鬆，爵位最高的列侯幾乎等同於諸侯國，而且僭越天子之制，可以自行置備官吏、收稅，列侯的女兒也可以稱「公主」。顏師古注解說：「天子不親主婚，故謂之公主。諸王即自主婚，故其女曰翁主。翁者，父也，言父主其婚也。亦曰王主，言王自主其婚也。」這才是「翁主」稱謂的常例，因此後來諸王的女兒都只能稱「翁主」或「王主」。

到了東漢和晉代，「公主」也稱「縣主」或「郡主」，因為不像以前的公主「未有封邑」，這時候的公主則都有封地，公主封號之前都是縣名或郡名，比如漢武帝的姑母劉嫖稱館陶公主，館陶在河北，現在還叫館陶縣。晉武帝的女兒稱平陽公主，平陽為郡名。

隋唐時期，太子的女兒稱「郡主」，諸王的女兒稱「縣主」，都不能稱「公主」。此後歷代一直沿用。

而公主的丈夫稱「駙馬」則是個比較古怪的稱謂。什麼叫「駙」？跟馬又有什麼關係？

## ○用法

《說文解字》：「駙，副馬也。」天子出行，跟隨的車輛稱「副車」，「副馬」自然指駕副車之馬。《漢書．百官公卿表》載：「奉車都尉掌御乘輿車，駙馬都尉掌駙馬，皆武帝初置。」顏師古注解說：「駙，副馬也。非正駕車，皆為副馬。」可見「駙馬都尉」原為官職，負責掌管天子出行的隨從之車，簡稱「駙馬」。而且兩漢時期，駙馬都尉多由宗室、外戚和勳臣的子孫擔任，與皇帝的女婿毫無關係。

流行的說法認為，「駙馬」一詞雖然早就有了，但是把公主的丈夫稱作「駙馬」卻是從三國時期的何晏才開始的。何晏，字平叔，娶曹操的女兒金鄉公主為妻，被魏文帝曹丕封為駙馬都尉，賜爵關內侯。

《世說新語．容止》篇記載了何晏的一則趣事：「何平叔美姿儀，面至白。魏明帝疑其傅粉，正夏月，與熱湯餅。既啖，大汗出，以朱衣自拭，色轉皎然。」

何晏是著名的美男子，史書形容他「性自喜，動靜粉白不去手，行步顧影」。魏明帝曹睿懷疑他往臉上搽粉，特意在酷暑盛夏突然宣召何晏進宮，賜給他一碗熱湯餅。「湯餅」不是燒餅之類的餅，而是水煮的麵食。古時沒有「麵」這個字，因此凡麵食一概稱「餅」。清人胡鳴玉所著《訂訛雜錄》中有「湯餅」一條，其中說：「生兒三日會客，名曰湯餅。」晚清文康所著白話小說《兒女英雄傳》第二十八回寫道：「今之熱湯兒麵，即古之湯餅也。所以如今小兒洗三下麵，古謂之『湯餅會』。」因此「湯餅」其實就是今天所說的湯麵。

何晏吃完這碗熱湯麵之後，大汗淋漓，撩起大紅色的官服擦汗，只見「色轉皎然」，臉龐更加潔白明亮。這一場金殿吃麵，造就了何晏的盛名，人們從此就用「粉郎」來稱呼他；又因為何晏賜爵關內侯，故又稱「粉侯」。

自何晏之後，只要娶了公主，一定要封為駙馬都尉，成為歷代常例。馬鑒《續事始》中說：「惟駙馬都尉，諸尚主者為之，遂為常制也。」「駙馬」遂成為公主丈夫的專稱。清代稱「額駙」，只不過是用滿語的「額」音置於「駙」前而已。

順理成章地，「粉侯」也成為駙馬的別稱，清代學者畢沅還專門在《續資治通鑒》中記錄了一筆：「俗謂駙馬都尉曰粉侯。」

而何晏的「粉郎」之稱，以其香豔性和親密性，被後世的女人們用作對心愛郎君的暱稱。比如宋代詞人柳永的《甘草子》詞：「秋暮，亂灑衰荷，顆顆真珠雨。雨過月華生，冷徹鴛鴦浦。池上憑闌愁無侶，奈此個，單棲情緒！卻傍金籠共鸚鵡，念粉郎言語。」描寫一位女子在教鸚鵡學念情郎的言語。

以上，稱皇帝的女婿、公主的丈夫為「駙馬」是從何晏開始的，乃是最流行的說法。何晏確實曾被封為駙馬都尉，比如在《論語集解》的序中，何晏即自稱「尚書、駙馬都尉、關內侯臣何晏」，但是卻沒有任何文獻記載皇帝女婿之「駙馬」的稱謂始自何晏。

東晉干寶所著《搜神記》卷十六記載了一則隴西辛道度的傳奇故事。辛道度遊學至雍州城（古屬秦國），遇到一位秦女，自稱：「我秦閔王女，出聘曹國，不幸無夫而亡。亡來已二十三年，獨居此宅，今日君來，願為夫婦，經三宿。」其實秦國世系並無秦閔王，應該是干寶的杜撰。

三宿之後，秦女以金枕為表信，與辛道度泣別。辛道度走出門外，才發現這是一處墳墓，慌忙逃跑，到了秦國，在集市上賣金枕，適逢秦妃出遊，看到金枕，向辛道度詢問從何處得來。辛道度如實相告，秦妃泣下如雨，說：「我女大聖，死經二十三年，猶能與生人交往。此是我真女婿也。」

故事的結尾，干寶寫道：「遂封度為駙馬都尉，賜金帛車馬，令還本國。因此以來，後人名女婿為『駙馬』，今之國婿亦為『駙馬』矣。」

干寶的這一筆記載說明，至遲到了東晉時期，「國婿」已被稱為「駙馬」。但是否從何晏開始，沒有文獻支持，只能存疑。

## ○出處

而直呼女婿為「駙馬」者，則始自南朝劉宋王朝。據《宋書．前廢帝本紀》載，劉子業是宋的第六位皇帝，山陰公主是他的同母親姊姊，以「肆情淫縱」著稱。山陰公主的丈夫叫何戢（ㄐㄧˊ），拜為駙馬都尉。有一次，山陰公主對劉子業說：「妾與陛下，雖男女有殊，俱托體先帝。陛下六宮萬數，而妾唯駙馬一人，事不均平，一何至此！」

劉子業哪裡能夠讓姊姊受委屈，於是「帝乃為主置面首左右三十人」。請注意，這裡的全稱是「面首左右」。這句話經常被人斷句為：「帝乃為主置面首，左右三十人。」語言學家呂叔湘先生早就指出這樣斷句是錯誤的，因為「面首左右」類似於一種職稱，「以『某某左右』為侍從的職名，創於江南，延及北朝」。皇帝賞賜給姊姊的男寵當然要由朝廷供養，也要有一定的官銜或者職稱，故稱「面首左右」，後來才省略作「面首」。這是「面首」一詞第一次用來指男寵。

有趣的是，山陰公主還不滿足，又看中了另一位駙馬都尉、貌美的褚淵。褚淵娶宋文帝劉義隆的女兒南郡公主為妻，同樣拜為駙馬都尉。按照輩分，褚淵是山陰公主的姑父，不過山陰公主可不管這一套，央求劉子業命褚淵侍奉自己。「淵侍主十日，備見逼迫，誓死不回，遂得免。」這十天之內，山陰公主是怎麼「備見逼迫」的，褚淵又是怎麼「誓死」不從的，史書無載，不敢妄猜。

「妾唯駙馬一人」，這是正史中第一次出現直呼「駙馬」這一稱謂，從此之後就成為常例。

# 禁臠

「禁臠」這個詞，今天用來比喻那些獨自占有而不容別人分享、染指的東西。鮮為人知的是，這個詞竟然也是皇帝女婿的專用稱謂！

## ○字形分析

「臠」是什麼東西？既然從肉，那麼一定跟肉有關係。《說文解字》：「臠，臞也……一曰，切肉臠也。」「臞」（ㄑㄩˊ）是少肉之意；肉臠即切好的肉塊，不過這種肉塊比較小，正符合「臞」少肉的定義；切好的大塊的肉塊稱「胾」（ㄗˋ），可見古人對事物的分類之細。

《詩經．國風．素冠》是一首描寫思念之苦的詩篇，其中有「棘人欒欒兮」的詩句，居父母之喪者自稱「棘人」。「欒欒」本寫作「臠臠」，屬於通假字，形容居喪之人思念父母，不思飲食，以至於瘦骨嶙峋的模樣。一個「臠」就已經是少肉、小肉塊的意思，兩個「臠」字重疊在一起，當然肉就更少啦！「棘人欒欒兮」實在是太生動的詠歎啊！

## ○出處

「禁臠」的稱謂最早出自《世說新語．排調》篇。「排調」意為戲弄嘲笑，因此此篇皆為調笑之事。「孝武屬王珣求女婿，曰：『王敦、桓溫，磊砢之流，既不可復得，且小如意，亦好豫人家事，酷非所須。正如真長、子敬比，最佳。』珣舉謝混。後袁山松欲擬謝婚，王曰：『卿莫近禁臠！』」

王珣，東晉大臣；王敦，東晉初的權臣，娶開國皇帝晉武帝司馬炎的女兒襄城公主為妻；桓溫，東晉初的權臣，娶晉明帝司馬紹的女兒南康公主為妻；磊砢（ㄌㄨㄛˇ），形容人才能卓越；真長，東晉名士劉惔（ㄊㄢˊ）字真長，娶晉明帝的女兒廬陵公主為妻；子敬，東晉著名書法家王獻之字子敬，娶東晉簡文帝司馬昱的女兒新安公主為妻；謝混，東晉大臣、著名詩人，號稱「風華江左第一」；袁山松，吳郡太守。

這個故事講的是：晉孝武帝司馬曜囑託王珣為晉陵公主尋找合適的女婿，說：「王敦和桓溫都是才能卓越的人物，不可能再找得到了，而且這種人稍微得意，就喜歡干預別人的家事，絕不是我所需要的人。正像劉惔和王獻之這樣的人最合適。」於是王珣推薦了謝混。不料婚事還沒有成，孝武帝就駕崩了。此後不久，袁山松也看上了謝混，打算把女兒嫁給他，正巧也來徵求王珣的意見，王珣嘲謔地說：「你不要靠近禁臠！」

## ○釋義關鍵

那麼，王珣為什麼會將謝混比作晉孝武帝的「禁臠」呢？《晉書．謝混傳》同樣記載了這個故事之後，解釋了這一稱謂的原委：「初，元帝始鎮建業，公私窘罄，每得一豚，以為珍膳，項上一臠尤美，輒以薦帝，群下未嘗敢食，於時呼為『禁臠』，故珣因以為戲。」

司馬睿是東晉的開國皇帝，西晉滅亡後，他在建業稱帝，即晉元帝，改建業為建康（今南京）。國家初建，百廢待興，人們的生活水準極低，連皇帝和大臣們都很少能夠吃到肉。每次得到一頭小豬，大臣們就把小豬脖子下最肥美的一塊兒獻給晉元帝，當時人稱之為「禁臠」，即專供皇帝食用的部分，王珣因此以之戲呼謝混為晉孝武帝的心愛之物，旁人不得染指。

「禁臠」如此之肥美，以至於蘇東坡在《老饕賦》中情不自禁地流著口水吟詠道：「嘗項上之一臠，嚼霜前之兩螯。」將小豬脖子下那塊最肥美的「禁臠」同霜前螃蟹的第一對大鉗子似的腳相提並論。

謝混後來果然娶了晉陵公主為妻。從此之後，「禁臠」就成為皇帝女婿的專用稱謂。晚唐詩人孫元晏在詠史詩中如此吟詠謝混：「尚主當初偶未成，此時誰合更關情。可憐謝混風華在，千古翻傳禁臠名。」就是吟詠謝混的這段故事。

**○用法**

唐代學者劉知幾在《史通·雜說》中寫道：「江左皇族，水鄉庶姓，若司馬、劉、蕭、韓、王，或出於亡命，或起自俘囚，一詣桑乾，皆成禁臠。」根據《魏書》的記載，司馬、劉、蕭、韓、王諸家族降北魏後，家族中的子弟很多都娶了公主，因此皆稱「禁臠」。北魏曾遷都平城（今山西大同），桑乾河繞城而過，「一詣桑乾」即指歸順北魏。

唐人張垍（ㄐㄧˋ）所著《控鶴監祕記》曾記載過一則武則天的「禁臠」故事。有趣的是，張垍本人即為「禁臠」，他娶了唐玄宗李隆基的女兒甯親公主為妻。控鶴監本來是宿衛近侍之官所居，武則天時所置，不過武則天卻是為了安置張易之、張昌宗兩位面首。之所以稱「控鶴」，控鶴即騎鶴，據劉向《列仙傳》載，周靈王的太子王子喬在嵩山修道三十餘年，騎鶴升仙而去，後人遂將騎鶴或控鶴用作仙人上天之典。宿衛近侍的職責乃是保衛天子，其意等同於上天、接近天子，故稱「控鶴」。

《控鶴監祕記》極盡情色之能事：「天后命將作大匠於峽石為昌宗造園，屋舍皆黃金塗，白玉為階。後爇奇香，擁真珠帳，幸昌宗。昌宗醉眠，陰軟，后與為戲，拉莖上皮覆陰頭，頭棱高，皮格格不上，俄而挺然，根雖弩健，而頭肉肥厚，如綿毬成團，色若芙蓉，撚之類無精管者。后嘆曰：『使人之意也消。』婉兒心動，裙下皆濕，不覺手近昌宗。后大怒，取金刀插其髻，曰：『汝敢近禁臠，罪當死！』六郎為哀求，始免，然額有傷痕，故於宮中常戴花鈿也。」

張昌宗是武則天的男寵，上官婉兒則是武則天最寵幸的女官。「爇」（ㄖㄨㄛˋ），燃燒。燃奇香而幸昌宗，真是香豔之極。不過上官婉兒被武則天這一刺，雖然經張昌宗求情保住了性命，但額頭上卻留下了傷痕，於是戴「花鈿」遮掩。「花鈿」是用珠玉製成的花形首飾，又稱「花子」。晚唐著名的博物學家段成式所著《酉陽雜俎》中說：「今婦人面飾用花子，起自昭容上官氏所製，以掩點跡。」

武則天貴為女皇，非但不按照傳統規矩稱女婿為「禁臠」，竟然還拿這個皇家的專用稱謂來稱呼自己的面首！不過誰教她是中國歷史上唯一的女皇帝呢，只好作為特例。而上官婉兒膽敢「近禁臠」，雖未得逞，卻為中國婦女發明了一種新奇的面飾，亦不失為一樁美談。

說到張垍，世界上還真就有這麼巧的事情。張垍身為唐玄宗的駙馬，甯親公主的丈夫，當時去武則天朝不遠，耳聞一些武則天的宮廷祕事大有可能；但是能把武則天的床笫韻事描述得栩栩如生，活色生香，細節如同親眼目睹，很顯然經過了藝術加工和渲染的成分，甚至稱得上對武則天的意淫，真可謂一朵奇葩！不過，張垍僅止於意淫，其父的奇葩程度還要更甚。

張垍是唐玄宗時丞相張說的二兒子，張說的女婿叫鄭鎰，翁婿二人聯手創造了將岳父稱為「泰山」的典故。

段成式在《酉陽雜俎．語資》篇中記載了這則趣事：「明皇封禪泰山，張說為封禪使。說女婿鄭鎰，本九品官。舊例，封禪後自三公以下，皆遷轉一級，惟鄭鎰因說驟遷五品，兼賜緋服。因大酺次，玄宗見鎰官位騰躍，怪而問之，鎰無詞以對。黃旛綽曰：『此泰山之力也。』」

唐玄宗李隆基要去泰山封禪，任命張說為封禪使。封禪是古代帝王祭天地的大典，一般都在泰山舉行。在泰山上築土為壇祭天，這叫「封」；在泰山下的梁父山開闢場地祭地，這叫「禪（ㄕㄢˋ）」。張說身為封禪使，全權負責封禪大典的準備工作和各項儀式。

按照慣例，封禪之後，三公以下的官員都升遷一級，張說的女婿鄭鎰本來是九品官，按說應該升遷為八品官，張說大權在手，趁機將女婿直升為五品官，五品官官服的顏色為紅色，即「緋服」。封禪後，唐玄宗舉行盛大的宴會，這就叫「大酺（ㄆㄨˊ）」，席間，唐玄宗看到穿著緋服的鄭鎰，不明白他怎麼一下子就升到了五品官，就詢問鄭鎰，鄭鎰無言以對。著名諧星黃旛綽趕緊在一旁打圓場，說道：「此泰山之力也。」意思是鄭鎰的升遷是借助封禪泰山的機會，被張說火線提拔的。

從此之後，妻子的父親就被稱為「泰山」，妻子的母親順理成章地被稱為「泰水」；又因為泰山乃五嶽之首，號稱「東嶽泰山」，故此又稱為「岳父」，妻子的母親也順理成章地被稱為「岳母」；又因為泰山有丈人峰，故此又稱為「岳丈」，妻子的母親也順理成章地被稱為「丈母」、「丈母娘」。

張說的一樁假公濟私之舉，就此成為了千古佳話，而且以他為源頭的這些稱謂，至今還生命力旺盛地活躍在我們的口頭語之中。

# 乘龍快婿

今天人們還把前程遠大而令人快慰可心、稱心如意的女婿美稱為「乘龍快婿」。不過，鮮為人知的是，「乘龍」和「快婿」卻是出自兩個不同年代的典故，而且「快婿」的最初含意也並非令老丈人快意之「快」。

## ○出處

「乘龍」的典故相信很多讀者朋友都很熟悉。據劉向《列仙傳》載：「蕭史者，秦穆公時人也。善吹簫，能致孔雀白鶴於庭。穆公有女，字弄玉，好之，公遂以女妻焉。日教弄玉作鳳鳴，居數年，吹似鳳聲，鳳凰來止其屋。公為作鳳台，夫婦止其上，不下數年。一旦，皆隨鳳凰飛去。故秦人為作鳳女祠於雍宮中，時有簫聲而已。」

不過這個故事中還沒有出現龍的身影，直到唐末五代時期的道教學者杜光庭所著《仙傳拾遺》一書，這個故事的面貌才開始完備：「蕭史不知得道年代，貌如二十許人，善吹簫作鸞鳳之響，而瓊姿煒爍，風神超邁，真天人也。混跡於世時，莫能知之。秦穆公有女弄玉，善吹簫，公以弄玉妻之，遂教弄玉作鳳鳴。居數十年，吹簫似鳳聲，鳳凰來止其屋，公為作鳳台，夫婦止其上，不飲不食不下數年。一旦，弄玉乘鳳，蕭史乘龍，升天而去。秦為作鳳女祠，時聞簫聲。」

最早將女婿和「乘龍」明確聯繫起來的是東漢時期。據唐代大型類書《藝文類聚》引晉人張方所著《楚國先賢傳》曰：「孫俊，字文英，與李元禮俱娶太尉桓焉女，時人謂桓叔元兩女俱乘龍，言得婿如龍也。」桓焉字叔元，東漢太尉；孫俊字文英，李膺字元禮，俱為當時名士，前途無量，因此東漢時人將之比作龍，桓焉兩女當然就是「乘龍」了。唐人徐堅所著《初學記》則引《魏志》，將孫俊更換為東漢司徒黃尚，其餘的記載都一樣。

到了明代末年，馮夢龍在《東周列國志》中對「乘龍」的故事加以發揮，使得蕭史和弄玉成仙的故事情節更加生動曲折，從而也更加深入人心。該書第四十七回寫道：「於是蕭史乘赤龍，弄玉乘紫龍，自鳳台翔雲而去。今人稱佳婿為『乘龍』，正謂此也。」

「快婿」這一稱謂的來歷就更加有趣了。據《魏書．劉昞傳》載，劉昞字延明，北魏時期敦煌名儒。十四歲的時候，劉昞師從博士郭瑀求學，郭瑀門下共有弟子五百多人，其中通曉儒家經書的就有八十多人，可謂一時之盛。

「瑀有女始笄，妙選良偶，有心於昞。遂別設一席於坐前，謂諸弟子曰：『吾有一女，年向成長，欲覓一快女婿。誰坐此席者，吾當婚焉。』昞遂奮衣來坐，神志肅然，曰：『向聞先生欲求快女婿，昞其人也。』瑀遂以女妻之。」

郭瑀所說的「快女婿」本指令自己快意的女婿，沒想到劉昞抖了抖衣服，搶在眾人之前，飛「快」地坐到了這個座位上，神態嚴肅地說道：「您所求的快女婿就是我啊！」出自劉昞之口的「快女婿」，簡直可視為跑得飛快的女婿！可發一笑！

不過，郭瑀十五歲的女兒既有心於劉昞，郭瑀對劉昞的毛遂自薦又非常欣賞，於是郭瑀欣然將女兒許配給了劉昞，成就了這一樁姊弟戀。

## ○用法

明代戲劇家湯顯祖所作《紫釵記》第十齣唱詞：「待做這乘龍快婿，騏驥才郎，少的駟馬高車。」可見至遲到明代，人們已經將「乘龍」和「快婿」捏合到一起，作為女婿的美稱了。

# 東床

人們常常用「東床快婿」來形容自己滿意的女婿。現代社會中，未來的女婿第一次上門一定畢恭畢敬，所謂毛腳女婿上門，大氣都不敢出一口。不料第一次被稱為「東床快婿」的這個人卻反其道而行之。這個人就是東晉著名的書法家、人稱「書聖」的王羲之。

## 出處

《世說新語．雅量》篇中記載了這個有趣的故事：「郗太傅在京口，遣門生與王丞相書，求女婿。丞相語郗信：『君往東廂，任意選之。』門生歸，白郗曰：『王家諸郎，亦皆可嘉，聞來覓婿，咸自矜持。唯有一郎，在床上坦腹臥，如不聞。』郗公云：『正此好！』訪之，乃是逸少，因嫁女與焉。」

郗太傅指東晉大將郗鑒，時任太傅；王丞相指當朝丞相王導，是王羲之的叔父；逸少是王羲之的字。琅邪王氏是東晉時的豪門望族，郗鑒想為自己的女兒郗璿攀附王家子弟。王家的子弟聽說當朝太傅前來求親，個個喜不自勝，梳妝打扮，穿上最漂亮的衣服，在東廂房裡等待，人人都盼望自己接住這個繡球。

那位選美的門生在東廂房裡轉了一圈，回去向太傅郗鑒稟報這一趟的見聞：「王家真是藏龍臥虎！王家的子弟聽說我來選美，個個都打扮一新，人人都矜持得不得了，不過只有一個人是個例外，此郎在東廂房的床上敞著上衣，坦腹而臥，就像沒事人一樣，你說奇怪不奇怪？」太尉郗鑒一聽，手往大腿上一拍，興奮地說：「此郎正是我的好女婿啊！」派人一查訪，這個在東床坦腹的青年，原來就是王羲之。郗鑒立馬就把女兒嫁給了他。

宋代大型類書《太平御覽》卷八百六十所引晉人王隱《晉書》中的記載稍有不同：「王羲之幼有風操，郗虞卿聞王氏諸子皆俊，令使選婿。諸子皆飾容以待客，羲之獨坦腹東床，齧胡餅，神色自若。使具以告，虞卿曰：『此真吾子婿也！』問誰，果是逸少，乃妻之。」

郗鑒號虞卿，故稱「郗虞卿」。王羲之吃的「胡餅」，據劉熙所著《釋名．釋飲食》的解釋：「餅，並也，溲麵使合併也。胡餅，作之大漫汗也，亦言以胡麻著上也。」「溲（ㄙㄡ）麵」指用水和麵，「漫汗」形容大，胡餅就是一種用麵粉做成的大餅。「胡麻」即芝麻，有的胡餅上面還有芝麻，跟我們今天吃的燒餅一樣。

「胡餅」既然稱「胡」，當然是從胡人處傳來，也就是從西域傳來，如此說來，就是新疆的饢。饢不僅大，上面還有芝麻，正符合劉熙的描述。有趣的是，《太平御覽》又引北魏崔鴻《十六國春秋．後趙錄》的記載：「石勒諱胡，胡物皆改名，胡餅曰摶爐，石虎改曰麻餅。」

石勒是五胡十六國時期後趙的開國皇帝，本是羯族，因此忌諱「胡」字，改胡餅之名為「摶爐」。「摶」（ㄊㄨㄢˊ）是指用水把麵粉捏聚成麵團，然後放進爐子裡烤，這個名稱倒是非常生動，因此宋代又稱為「爐餅」。石虎是石勒的堂侄，石勒駕崩後，石虎殺了石勒的兒子，自立為王。石虎大概嫌「摶爐」這個名字太拗口，又改為「麻餅」，以餅上的芝麻來命名。

唐代房玄齡等人編修的《晉書．王羲之傳》中，則將「在床上坦腹臥」改成了「在東床坦腹食」，應當是根據王隱的記載而來。由此可見王羲之的瀟灑，這也就是所謂的魏晉風度。

## ○用法

從晉代之後，「東床」就成為女婿的代稱，而且因為郗鑒對王羲之的風度非常滿意，「東床」因此代表稱心如意的女婿，故又有「東床快婿」之稱。王羲之「東床坦腹」，將肚皮都坦露出來了，因此又敬稱對方的女婿為「令坦」。這些稱謂今天還在使用。

唐五代學者王定保所著《唐摭（ㄓˊ）言》「散序」一節中記載道：「曲江之宴，行市羅列，長安幾於半空。公卿家率以其日揀選東床，車馬闐塞，莫可殫述。」

「曲江」即曲江池，位於今西安市東南，河水水流曲折，故稱「曲江」。唐代時考中的進士，在放榜之後大宴於曲江亭，稱「曲江會」或「曲江宴」，不僅長安城幾乎半空，而且公卿之家還在宴席之中「揀選東床」，將看中的進士招為女婿。此乃唐代盛事，黃巢之亂後方才衰落。

# 金龜婿

有一本書的書名叫《如何釣個金龜婿？》，副書名是「男人經營世界，女人經營男人」。很顯然，這裡的「金龜婿」指富人，所謂「釣」金龜婿，想「釣」到的其實是婿的金龜，也就是金錢。這大概是金錢世代女人的普遍心理。禮崩樂壞，於今為甚。

據來自網路的解釋，民間有一種說法，新姑爺第一次上門的時候，要送給未來的老丈人一隻金龜，祝願老丈人像這隻龜一樣長壽。能送得起真正金龜的女婿就被稱作「金龜婿」。

不知道中國民間是否真的有這種習俗，不過這種說法很牽強，因為在古代，金龜並不是長壽的象徵，也不是錢多得鑄金的炫耀，而是官位的寫實。

## ○ 出處

東漢學者衛宏所著《漢舊儀》和《漢舊儀補遺》早已亡佚，清人孫星衍有從歷代古籍中彙集的輯本，其中《漢舊儀補遺》寫道：「諸侯王印，黃金橐駝紐，文曰璽，赤地綬；列侯黃金印，龜紐，文曰印；丞相、大將軍黃金印，龜紐，文曰章；御史大夫章；匈奴單于黃金印，橐駝紐，文曰章；御史、二千石銀印，龜紐，文曰章；千石、六百石、四百石銅印，鼻紐，文曰印；章，二百石以上，皆為通官印。」

先解釋一下文中所涉及的術語：紐，即印紐或印鈕，是印章上端的雕飾，有孔，用來穿綬帶；綬，用來繫佩玉或官印的絲帶，根據顏色區分等級；列侯，秦漢爵位制中的最高一級；石，計量單位，十斗為一石，官員的俸祿用糧食支付，故有二千石、千石、六百石、四百石、二百石之別；通官，指通理各種政務、不專一職的官員。

這一節記的是各級官員所使用的印章的形制：諸侯王使用黃金所製的印，印紐雕為駱駝之形，「橐（ㄊㄨㄛˊ）駝」即駱駝，上刻「某王之璽」，穿以紅色為底色的綬帶；列侯使用黃金所製的印，印紐雕為龜形，上刻「某侯之印」；丞相和大將軍使用黃金所製的印，印紐雕為龜形，上刻「某官之章」；御史大夫只有章；匈奴單于使用黃金所製的印，印紐雕為駱駝之形，上刻「某單于之章」；御史和郡守等二千石的官員使用銀印，印紐雕為龜形，上刻「某官之章」；千石、六百石、四百石等官員使用銅印，印紐沒有蟲獸之形的雕飾，上刻「某官之印」；二百石以上的官員的印章，都是一般通官之印。

調動軍隊所用還有虎符和龜符。應劭所著《漢官儀》也早已亡佚，孫星衍輯本中寫道：「所以虎紐，陽類，虎，獸之長，取其威猛，以執伏群下也；龜者，陰物，抱甲負文，隨時蟄藏，以示臣道功成而退也。」其義甚明。

「金龜」即為列侯、丞相、大將軍所使用的官印，後來泛指高官之印。

## ○釋義關鍵

到了隋唐，「金龜」的稱謂則有所不同。據《隋書．高祖紀》載：「（開皇九年）頒木魚符於總管、刺史，雌一雄一。」開皇是隋文帝楊堅的年號，開皇九年始有魚符之制。「魚符」是指雕木或鑄銅為魚形，上面刻有供驗證的文字，一剖為二，朝廷和官員分別收藏，需要時合在一起以為憑證。隋文帝所賜乃為木魚符，所謂「雌一雄一」，不過是指剖成兩半，就像一雌一雄一樣。

唐代則有「銅魚符」和「隨身魚符」。據《舊唐書．職官志》載：「銅魚符，所以起軍旅，易守長」；「隨身魚符，所以明貴賤，應徵召」；隨身魚符「太子以玉，親王以金，庶官以銅，佩以為飾」。原來，「隨身魚符」是要隨身攜帶的，故有此稱。

魚符既要隨身攜帶，那麼就要用一個袋子裝起來，方便隨時取用，這個袋子就稱作「魚袋」。魚袋的裝飾也有等級之分，據《新唐書．車服志》載：「盛以魚袋，三品以上飾以金，五品以上飾以銀。」

武則天稱帝，改國號為「周」，改元天授。《新唐書．車服志》載：「天授二年，改佩魚皆為龜。其後，三品以上龜袋飾以金，四品以銀，五品以銅。」這是為了區別於前朝，因此改「魚袋」為「龜袋」。唐中宗復位之後，廢周為唐，才又改回原來的「魚袋」。

## ○用法

「三品以上龜袋飾以金」，這就是「金龜」。因此，「金龜」即指三品以上的高官，順理成章地，「金龜婿」自然就是指三品以上高官的女婿，比喻身分高貴，與今日「金龜婿」比喻富有毫無關係。

李白有《對酒憶賀監二首》，詩序中寫道：「太子賓客賀公，於長安紫極宮一見余，呼余為謫仙人，因解金龜，換酒為樂。歿後對酒，悵然有懷，而作是詩。」賀監即賀知章，曾任祕書監一職，故稱「賀監」。

唐人孟棨（ㄑㄧˇ）所著《本事詩》中記載了這則「金龜換酒」的軼事：「李太白初自蜀至京師，舍於逆旅。賀監知章聞其名，首訪之。既奇其姿，復請所為文。出《蜀道難》以示之。讀未竟，稱嘆者數四，號為謫仙。解金龜換酒，與傾盡醉。期不間日，由是稱譽光赫。」

明代學者楊慎，號升庵，在《升庵詩話》「金魚金龜」一條中寫道：「佩魚，始於唐永徽二年，以鯉為李也。武后天授元年，改佩龜，以玄武為龜也。杜詩『金魚換酒來』，蓋開元中復佩魚也。李白《憶賀知章》詩『金龜換酒處』，蓋白弱冠遇賀知章，尚在中宗朝，未改武后之制。」

按照楊慎的解釋，唐代之所以佩魚袋，是因為唐代國姓「李」諧音鯉魚之「鯉」。他又認為賀知章和李白相遇是在唐中宗時，「龜袋」之稱尚未改回為「魚袋」，因此賀知章換酒的「金龜」即指「龜袋」。

清代學者王琦在為《李太白全集》作注時批駁了楊慎的觀點：「金龜蓋是所佩雜玩之類，非武后朝內外官所佩之金龜也……武后天授元年九月，改內外官所佩魚為龜，中宗神龍元年二月，詔文武官五品以上依舊式佩魚袋。當是時，太白年未滿十齡，何能與知章相遇於長安？又知章自開元以前官不過太常博士，品居從七，於例亦未得佩魚，楊氏之說，殆未之考也。」

王琦的質疑非常有道理。如此則賀知章「所佩雜玩之類」極有可能是真的「金龜」，金子所鑄的烏龜，方才可以以之換酒。否則，如果拿來換酒的是「龜袋」，龜袋中裝的可是表明身分的龜符，如何敢輕易交出去？

至於楊慎所說的「杜詩『金魚換酒來』，蓋開元中復佩魚也」，「開元」是唐玄宗的年號。這裡的「金魚」也絕非指「魚袋」。此詩出自杜甫《陪鄭廣文遊何將軍山林》組詩十首之五：「剩水滄江破，殘山碣石開。綠垂風折筍，紅綻雨肥梅。銀甲彈箏用，金魚換酒來。興移無灑掃，隨意坐莓苔。」

杜甫陪同的「鄭廣文」指鄭虔，詩書畫三絕，受到唐玄宗的賞識，特置廣文館於最高學府國子監，詔授首任博士，故稱「鄭廣文」。廣文館博士也是鄭虔一生的最高官職，屬於正六品上。而杜甫本人一生的最高官職為左拾遺，屬於從八品上；至於後世所稱的「杜工部」，是指杜甫擔任過檢校工部員外郎一職，不過是散官而已。鄭虔和杜甫的級別都不夠佩帶三品以上的金魚袋，因此杜詩中的「金魚換酒來」的「金魚」也是「所佩雜玩之類」。楊慎認為即是金魚袋，考證未免太過粗疏。

以上就是「金龜婿」之「金龜」的出處。晚唐著名詩人李商隱寫有《為有》一詩：「為有雲屏無限嬌，鳳城寒盡怕春宵。無端嫁得金龜婿，辜負香衾事早朝。」女主人公的「金龜婿」要上早朝，顯然是一位官員，可見古時的「金龜婿」是形容「貴」，身分高貴的官員，而不是今日之形容「富」，銅臭之氣撲鼻而來。

# 入贅

## 釋義關鍵

什麼叫「贅」？《說文解字》：「贅，以物質錢。從敖貝。敖者猶放貝，當復取之也。」意思是說，「贅」就是用物品作擔保換取一筆錢，等有錢的時候再將物品贖回來。因此段玉裁說「若今人之抵押也」。

《漢書．嚴助傳》載淮南王劉安向漢武帝上書，反對征伐閩越，其中寫道：「間者，數年歲比不登，民待賣爵贅子以接衣食，賴陛下德澤振救之，得毋轉死溝壑。」近來，連續數年歉收，富人出賣爵位，窮人出賣子女以接衣食，幸賴陛下的恩德賑濟救助，方才得以不輾轉死於溝壑。

顏師古注引如淳曰：「淮南俗，賣子與人作奴婢，名為贅子，三年不能贖，遂為奴婢。」「贅子」即將兒子賣給他人，換取一筆維持生存的錢，如果三年之內無力贖回的話，「贅子」就將淪為奴婢。

顏師古又注解說：「贅，質也。一說，云贅子者，謂令子出就婦家為贅婿耳。」可見贅婿的起源之早。

《漢書·賈誼傳》則收錄了賈誼向漢文帝的上疏，其中寫道：「秦人家富子壯則出分，家貧子壯則出贅。」這是指秦代的習俗：富人家的兒子長大之後就要分家，自立門戶；窮人家的兒子長大之後則出為贅婿。

顏師古注解說：「謂之贅婿者，言其不當出在妻家，亦猶人身體之有肬贅，非應所有也。一說，贅，質也，家貧無有聘財，以身為質也。」這是將贅婿視作人身體上的贅疣了。

綜上所述，之所以有「贅子」和「贅婿」的現象，最重要的原因就是窮。對男方家庭來說，出去當贅婿稱「出贅」；對女方家庭來說，招上門女婿稱「招贅」。「贅」的本義既然是抵押，那麼「入贅」的意思就是進入女家作抵押，「贅婿」的意思就是指男方家庭把兒子抵押給女方。但是既然抵押就要有贖買，女方家庭把女兒配給上門女婿就視為對男方家庭的補償，男方家庭就再也無權贖買了。

## ○出處

有史記載的第一位贅婿就是著名的姜太公。劉向所著《說苑·尊賢》篇中說：「太公望，故老婦之出夫也。」「出夫」即被驅逐出門的贅婿。由此可知贅婿的地位之低。

西漢時期，打仗的時候被征派到邊疆去服兵役的共有七類人，這就是「七科適」或稱「七科謫」制度。「七科」可不是掛了七門科目，而是指七類人；「適」是去、往的意思，即指到遙遠的邊疆；

「謫」是懲罰罪犯。所以這一制度帶有懲罰、發配的意味。

據《史記·大宛列傳》載，漢武帝覬覦大宛國的寶馬，「發天下七科適」給貳師將軍李廣利前去取馬。唐代學者張守節正義引張晏的解釋：「吏有罪一，亡命二，贅婿三，賈人四，故有市籍五，父母有市籍六，大父母有籍七：凡七科。武帝天漢四年，發天下七科讁出朔方也。」

「七科」分別是：第一，犯罪的官員；第二，戶籍被削除流亡在外的人；第三，入贅的女婿；第四，商人；第五，過去經商現在改行的人，秦漢時期重農抑商，凡商人都編入專門的戶籍，在籍的商人及其子孫都要服役，而且不得坐車，不得穿絲綢衣服，子孫不得做官；第六，父母被編入商人戶籍的人；第七，祖父母被編入商人戶籍的人。

「七科」中有兩類人值得關注：一是贅婿，竟然被當作罪犯對待；二是商人，「七科」中有四科都是商人，可見古代社會對商人的歧視之深。

「七科」之外，「惡少年」也要服兵役，「惡少年」大體上是一些不事生產、滋事擾民的無賴子弟和地痞流氓，這些「惡少年」或者犯過罪，或者有犯罪的嫌疑但還沒有判刑，一律都要發配邊疆服兵役。

對贅婿來說，之所以出贅，固然是因為窮；而對於女方家庭來說，招贅大致有兩個因素：一是招贅養老，二是招贅求嗣。

## ○用法

至於「入贅」的俗稱「倒插門」，廣為流傳的說法是：中國古代的門旁邊都有一個插栓的槽，夜裡睡覺的時候把一根橫木插進槽裡，鎖上門。如果倒過來，把這個槽做在大門的外邊，從外邊開門鎖門，人們理所當然要嘲笑這位做門的師傅水準太差，連門裡門外都分不清楚。上門女婿「嫁」到女方家裡，不僅要改成女方的姓，而且生的兒子也要隨母姓，就跟那位做門師傅一樣，把鎖做反了，故稱「倒插門」，含有恥笑的意思。

不過這一說法缺乏文獻支持，只能歸結為民間傳說或者某些人的想當然。更有說服力的是「倒插門」乃「倒踏門」的音訛，「插」、「踏」一音之轉。男娶女嫁，女方「踏」入男方家門，這屬於正常的婚姻現象；而男方「踏」入女方家庭，當然就屬於倒轉的不正常的婚姻現象，故稱「倒踏門」。

《西遊記》第二十三回〈三藏不忘本　四聖試禪心〉：「你要肯，便就教師父與那婦人做個親家，你就做個倒踏門的女婿。」

《金瓶梅詞話》第十七回〈宇給事劾倒楊提督　李瓶兒招贅蔣竹山〉：「到次日，就使馮媽媽通信過去，擇六月十八日大好日期，把蔣竹山倒踏門招進來，成其夫婦。」

可見至遲到明代中葉，「倒踏門」的稱謂就開始流行，成為人們的日常用語了。

# 布袋

「布袋」就是布做的袋子，一望便知，難道還有什麼別的講究不成？答案是：還真有別的講究，而且非常之有趣，「布袋」竟然是對招贅女婿的謔稱！

## 釋義關鍵

兩宋間學者朱翌所著《猗覺寮雜記》載：「世號贅婿為『布袋』，多不曉其義。如入布袋，氣不得出。頃附舟入浙，有一同舟者號李布袋，篙人謂其徒曰：『如何入舍婿謂之布袋？』眾無語。忽一人曰：『語訛也，謂之補代。人家有女無子，恐世代自此絕，不肯嫁出，招婿以補其世代耳。』此言絕有理。」

由此可知，北宋和南宋時期，民間對招贅上門的女婿有一個別稱叫「布袋」，但人們都不知道為什麼稱「布袋」，有人認為贅婿上門，地位很低，就像「如入布袋，氣不得出」，活脫脫一個受氣包。朱翌則認為「補代」之說更為合理，「補其世代」，以免絕了後。

篙人所說的「入舍婿」也指贅婿，亦稱「舍居婿」、「進舍女婿」。北宋范致明所著《岳陽風土記》載：「湖湘之民，生男往往多作贅，生女反招婿舍居。然男子為其婦家承門戶，不憚勞苦，無所怨悔。」

不過，明末清初學者褚人獲所著《堅瓠（ㄏㄨˋ）集》六集中引述宋代無名氏《潛居錄》的說法：「馮布少時，絕有才幹，贅於孫氏，其外父有煩瑣事，輒曰畀布代之。」「外父」即指馮布的岳父，「畀」（ㄅㄧˋ）是給的意思，「畀布代之」即讓馮布替自己去做事。按照這種說法，「布袋」之「布」乃指馮布，「袋」是「代」的音訛，原本應該寫作「布代」。

褚人獲又說：「至今吳中謂贅婿為『布代』。」從宋代到清代，「布袋」的稱謂從來沒有廢棄過，可見生命力之頑強。

褚人獲還提供了一個更有趣的贅婿的別稱：「俗又呼『補代』為『野貓』，謂銜妻而去也。旋作『野冒』，即『補代』之意。」將贅婿比作銜著妻子逃跑的「野貓」的稱呼過於可笑，也過於粗俗，因此才改稱「野冒」，冒充之意則近於補而代替之意了。

中國民間俗語之豐富多彩，從贅婿的各種稱呼上即可見一斑，當然，對其語源的研究更是一件快事！

# 古人怎麼稱呼周邊民族

蠻夷戎狄，歷來是中原地區以華夏民族自居的諸國對周邊民族的蔑稱。春秋時期，齊晉等大國爭霸，為了奪取霸主的地位，主持會盟期間，都打著尊王室、攘夷狄的旗號，挾天子以令諸侯。漢代以後，華夷之辨更成為統治者的正統觀念，每當漢民族建立的政權遭受異族侵略時，總是以「尊王攘夷」相號召。

夷

戎

狄

蠻

一直到晚清，一八四〇年鴉片戰爭爆發以後，面對外國的侵略，魏源撰寫了《海國圖志》一書，在該書的序言中，魏源如此描述寫作此書的動機：「是書何以作？曰：為以夷攻夷而作，為以夷款夷而作，為師夷長技以制夷而作。」從這裡誕生了中國近代史上一個著名的策略：師夷長技以制夷。直到此時，中國人仍然將外國人蔑稱為「西夷」。

不過，在西周末年之前，華夏族雖然有政治、軍事、經濟和文化上的優越感，但並沒有對周邊民族蔑視和貶斥。夏商周三代，中原民族與周邊民族雜處，甚至還互相混血，哪裡有鄙薄之舉？比如，據說是周公所作的《周禮》一書，其中有「職方氏」的官職，職責是：「職方氏掌天下之圖，以掌天下之地，辨其邦國、都鄙、四夷、八蠻、七閩、九貉、五戎、六狄之人民，與其財用九穀、六畜之數要，周知其利害，乃辨九州之國，使同貫利。」這是將「四夷、八蠻、七閩、九貉、五戎、六狄」都視作周王朝的「九州之國」。

劉福根先生在《漢語詈辭研究》一書中令人信服地寫道：「華夏族自稱諸夏、諸華，華夏是周以後的事，從此顯露出尊華鄙夷的端倪，但發展為罵詈之語，仍有一個過程……周王朝建立以後，分封建，劃井田，制禮作樂，國勢日強，最終巍然立於中原之地。鶴立雞群，環顧四周邊族，難免有優越意識，但也並沒有自大到辱罵邊族的地步，初時稱蠻、夷、戎、狄也並無貶斥之意……周人本以自身的優越而雄踞，當周邊入侵之時，優越面臨危險，憎惡之情油然而生……到西周末年，華夷之辨已成定勢，《國語・鄭語》周太史史伯謂周邊諸國：『是非王之支子母弟甥舅也，則皆蠻、荊、戎、狄之人也。非親則頑，不可入也。』明確地將蠻、荊、戎、狄斥為頑類，這是公開的貶斥。」

我們來看看蠻、夷、戎、狄為什麼會成為周邊民族的稱謂，其中又包含了周邊民族的哪些日常生活的特徵。

# 夷

「夷」即東夷，是中原地區以東九個民族的總稱，又稱「九夷」。《後漢書．東夷列傳》載：「夷有九種，曰畎（ㄑㄩㄢˇ）夷、于夷、方夷、黃夷、白夷、赤夷、玄夷、風夷、陽夷。」應劭在《風俗通義》（佚文）中還提供了另外一種「九夷」的名稱：「其類有九：一曰玄菟（ㄊㄨˋ），二曰樂浪，三曰高驪，四曰滿飾，五曰鳧（ㄈㄨˊ）臾，六曰索家，七曰東屠，八曰倭人，九曰天鄙。」這九個名稱都是方國之名，就如同「高驪」即今朝鮮，「倭人」即今日本一樣。

## ○ 字形分析

夷
甲骨文

甲骨卜辭中有借「尸」為「夷」的用法，比如「尸方」即「夷方」，也寫作「人方」。因此學者們多認為「夷」的本字就是「尸」。「夷」的甲骨文字形，這其實就是「尸」字，是一個人的側面圖。徐中舒先生在《甲骨文字典》中說：「與人字形相近，以其下肢較彎曲為二者之別。」「尸」和「人」本為一字，區別在於「人」字下肢平展，而「尸」字下肢彎曲。

「尸」和「人」為什麼會有下肢彎曲與否的區別呢？徐中舒先生認為：「夷人多為蹲居，與中原之跪坐啟處不同，故稱之為尸人。」「啟處」又稱「啟居」，「啟」指跪，「處」指坐，「啟處」或「啟居」即跪和坐，這是古人日常生活的家居姿勢，因此泛指安居。

夷
金文之一

「夷」的金文字形之一，承繼了甲骨文字形，不過更美觀，人蹲著的樣子更加栩栩如生。按照上述解釋，「夷」是一個象形字，東方之人喜歡蹲踞，故以「夷」相稱。今天山東農村還到處可見這種蹲姿。

不過，「尸」的本義是祭祀時代表死者受祭的活人。據《禮記．曾子問》篇記載，曾子曾經詢問孔子：「祭必有尸乎？」孔子回答道：「祭成喪者必有尸，尸必以孫，孫幼則使人抱之；無孫，則取於同姓可也。」「成喪」指成人的喪禮。古人認為祭祀的目的在於和祖先的靈魂感通，用孫子來代表死去的先祖受祭，可以凝聚先祖之氣，這種祭祀稱作「尸祭」。

「孫幼則使人抱之」，幼小的孩子無法像成人一樣取跪坐之姿，而只能蹲坐或者躺臥，這種蹲坐的姿勢跟東方之人的習俗一樣，因此而借「尸」為「夷」。

需要提醒的是：「尸」和「屍」在古代是兩個不同的字，「尸」是代表死者受祭的活人，「屍」才指屍體。後來「尸」和「屍」可以通用，但是祭祀的「尸」絕對不能借用「屍」字。

## ○釋義關鍵

《論語．憲問》篇中記載了一則趣事：「原壤夷俟。子曰：『幼而不孫弟，長而無述焉，老而不死，是為賊。』以杖叩其脛。」

原壤是孔子的老朋友，「夷」正是魯國人慣常的蹲姿，「俟」（ㄙˋ）是等待的意思。不過也有學者認為原壤的「夷俟」就是「箕踞」，乃是一種兩腳張開、形似簸箕的傲慢坐姿。段玉裁在為《說文解字》「居」字做注時詳細辨析了古人的四種坐姿：「古人有坐，有跪，有蹲，有箕踞。跪與坐皆膝著於席，而跪聳其體，坐下其臀。」「若蹲則足底著地，而下其臀，聳其膝曰蹲……原壤夷俟，謂蹲踞而待，不出迎也。若箕踞，則臀著席而伸其腳於前，是曰箕踞。」

原壤的坐姿正是蹲姿，並非箕踞；而且原壤也沒必要對老朋友孔子「箕踞」，以顯示傲慢。《後漢書．魯恭傳》有這樣的記載：「戎狄者，四方之異氣也。蹲夷踞肆，與鳥獸無別。」李賢注解說：「夷，平也；肆，放也。言平坐踞傲，肆放無禮也。」將「蹲夷踞肆」理解為「平坐踞傲」，顯然無視「蹲」這個字的存在；而且將東方之人的蹲姿視為「與鳥獸無別」，更是屬於華夷之辨定型之後的歧視。

按照禮節，孔子來探望，原壤應該出門迎接，可是他僅僅「夷俟」，蹲踞著等待，不出迎。孔子訓斥他說：「年幼的時候你不懂得敬順兄長，長大後又沒有什麼可以說出口的成就，老而不死，真沒有德行。」「孫弟」通「遜悌」，指敬順兄長。孔子說完這句話，就拿枴杖輕輕敲打他的小腿。

孔子為什麼指責原壤「幼而不孫弟」？原來還有一樁公案。《禮記・檀弓下》記載了二人之間的這段往事：「孔子之故人曰原壤，其母死，夫子助之沐槨。原壤登木曰：『久矣予之不托於音也。』歌曰：『狸首之班然，執女手之卷然。』夫子為弗聞也者而過之，從者曰：『子未可以已乎？』夫子曰：『丘聞之，親者毋失其為親也，故者毋失其為故也。』」

原壤的母親去世了，孔子幫助他整治棺木，原壤敲擊著棺木說：「我已經很久沒有唱歌抒懷了。」於是歌唱道：「狸貓頭上的花紋真漂亮啊！我殷切地執著你卷卷然而柔弱的雙手。」原壤為什麼唱這兩句歌詞，這兩句歌詞又是什麼意思，歷代眾說紛紜。孔穎達說前一句是形容「斫槨材文采似狸之首」，後一句則是形容「孔子手執斤斧，如女子之手卷卷然而柔弱」。也有人認為是表達對母親的思念之情：母親斑白的鬢髮就像狸貓頭上的花紋，母親的雙手卷卷然而柔弱。

原壤居然在母親的喪禮上唱歌，顯然於禮不合，但孔子卻裝作沒聽見。隨從的人問：「夫子您不可以停止幫他整治棺木嗎？」孔子回答道：「我聽說過這樣一個道理：與我有骨肉之親者，雖然有不符合禮節的舉動，但仍不失為親人；與我有故舊之交者，雖然有不符合禮節的舉動，但仍不失為故舊。」

這就是孔子指責原壤不敬順兄長的原因。孔子既然並不因此而與原壤絕交，那麼「老而不死是為賊」這句話也就只不過是在開玩笑，絕不能斷章取義，用來咒罵自己看不慣的老年人。

「夷」的金文字形之二，為了區別於「尸」，古人又造出了這個新字。這個字形上下的主體部分顯然是一支帶有箭頭的箭，中間的S形是繫在箭上的繩子。這個工具叫「矰（ㄗㄥ）繳」，也稱「弋繳」，即繫有絲繩的短箭，是古代專用的射鳥工具。

《說文解字》：「夷，平也。從大，從弓。東方之人也。」許慎是根據小篆字形作出的解釋，中間絲繩的形狀訛變為「弓」；而且「平」也不是「夷」的本義，只不過是遠引申義而已。

夷
金文之二

夷
小篆

張舜徽先生在《說文解字約注》中說：「東方之人，習於射獵，因亦謂之夷也。」台灣甲骨文學者李孝定先生在《甲骨文字集釋》中也說：「蓋東夷之人俗尚武勇，行必以弓自隨，故製字象之。」

綜上所述，之所以把中原地區以東的若干民族稱為「夷」，是因為這些民族的兩大最引人注目的特徵：一是日常生活取蹲姿，一是善射。想一想「后羿射日」的傳說吧，后羿又叫「夷羿」，就是夏代東夷族的首領，以神射手著稱；而且據記載上古帝王、諸侯和卿大夫家族世系傳承的史籍《世本》載：「夷牟作弓矢。」弓箭的發明者夷牟傳說是黃帝的大臣，從名字就可以看出來是東夷之人。

《禮記·王制》中描述說：「東方曰夷，被髮文身，有不火食者矣。」鄭玄注解說：「不火食，地氣暖，不為病。」孔穎達注解說：「『有不火食』者，以其地氣多暖，雖不火食，不為害也。」

「不火食」即不吃熟食，也就是我們常常說的「茹毛飲血」。

披髮文身，不吃熟食，這不過是東夷各族根據氣候條件而形成的風俗，正如《禮記．王制》所說：「凡居民材，必因天地寒暖燥濕，廣谷大川異制，民生其間者異俗……中國戎夷，五方之民，皆有性也，不可推移。」這些習俗並非被中原人看不起的原因。

《大戴禮記．千乘》中則描述說：「東辟之民曰夷，精於僥，至於大遠，有不火食者矣。」「精於僥」指精於求利而希望獲得意外的成功，到了東方的最遠之處，那裡的人因為氣候的原因就吃生食了。這也並非是歧視性的描述。

應劭《風俗通義》（佚文）中則說：「東方曰夷者，東方仁，好生，萬物抵觸地而出。夷者，抵也。」這是除了華夷之辨以外，東漢時期保存的另外一種客觀的記載。

為什麼說「東方仁」？朱駿聲在《說文通訓定聲》中說：「夷俗仁壽，有君子不死之國，故子欲居九夷也。」孔子曾有到九夷居住的念頭。

那麼請問，您還認為「夷」跟後來的蔑稱有關係嗎？

# 戎

「戎」即西戎，是中原地區西北諸民族的總稱。《尚書．禹貢》所記載的共有四個國家：「織皮昆侖、析支、渠、搜，西戎即敘。」「織皮」是指游牧民族皆穿皮毛，因此冠於四國之前；「即敘」指就序、歸順於大禹。不過也有這樣的斷句：「織皮昆侖、析支、渠搜，西戎即敘。」則將渠搜和西戎視為另外兩個國家。《史記．匈奴列傳》中則記載有更多的西戎國家的名字，人們比較熟悉的有義渠、樓煩、東胡、山戎等等，因為離秦國和晉國較近，春秋時期分屬秦晉兩國。

## ○字形分析

戎
甲骨文

戎
金文之一

我們來看看「戎」的甲骨文字形，這是一個象形字，右邊是戈，左邊是一面盾牌。「戎」的金文字形之一，左邊盾牌的形狀更是栩栩如生。因此，「戎」的本義就是：戰士一手持盾牌，一手持戈。

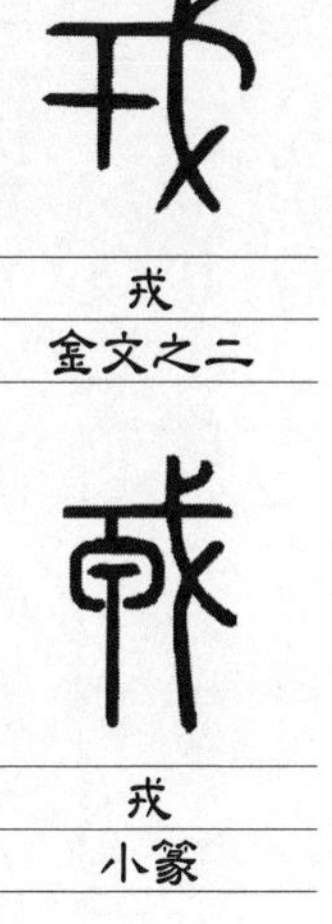
戎 金文之二
戎 小篆

「戎」的金文字形之二，刻字的人變懶了，盾牌形簡略為「十」字形，「十」字形就是「甲」字的甲骨文寫法，這就為小篆的訛變打下了基礎。「戎」的小篆字形，左邊果然訛變成了「甲」，以至於許慎在《說文解字》中根據小篆字形誤釋為：「戎，兵也，從戈甲。」「甲」是士兵所穿的鎧甲，已經不同於原字形的盾牌了。

清代學者徐灝說：「戎者，軍旅之事也，故於文被甲持戈為戎。」張舜徽先生在《說文解字約注》中也說：「被甲持戈者人也，戎與人雙聲，一語之轉耳。戎本稱人，因之人所持之器亦謂之戎。」都承接了許慎的錯誤解釋而來。

## 釋義關鍵

「戎」的本義就是戈和盾，這是古代士兵的標準配置，《詩經・大雅・抑》中有「弓矢戎兵」的詩句，即指弓、矢、戎、兵（戰斧）這四種兵器。據《周禮》記載，周代有司兵一職，職責是「掌五兵、五盾」，其中的「五兵」就是《禮記・月令》中所說的「以習五戎」，鄭玄解釋說：「五戎，謂五兵：弓矢、殳、矛、戈、戟也。」弓矢指弓和箭；殳（ㄕㄨ）是竹木所製，長柄無刃，用以撞擊的兵器。這裡的「戎」已經引申為兵器的統稱了。

## ○用法

《禮記．王制》中記載了西戎不同於中原民族的特徵：「西方曰戎，被髮衣皮，有不粒食者矣。」鄭玄注解說：「不粒食，地氣寒，少五穀。」孔穎達注解說：「『衣皮，有不粒食者矣』者，以無絲麻，惟食禽獸，故衣皮。地氣寒，少五穀，故有不粒食者。」「不粒食」即缺少五穀，因此不以穀物為食。這是游牧民族的典型特徵。

中原諸國之所以稱西部民族為「戎」，乃是因為他們擅長持戈盾作戰，是驍勇的武士。《大戴禮記．千乘》中也描述說：「西辟之民曰戎，勁以剛，至於大遠，有不火食者矣。」「勁以剛」，更是非常鮮明地描述了西戎部族驍勇武士的特徵。因此，「戎」並非是蔑稱，而是對西戎部族的客觀描述，甚至還有「勁以剛」的褒揚之詞。

應劭在《風俗通義》（佚文）中說：「西方曰戎者，斬伐殺生，不得其中。戎者，凶也。其類有六：一曰僥夷，二曰戎夷，三曰老白，四曰耆羌，五曰鼻息，六曰天剛。」應劭不僅提供了六種戎族的名稱，而且將「戎」釋義為「凶」，可知東漢時期早已經將西戎其名視作蔑稱了。不過「斬伐殺生」和「凶」的評價，仍然透露出西戎重兵尚武、爭強好勝的習性。

至於「犬戎」的稱謂，《山海經》中屢見。《大荒北經》：「大荒之中，有山名曰融父山，順水入焉。有人名曰犬戎。黃帝生苗龍，苗龍生融吾，融吾生弄明，弄明生白犬，白犬有牝牡，是為犬戎，肉食。」「西北海外，流沙之東……有國名曰賴丘。有犬戎國。有神，人面獸身，名曰犬戎。」《海內北經》：「犬封國曰犬戎國，狀如犬。」司馬貞在為《史記．匈奴列傳》所作的索隱中引述賈逵的注解說：「犬夷，戎之別種也。」

這些記載首先是神話，其次，獵犬是西北游牧民族獵取動物最重要的夥伴，以之為圖騰乃是順理成章之事，也是全世界原始民族的共有現象，因此「犬戎」最早絕非是蔑稱，只不過出現了華夷之辨以後，中原地區諸民族將其汙名化了而已。

這就是西北民族之所以稱「戎」的來歷。「西辟之民曰戎，勁以剛」，那麼請問，您還認為「戎」跟後來的蔑稱有關係嗎？

# 狄

## 出處

「狄」即北狄，是中原地區以北諸民族的總稱，有五狄、六狄、八狄等等不同歷史時期的分類。應劭在《風俗通義》（佚文）中記載了五狄的名稱：「北方曰狄者，父子叔嫂，同穴無別。狄者，辟也，其行邪辟。其類有五：一曰月支，二曰穢貊，三曰匈奴，四曰單于，五曰白屋。」

所謂「父子叔嫂，同穴無別」，是指父子、兄弟同妻的現象，即《史記．匈奴列傳》中的記載：「父死，妻其後母；兄弟死，皆取其妻妻之。」這本是原始社會特有的婚姻形式之一種，中原地區只不過文明化的程度較早，就以「禮義」自居，視文明化程度較晚的周邊民族為「邪辟」。

匈奴也是北狄的一支，《史記．匈奴列傳》記載了漢文帝時期投降匈奴的宦官中行說和漢朝使節的一段辯論，非常深刻地呈現了漢、匈異俗的原因。

漢使責難道：「匈奴俗賤老。」匈奴的習俗輕賤老人。

中行說回答道：「匈奴明以戰攻為事，其老弱不能鬥，故以其肥美飲食壯健者，蓋以自為守衛，如此父子各得久相保，何以言匈奴輕老也？」匈奴素來崇尚攻戰之事，老弱不能上陣打仗，因此才把優渥的衣食供給給少壯子弟，這樣才能打勝仗，這是保家衛國，怎麼說得上輕視老年人呢？

漢使又責難道：「匈奴父子乃同穹廬而臥。父死，妻其後母；兄弟死，盡取其妻妻之。無冠帶之飾，闕庭之禮。」「闕庭」即朝廷。匈奴父子都睡在一個帳篷裡。父親死了，兒子娶後母為妻；兄弟死了，娶兄弟的妻子為妻，逆天亂倫。也沒有冠帶之類的服飾禮制，又缺少朝廷上的禮節。

中行說回答道：「匈奴之俗，人食畜肉，飲其汁，衣其皮；畜食草飲水，隨時轉移。故其急則人習騎射，寬則人樂無事，其約束輕，易行也。君臣簡易，一國之政猶一身也。父子兄弟死，取其妻妻之，惡種姓之失也。故匈奴雖亂，必立宗種。今中國雖詳不取其父兄之妻，親屬益疏則相殺，至乃易姓，皆從此類。且禮義之敝，上下交怨望，而室屋之極，生力必屈。夫力耕桑以求衣食，築城郭以自備，故其民急則不習戰功，緩則罷於作業。嗟土室之人，顧無多辭，令喋喋而佔佔，冠固何當？」

匈奴的風俗是吃牲畜的肉，喝牲畜的乳汁，穿牲畜的皮毛衣服。放牧的時候要隨時轉場，才能保證牲畜按時吃草喝水。所以戰事緊急的時候人人都練習騎射，戰事緩的時候人人享受和平生活。人們的約束既輕，生活也就簡便易行；君臣關係簡單，國家事務再繁雜，也像一個人的身體一樣好使。父子兄弟死，娶他們的妻子為妻，是為了保全種姓。因此匈奴雖然倫常紊亂，但是一定要立本宗族的子孫。如今中國雖然佯裝不娶父兄之妻，可是親屬關係疏遠的時候就互相殘殺，竟而至於改朝易姓。況且禮義之弊，使君臣之間相互猜忌；而且大量使用勞力去修築宮廷樓閣，以致耗盡民力。老百姓耕種本來是為了衣食豐足，建造城郭本來是為了保護自己，可是這樣一來，戰事緊急的時候沒有時間練習攻戰之事，和平的時候又不能休養生息，還要出勞力。你們這些只會在土屋裡生活的漢人，不要再多說了，喋喋不休，耳語不止，即使戴著禮義之冠又有何益！

漢、匈一為農耕，一為游牧，習俗當然大不相同，不得不承認中行說的質疑是有道理的。

## 字形分析

狄
甲骨文

狄
金文之一

那麼「狄」這個字到底反映了北方游牧民族的什麼習性？我們來看看「狄」的甲骨文字形，左邊是一條看起來就非常兇猛的大狗，右邊是一個「大」，「大」即正面站立的人形。這個字形的意思是一個人帶著一條狗。

「狄」的金文字形之一，左邊還是狗，右邊變成了「亦」字。「亦」是在正面站立的人形兩旁添加了兩點，表示這是人的腋下，是「腋」的本字，因此這個字形的右邊仍然指人。

狄
金文之二

「狄」的金文字形之二，右邊訛變為「火」，這也就是我們今天所使用的「狄」字。徐天宇先生在《「夷」、「狄」、「戎」字例解釋》一文中，根據這個字形認為：「『狄』字在古代指少數民族地區的一種紅毛猛犬，從『火』應是指示它的皮毛色澤如同火一樣……在狄的族稱出現以後差不多一百年間，又出現了赤狄、白狄、長狄等許多稱號，可見用猛獸『狄』稱呼少數民族既生動表明了其剽悍、勇猛的性格，又帶有中原地區對外族的蔑視。」

這一說法不符合「狄」的字形演變的軌跡。「火」不過是「大」或「亦」，也就是正面站立的人形的訛變而已。

《說文解字》：「狄，赤狄，本犬種。狄之為言淫辟也。」南宋學者戴侗則解釋說：「戎狄之人，生於深山貙虎之鄉，故狄、貊、玁狁，從犬從豸；蠻越之人，生於蟲蛇之鄉，故閩、蠻、巴蜀，皆從蟲；猶荊楚以草木名也。」

「貙」（ㄔㄨ）是一種似狸而大的猛獸；「貊」（ㄇㄛˋ）是一種像熊的猛獸，五狄之一的穢貊即以此命名；「玁狁」（ㄒㄧㄢˇ ㄩㄣˇ）也是北狄的一支；「豸」（ㄓˋ）本指狸、虎之類的長脊獸，後引申為體長而無腳的蚯蚓之類爬蟲。

張舜徽先生在《說文解字約注》中有力地駁斥了這種基於華夷之辨的錯誤觀點：「北人多事遊獵，故狄字從犬，謂常以犬自隨也。此猶西方安於畜牧，故羌字從人從羊耳。許書沿襲俗論，以犬種釋狄，固已大謬；又申之以淫辟義，尤為無據。」

綜上所述，「狄」字的本義就是：北方的游牧民族總是帶著兇猛的獵犬，因為獵犬乃是游牧生活中最重要的助手和夥伴。這和「犬戎」的稱謂是一樣的。

《禮記．王制》中描述說：「北方曰狄，衣羽毛穴居，有不粒食者矣。」正是游牧民族的習性。《大戴禮記．千乘》中也描述說：「北辟之民曰狄，肥以戾，至於大遠，有不火食者矣。」「肥以戾」是個很有趣的說法，肉食者肥，「戾」則形容兇猛，這正是游牧民族的特點。

這就是北方民族之所以稱「狄」的來歷，只不過是游牧生活的如實寫照。那麼請問，您還認為「戎」跟後來的蔑稱有關係嗎？

# 蠻

「蠻」即南蠻，是中原地區以南諸民族的總稱，有六蠻、八蠻，甚至百蠻之分。應劭在《風俗通義》（佚文）中記載了八蠻的名稱：「南方曰蠻者，君臣同川而浴，極為簡慢。蠻者，慢也。其類有八：一曰天竺，二曰垓首，三曰僬僥，四曰跂踵，五曰穿胸，六曰儋耳，七曰狗軹，八曰旁脊。」

「簡慢」形容怠慢、失禮。南方民族「君臣同川而浴」的習俗，在注重禮義的中原民族看來就屬於簡慢之舉。而且八蠻之名除了天竺都很難聽：「垓首」又作「咳首」，極有可能是紋面的習俗；「僬僥」（ㄐㄧㄠ ㄧㄠˊ）本指矮人；「跂踵」又作「跛踵」，即跛腳之人；「穿胸」意謂胸口有洞，殊不可解；「儋（ㄉㄢ）耳」說法不一，有說指耳下垂，有說指耳垂式飾品，有說指雕刻面頰直到耳部；「狗軹（ㄓˇ）」的名字就更奇怪了，「軹」有歧出之義，似乎是形容人歧出一頭像狗頭；「旁脊」從字面意思上來看，似乎是指脊樑骨旁邊又歧出一根，都屬於病態，「旁脊」又作「旁舂」，似乎是指節慶時使用的大木鼓。以上八蠻之名學術界亦無定論。

## 字形分析

《說文解字》：「蠻，南蠻，蛇種。從蟲。」班固《白虎通義》中也說：「蠻蟲難化，執心違邪。」這都是解釋「蠻」字何以從蟲。

張舜徽先生在《說文解字約注》中對以上謬論進行了淋漓盡致的批駁：「南方多蛇，故蠻字從蟲，以其習與蛇處也。習與蛇處，故南人多有馭蛇之術。余常見南人能以手捕取蛇，不受螫噬，且纏繞之於頸腰間以玩弄之，此蓋遠古遺俗也。蠻字從蟲，義即在此。此猶北人喜逐獵，故狄字從犬；西人好畜牧，故羌字從羊耳。蛇種之說，不足信也。」

蠻
金文

但是很多人不知道，「蠻」字其實並不從蟲。甲骨文中沒有「蠻」字，我們來看看「蠻」的金文字形，這是一個非常美麗的字形，中間是一個「言」字，兩邊是兩串絲。這個字形表示什麼意思呢？很顯然，「蠻」字與絲、蠶有關。

## 釋義關鍵

何光岳先生在《南蠻源流史》一書中分析道：「蠻字正像一人挑起一擔蠶山的框架……上古時候，氏族住房擁擠，在開始馴養野蠶時，只能在野蠶所分布的桑林裡就地設放這種框架，把野蠶將吐絲時捉到框架上，使野蠶能有規則地圍繞框架吐絲，以便在繅絲紡織時方便操作。否則，讓野蠶胡亂在桑枝上吐絲，取下的絲便紛無頭緒，很難紡織成布。直到夏代以後，居住條件改善了，才有可能把野蠶移入室內飼養，逐漸變成家蠶。後來又發展成為專門飼養家蠶的蠶室，商代殷墟出土有玉蠶可證。浙江吳興縣錢山漾新石器時代晚期文化遺址，相當於商代，就發現有一批盛在竹筐裡的家蠶絲織品。金文蠻字的象形結構，反映了養蠶和吐絲的過程。」

這一大段文字解釋了野蠶變成家蠶的過程，但是「蠻字正像一人挑起一擔蠶山的框架」的說法卻不符合「蠻」的金文字形，因為很明顯，這個字形的中間是一個「言」字。如果要表示「一人挑起一擔蠶山」的意思，只需畫出一個人形即可，沒有必要下面還要加個「口」，這也不符合甲骨文和金文的造字規則。

既然從「言」，那麼就要從南方人說話的特點來入手分析。孟子在〈滕文公上〉篇中寫道：「今也南蠻鴃舌之人，非先王之道。」「鴃」（ㄐㄩㄝˊ）指伯勞鳥，鳴叫的聲音類似鶪鶪（ㄐㄩˊ ㄐㄩˊ），故又稱「鶪」。《禮記·月令》載：「（仲夏之月）小暑至，螳螂生，鶪始鳴，反舌無聲。」孔穎達注解說：「反舌鳥春始鳴，至五月稍止，其聲數轉，故名反舌。」也就是說，所謂「反舌」，是指伯勞的鳴聲富於變化，因此又叫「百舌鳥」。

「鴃舌」即形容伯勞鶪鶪啼叫，但叫聲誰也聽不懂。《呂氏春秋·功名》篇中說：「善為君者，蠻夷反舌、殊俗異習皆服之，德厚也。」善為國君者，像蠻夷這種說話聽不懂的，以及習俗迴異的民族都臣服他，這是因為德行深厚的緣故。

《新唐書·柳宗元傳》記柳宗元貶官至湖南永州，著文描述當地的語言狀況：「楚、越間聲音特異，鴂舌啅噪，今聽之恬然不怪，已與為類矣。家生小童，皆自然嘵嘵，晝夜滿耳；聞北人言，則啼呼走匿，雖病夫亦怛然駭之。」「嘵嘵」（ㄒㄧㄠㄒㄧㄠ）形容鳥雀因恐懼而發出的鳴叫聲，柳宗元雖然聽不懂當地的語言，但早已習慣了，反而是北方話令當地人驚駭。

因此，「蠻」的金文字形就是形容「南蠻鴂舌之人」。南方多蠶、絲，因此經常以絲作譬喻。蠶絲如果繞在一起成為亂絲，就會毫無頭緒，紛亂而理不清，南方之人的「言」就像亂絲一樣繞來繞去，讓北方人完全聽不懂，猶如反舌鳥。孟子批評的「南蠻鴂舌之人」叫許行，「有為神農之言者許行，自楚之滕」，許行本為楚國人，來到今屬山東的滕國，滕國人自然聽不懂他說話。

這就是「蠻」之所以從絲從言的原因，原本是形容南方人說話的特點，屬於如實寫照，絕非貶稱。其實直到今天，北方人仍然聽不懂南方人說的話。

## ○用法

蠻
小篆

「蠻」的小篆字形，在金文字形的下面添加了一個「蟲」，顯然這是漢代才添加上去的，此時華夷之辨已經定型，因此添加一個「蟲」字作為對南方邊族的蔑稱，以至於許慎稱之為「蛇種」，「蠻」的造字本義就此失去而不為人所知了。

《禮記．王制》中描述說：「南方曰蠻，雕題交趾，有不火食者矣。」「雕題」指在額頭上刺花紋，屬於文身的一種。「交趾」前文已解釋過，鄭玄說是「足相向然」，孔穎達則解釋說：「臥時頭向外，而足在內而相交。」這兩種解釋都讓人糊裡糊塗。有學者認為「交趾」其實就是盤腿而坐的一種習俗；也有學者認為「交趾」乃是「文趾」之誤，文其足趾，屬於文身的一種。《大戴禮記・千乘》中也描述說：「南辟之民曰蠻，信以樸，至於大遠，有不火食者矣。」誠信而又樸實，這分明是對南方民族的讚譽之詞。

南北方語言差異極大，因此民間俗語中有「南蠻子」和「北侉子」的歧視性稱謂。像「蠻」形容南方人說話「鴂舌」一樣，「侉」（ㄎㄨㄚˇ）意為口音不正，特指外來人的口音跟本地不同。因此，「侉子」本來指說話帶很重的外地口音的人，直到北方人譏稱南方人為「南蠻子」之後，「侉」和「蠻」相對，南方人才開始反唇相稽，譏稱北方人為「北侉子」。

滿族人統治中國之後，漢人的地位一落千丈，滿族和蒙古族反而稱呼漢人為「蠻子」，漢人則稱呼滿族和蒙古族為「韃子」，民族之間的歧視可見一斑。據清末徐珂所著《清稗類鈔》記載：「康熙丙辰，武定李文襄公之芳任浙閩總督，有德政，閩人感之，呼為『蠻子佛』。蓋其時靖南王耿精忠叛，康親王率師南征，滿、蒙兵士四出，滿、蒙二族本呼漢族為『蠻子』，閩人或襲滿、蒙之口吻而稱之也。」可見有清一代，「蠻子」並不是北方人對南方人的蔑稱，李之芳是漢人，這裡的「蠻子」就是對漢人的蔑稱。

不知道從什麼時候起，南北雙方的人開始互相蔑稱對方，不過可以肯定的是，「北侉子」和「南蠻子」的蔑稱是在滿清覆滅之後。

南方的楚國早在周代就已崛起，春秋時期更是橫掃中原，甚至向周定王的使者「問鼎之大小輕重」，被視為有取而代周之意。楚國之俗迥異於中原地區諸民族，因此被稱為「蠻荊」。《詩經．小雅．采芑（ㄑㄧˇ）》是一首描寫周宣王的大將方叔為震懾楚國而進行軍事演習的詩篇，其中有「蠢爾蠻荊，大邦為仇」的詩句，稱楚國為「蠢」，這是文獻中第一次對周邊民族的貶斥之語，直接原因就在於楚國對周王室的軍事威脅；中原諸民族與周邊民族平等相處的時期徹底結束，「華夷之辨」也就此拉開帷幕，「蠻夷戎狄」遂一變而為蔑稱，這四個稱謂的本義也就從此不為人所知了。

# 古人怎麼稱呼奴隸

中國古代的奴隸，最主要的來源是戰爭中的俘虜和有罪而施刑後的犯人，而且，這些奴隸通常都伴有程度不等的身體殘害。這是因為最早的「五刑」都屬於肉刑。先秦的五刑分別是：墨，在臉上刺字並塗墨；劓（ㄧˋ），割掉鼻子；剕（ㄈㄟˋ），砍斷腳；宮，男子閹割，婦人幽閉；大辟，死刑。直到漢文帝時期，才將這些殘害肢體的肉刑廢除。

既然如此，那麼先秦時期，漢語中對奴隸的稱謂就一定跟對身體的殘害有關。古時對奴隸的稱謂很多，比如本書《女人怎麼自稱》一章中的「妾」和「奴」，又比如臣、僕、童、奚、臧獲、胥靡等等。本章將對這些稱謂一一加以解說，來看看萬惡的奴隸制是怎樣殘害人的身體的。

臣

童

奚

臧

獲

胥靡

# 臣

## ○字形分析

臣
甲骨文之一

「臣」的甲骨文字形之一，這個字形看上去充滿悲苦，其實描摹的只是一隻豎起來的眼睛，中間還有一顆瞳仁。人的眼睛什麼時候才會豎起來呢？回答是：低頭的時候，從側面看上去，眼睛就是豎起來的。因此郭沫若先生在《甲骨文字研究》中說：「以一目代表一人，人首下俯時則橫目形為豎目形，故以豎目形像屈服之臣僕奴隸。」也就是說，奴隸既不能抬頭看主人，又不能正面直視主人，答話的時候頭永遠是下俯的，因此才會有豎目之形。

臣
甲骨文之二

臣
金文

「臣」的甲骨文字形之二，眼睛的樣子更加生動，只是省去了裡面的瞳仁。「臣」的金文字形，又加上了瞳仁。

《說文解字》：「臣，牽也。事君也。象屈服之形。」許慎將「臣」訓為「牽」，即牽著屈服的奴隸之意。清代學者桂馥解釋說：「臣、牽聲相近。牛之從牽者，皆柔謹也。」章太炎先生則據此認為：「牽，引前也。臣即初文牽字。引申為奴虜，猶曰累臣也。臣本俘虜及諸罪人給事為奴，故象屈服之形。」「累臣」即被拘繫的奴隸。然後他又認為「臣」的字形應當橫過來看，是一個被綁縛著伏在地上的人形。其實這種解釋大可不必，而且「臣」也並非「牽」的初文。張舜徽先生在《說文解字約注》中反駁得很有道理：「臣字當以奴虜為本義。章氏謂為牽字初文，非也……許以牽釋之者，謂其人柔謹可牽制也。桂氏謂牛之從牽者，皆柔謹也，其言是矣……牛馬皆以柔順始為人用，且有以牽制之。古代之遇奴隸，如牛馬然，故許君以牽訓臣。」許慎之所以以「牽」釋「臣」，只不過是形容奴隸就如同柔順而可牽制的牛馬而已。

## ○釋義關鍵

《尚書·費誓》中有「臣妾逋逃」的記載，「逋（ㄅㄨ）逃」即逃亡。臣妾，西漢經學家孔安國解釋說：「役人賤者，男曰臣，女曰妾。」

《左傳·僖公十七年》有一個故事最能說明「男曰臣，女曰妾」的稱謂：「夏，晉大子圉為質于秦，秦歸河東而妻之。惠公之在梁也，梁伯妻之。梁嬴孕，過期，卜招父與其子卜之。其子曰：『將生一男一女。』招曰：『然。男為人臣，女為人妾。』故名男曰圉，女曰妾。及子圉西質，妾為宦女焉。」

這一年夏天，晉國叫「圉」（ㄩˇ）的太子在秦國當人質，秦國把河東歸還給晉國，並把女兒嫁給了太子圉。

起初，晉獻公的時候，晉國內亂，太子夷吾逃到了梁國，梁伯把女兒梁嬴嫁給了他。梁嬴懷孕，過了預產期，負責占卜的官員卜招父和他的兒子一同占卜，他的兒子說：「將要生一男一女。」卜招父說：「對。男孩子將會做別人的奴僕，女孩子將會做別人的奴婢。」因此給男孩子取名叫「圉」，就是後來到秦國當人質的太子圉；女孩子取名叫「妾」。

果然，等到太子圉在秦國當人質的時候，「妾」也在秦國做了侍女。古時，養馬的人稱作「圉」，由此可知太子圉在秦國當人質的時候，從事的是養馬的工作，正屬於「役人賤者」。「男曰臣，女曰妾」，這就是「臣」和「妾」的區別。正因為「臣」指男性奴隸，後來才會演變成為臣子對國君的自稱。

白川靜先生在《常用字解》中則對「臣」的字形有不同的解釋，他說：「象形。仰視之目。形示大大的瞳孔。殷朝時，將王子稱作『小臣』，視之為奉侍神明的人物。有時要故意刺傷奉侍神靈者的眼睛……由此而失明的瞽者成為侍奉神靈之『臣』。由神靈的臣僕之義引申，後來，『臣』義指主君的家臣、臣下，進而泛指各種侍奉者、服務者，並用來表達奉侍、服侍之義。」瞎眼的人稱「瞽」（ㄍㄨˇ）。

按照這種解釋，「臣」不僅不是戰爭或犯罪後淪為的奴隸，甚至還是奉侍神明的神職人員！這一解釋與事實差距過大。不過，倒的確有學者認為「臣」的字形乃是將奴隸刺傷一目，使之無法逃跑。但刺傷一目之後難免會影響有些比較精細的工作，因此更可能是指黥刑，即在俘虜或奴隸的臉上刺字並塗墨，用一目來代表臉部。如果這樣理解的話，「臣」就屬於對俘虜或者奴隸身體的輕微傷害。

綜上所述，「臣」的本義即為男性奴隸。按照「貶己尊人」的禮貌原則，「臣」順理成章地用來作為自謙之詞，而且最初也並非臣子面對國君的自稱。

## ○用法

據《史記．高祖本紀》載，劉邦在沛縣擔任泗水亭長的時候，有一次參加呂公的酒宴，呂公看中了劉邦，對他說：「臣少好相人，相人多矣，無如季相，原季自愛。臣有息女，原為季箕帚妾。」劉邦字季，古人稱人要稱字，表示尊敬。「息女」指親生女兒。裴駰集解引述張晏的解釋：「古人相與語多自稱臣，自卑下之道，若今人相與語皆自稱僕。」

劉邦做了皇帝之後，有一次未央宮建成，劉邦大宴群臣，起身為自己的父親祝壽，對父親說：「始大人常以臣無賴，不能治產業。」此時劉邦已貴為皇帝，可是面對父親的時候仍然自稱「臣」，可見至漢代時，「臣」仍然可用於一般的自謙之詞，不一定是面對國君的專用自稱。

《禮記．禮運》篇引孔子的話說：「仕於公曰臣，仕於家曰僕。」孔穎達注解說：「公是諸侯之號，臣是至賤之稱，今若仕於諸侯，其自稱以至賤之詞而曰臣，自貶退也。」可見「臣」最初是對諸侯國的國君的自稱，秦漢大一統之後，諸侯國的建制慢慢消亡，「臣」才引申為對國君的自稱，延續了兩千多年，直到帝制滅亡。

「家」指卿大夫，孔穎達注解說：「『仕於家曰僕』者，謂卿大夫之僕，又賤於臣。若仕於大夫之家，即自稱曰僕，彌更卑賤也。」

# 僕

## ○字形分析

僕
甲骨文

「僕」的甲骨文字形是一個非常複雜的會意字，同時又栩栩如生地反映了古代奴僕所從事的工作。先來看右半部：中間是一個人；左下角的弧形線條代表腿；身前雙手交叉；頭部上面是「辛」，「辛」為刑刀，表示這個人曾經受過刑，徐中舒先生認為這把刑刀即「剞劂」（ㄐㄧ ㄐㄩㄝˊ），雕刻所用的刀具，「以示其人曾受黥刑」，即在臉上刻字塗墨之刑；最奇特的是右下角指稱奴隸身分的羽毛狀尾飾。

《說文解字》：「尾，古人或飾繫尾，西南夷亦然。」應劭《風俗通義》（佚文）中說：「哀牢夷者……種人皆刻畫其身，象龍文，衣皆著尾。」《太平御覽》卷七百九十一引《永昌郡傳》：「郡西南千五百里徼外有尾濮，尾若龜形，長三、四寸。俗坐，輒先穿地空，以安其尾。若邂逅誤折尾，便死。」「徼」（ㄐㄧㄠˋ）指邊界，徼外即邊界之外。以尾作裝飾，應該是原始社會狩獵習俗的遺存，而將奴隸繫帶羽毛狀尾飾，顯然是一種低賤身分的標誌。也有人說這是表示奴僕無衣蔽體，但顯然與尾飾的形狀不符。

再來看左半部：很明顯這是一個簸箕之形，但是簸箕裡面的五個黑點代表什麼呢？羅振玉先生釋為糞棄之物；馬敘倫先生則說像糞土之形；張舜徽先生則認為這五個黑點像米，乃奴僕雙手持簸箕揚米去糠之形，並引《說文解字》「簸，揚米去糠也」加以證明。此說最有說服力。

僕 金文之一

僕 金文之二

僕 金文之三

僕 金文之四

僕 小篆

「僕」的金文字形之一，左邊是人形，下面是兩隻手，刑刀上面是簸箕，省去了揚米去糠的動作。「僕」的金文字形之二，下面變成了兩個「子」，連刑刀都省去了。「僕」的金文字形之三，簸箕變形得厲害，這個字形為小篆的訛變打下了基礎。「僕」的金文字形之四，上面添加了一個屋頂，表示是在屋子裡面工作。據此則「僕」起初是家奴。「僕」的小篆字形，簸箕之形訛變為「業」，整個字形的右部則訛變為「業」。

## 釋義關鍵

《說文解字》：「僕，給事者。」給事即辦事，正如張舜徽先生在《說文解字約注》中所說：「古者俘獲之奴以之執事於家，或事種藝，或事簸揚，無人身自由，但附著於人，因謂之僕。」古時將人分為十等，除了王、公、大夫、士這四等統治階層之外，包括奴隸在內的下等人則分為六等：皂（養馬者），輿（趕車者），隸（服官役者），僚（出苦力的役徒），僕，台（家奴中最低賤者）。其中「僕」是第九等，僅比「台」高一個等級，可見地位之低下。

「僕」的本義是受過刑的俘虜或犯人所充當的家奴，正如孔子所說的「仕於家曰僕」，本為卿大夫的家奴。甲骨卜辭中有許多關於「僕」的記錄，有的是追捕、抓獲奴僕，有的是商王索要奴僕或者別人送給他奴僕，有的是奴僕受到酷刑或者被殺，諸如此類。

## 用法

不過，到了周代，正如「僕」的金文字形所顯示的，那把懸在奴隸頭上的刑刀慢慢消失了，這表明周代的家奴或奴僕不再是受過刑的俘虜或犯人。《詩經．小雅．正月》中有「民之無辜，並其臣僕」的詩句，意思是沒有罪過的百姓也變成了臣僕。《毛傳》解釋說：「古者有罪，不入于刑則役之圜土，以為臣僕。」

「刑」指肉刑，重罪入肉刑，不夠入肉刑標準的輕刑則「役之圜土」。「圜（ㄩㄢˊ）土」即土築的圓形牢獄。據《周禮》記載，周代有大司寇一職，職責之一是：「以圜土聚教罷民，凡害人者，寘之圜土而施職事焉，以明刑恥之，其能改者，反於中國，不齒三年。其不能改而出圜土者殺。」

「罷民」指不聽從教化、不從事勞作的人，類似於今天所說的遊手好閒的二流子、混混兒。這些人無法入肉刑，但又危害百姓，因此要關到「圜土」裡去。「寘」（ㄓˋ）是放置之意。「明刑」指把犯人所犯的罪狀寫在板上，放到背上以示羞辱和懲罰。這些人白天要服勞役，夜晚就關進牢獄。能夠改過自新的，「反於中國，不齒三年」，「反於中國」指返回犯人的家鄉，「不齒」，鄭玄解釋說：「不得以年次列於平民。」意思是不能按照年齡的大小列於平民之籍，而是打入另冊，表現好的話，三年之後才能「列於平民」。不能改過自新，還要從牢獄逃亡的，殺。

「僕」從受過刑的犯人漸漸演變為一般的奴僕之後，當然可以從事各種雜役，但為卿大夫工作的時候，地位比賤役就提高了一個等級，專指駕車之人。《論語．子路》載：「子適衛，冉有僕。」孔子到衛國去，他的學生冉有為他駕車。

據《周禮》記載，周代有車僕一職：「車僕掌戎路之萃，廣車之萃，闕車之萃，蘋車之萃，輕車之萃。」這五種車都是兵車，稱作「五戎」。「戎路」指國君在軍隊中所乘之車；「廣車」指縱橫排列之車；「闕車」指填補空缺之車；「蘋」通「屏」，「蘋車」指對敵的時候可加以遮罩、隱藏起來的兵車；「輕車」指最輕便，因而可以追趕敵軍的兵車。「萃」這個字很有趣，鄭玄說是「副」的意思，也就是說，「車僕」仍然屬於「僕」，只能駕御這五種兵車的副車，其不被信任可想而知。

因此，由「僕」所引申出來的官職，比如九卿之一的太僕，最初就是掌管皇帝的車輛和馬匹，後來才逐漸轉為專管畜牧等事務。那麼，「僕」作為古代男人的謙稱，就如同謙虛地說：我只是替您趕車的。

# 童

有讀者可能會覺得奇怪，「童」在今天更多是指兒童，跟奴隸有什麼關係呢？

### ○字形分析

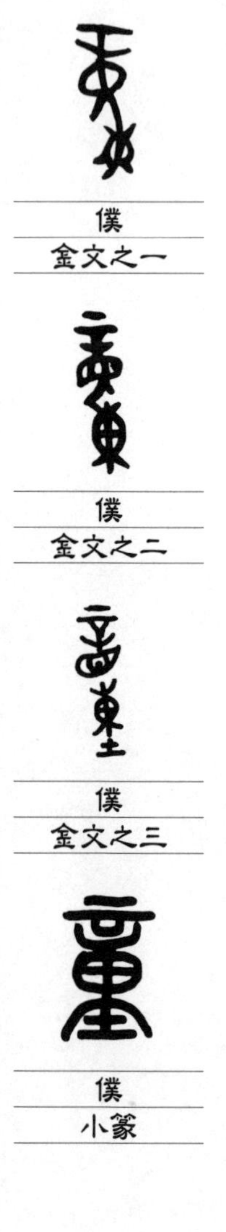


甲骨文中還沒有發現這個字，我們來看看「童」的金文字形之一，這個字形由三部分組成：頭上是一把刑刀，中間是眼睛，下面是一個兩端紮起口的布囊。「童」的金文字形之二，三個部分的字符更加清晰，最下面的「東」字就是布囊的形狀。「童」的金文字形之三，字形變得更加複雜，下面又添加了一個「土」。「童」的小篆字形，在金文的基礎上有所簡化，「目」和布囊的形狀都看不太出來了。至於現在使用的「童」字，上面的「立」很明顯是由「辛」訛變而來的，因此失去了造字的本義。

### ○釋義關鍵

《說文解字》：「童，男有罪曰奴，奴曰童，女曰妾。」唐代高僧玄應所著《大唐眾經音義》引《說文解字》作「男有罪為奴曰童」。男性奴隸為什麼稱「童」呢？這個複雜的字形是一個會意兼形聲的字，金文字形下面的「東」表聲，上面的「辛」和「目」組合在一起，會意為用刑刀剃髮和在臉上刺字塗墨。這就是古代的髡刑和黥刑。髡（ㄎㄨㄣ）刑是剃髮，黥刑前文中已多次涉及，是在臉上刺字塗墨，以標記犯人身分。因此，「童」指受刑的人，這類人通常用作奴隸或僕婢，「童」的本義就是男性奴隸。

不過，也有學者認為布囊狀的「東」字是指奴隸服勞役時的負重。《史記．秦始皇本紀》載：秦始皇下令焚書，「令下三十日不燒，黥為城旦」。裴駰集解引述如淳的解釋：「律說：論決為髡鉗，輸邊築長城，晝日伺寇虜，夜暮築長城。城旦，四歲刑。」「髡鉗」指剃去頭髮，用鐵圈束頸。「旦」指早晨，「城旦」即一早起來就從事築城的勞役。既然築城，那麼一定要背負布囊狀的東西來盛放土石。金文字形之三下面的那個「土」字可以佐證這一聯想，當然也可視為在土地上服勞役。

## ○用法

那麼，「童」又是怎麼由男性奴隸引申為兒童的呢？這就跟奴隸的髡刑有關了。白川靜先生在《常用字解》中認為：「『童』義指受刑者，他們被當作奴隸或僕婢。此類人物不許結髮髻，兒童同樣也不紮髮髻，因此『童』有了兒童、孩子之義。」谷衍奎《漢字源流字典》則認為「髡刑削髮，孩童不蓄髮」，因此引申指兒童。

這兩種說法都沒有解釋清楚奴隸和兒童可供類比從而加以引申的共同特點。髡刑指剃光頭髮，怎麼還能結髮髻？孩童明明蓄髮，又怎麼比附於「髡刑削髮」？

劉熙在《釋名．釋長幼》中說：「十五曰童，故《禮》有『陽童』。牛羊之無角者曰童，山無草木曰童，言未巾冠似之也。女子之未笄者，亦稱之也。」原來，奴隸既受髡刑，自然無法戴頭巾；男孩子到了二十歲才能加冠，戴上帽子，舉行成年禮，而十五歲的小孩子是不能戴帽子的。這才是奴隸和兒童的相似之處。按照禮制，二十歲的男子成人之後，是必須要戴頭服的，士階層加冠，庶人則戴頭巾。

至於上述引文中所稱《禮記．雜記》中記載的「陽童」，是指未成年而死的庶子，祭祀的時候要在陽光明亮的西北角，這種祭祀方式叫「陽厭」；相應地，未成年而死的嫡長子稱「陰童」，祭祀的時候要在房間最尊貴的西南角，西南角乃陰暗之處，陽光照不到，故稱「陰厭」。「厭」即指祭祀方式。

張舜徽先生在《說文解字約注》中也作了同樣的解釋：「然則幼童無巾冠之飾，有似如牛羊之無角，山之無草木，故同被以童名耳……蓋古人十五以前，概不束帶，無巾冠之飾，因名為童。其有罪者，雖年過十五，猶不束脩如童子時，因亦謂之童也。」

這段話說得很清楚：罪人年齡再大也不允許戴頭巾，這一規定已經成為奴隸的身分標誌；而牛羊無角，山上沒有草木，也都可稱「童」，比如童牛、童山的稱謂，正是比附於奴隸的禿髮和兒童的未加冠。

張舜徽先生的解釋中有「束脩」一詞，現在寫作「束修」。「束脩」本指十條乾肉，孔子在《論語·述而》中有一句名言：「自行束脩以上，吾未嘗無誨焉。」「束脩」即「十脡脯」，「脡」（ㄊㄧㄥˇ）指條狀的乾肉，「脯」也是乾肉。邢昺注解說：「束脩，禮之薄者。」「束脩」是用作餽贈或者入學敬師最為微薄的禮物。

不過，「束脩」還有一種解釋。《後漢書·延篤傳》載，延篤曾給人寫信，驕傲地稱自己「吾自束脩已來，為人臣不陷於不忠，為人子不陷於不孝，上交不諂，下交不黷，從此而歿，下見先君遠祖，可不慚赧」。李賢注解說：「束脩謂束帶修飾。鄭玄注《論語》曰『謂年十五以上』也。」男孩子到了十五歲，就要束帶修飾，入學學習了。「束帶」也是必需的禮儀，用腰帶將衣服緊束起來，表示端莊。可想而知，奴隸是絕不能束帶的。

「童」專用作兒童的稱謂後，古人給「童」加了一個偏旁寫作「僮」，專用於僮僕之意，於是後人就再也不明白兒童之「童」的奴隸起源了。

「奚」這個字今天很少用，而且只當作姓使用。有讀者可能會感到驚訝：怎麼？這個字也是奴隸的稱謂？對，一點也沒錯。

## ○字形分析

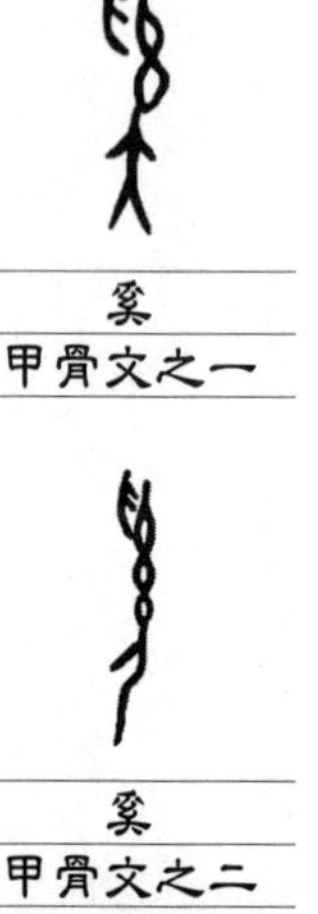


「奚」的甲骨文字形之一，下面是一個正面站立的人形，人的頭上是一條繩子，左上角是一隻手，整個字形正如同羅振玉所說「從手持索以拘罪人」，手持繩索拘押罪人。

「奚」的甲骨文字形之二，下面是一個側立半蹲的人形，上面的繩索更粗，這個人就像被繩索牽著走一樣。這個人之所以區別於正面站立的人形，很有可能表示她是一位女人。

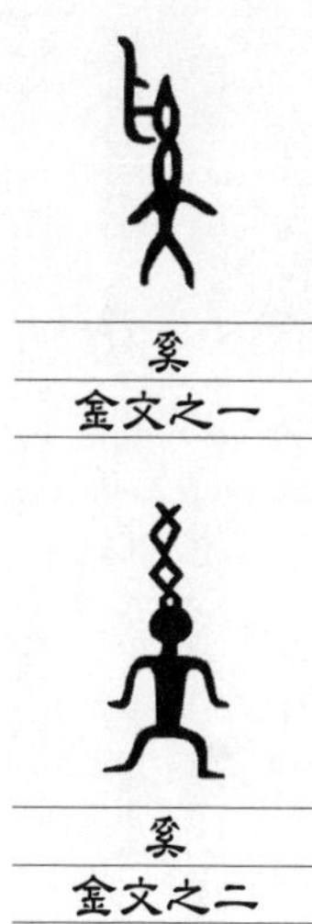

奚
金文之一

奚
金文之二

奚
小篆

「奚」的金文字形之一，沒有任何變化。「奚」的金文字形之二，上面省掉了那隻手，清末學者吳大澂據此字形認為像「女奴戴器形」，即女奴頭頂器皿，但其實上面還是繩索的形狀。

「奚」的小篆字形，除了那隻手移到了頂部之外，整個字形與甲骨文和金文幾乎一模一樣，當然，也跟我們今天使用的「奚」字的字形一模一樣，兩千多年而無變化。

## ○釋義關鍵

《說文解字》：「奚，大腹也。」許慎沒有見過甲骨文，這個解釋讓人摸不著頭腦，哪裡像腹大之形了？

白川靜先生在《常用字解》中認為：「『奚』形示留蓄辮髮的男式髮型——剃去周邊的頭髮，只留下頭頂部分的頭髮，然後編成細長的辮子，因此『奚』指細長的東西。」

徐中舒先生在《甲骨文字典》中說：「像以手牽搤罪隸髮辮之形。」他也認為「奚」上面的字符應該是「頭上有編髮」的形狀，但釋為繩索之形更加合理。「搤」通「扼」，捉持之也。

張舜徽先生在《說文解字約注》中總結說：「上世奴隸主之馭制奴隸，至為慘忍。恐其逃逸恆用繩索拘繫之，如今之馭牛馬然。奚字實象其事。近世邊陲土司，猶有以牽繫人督之勞作耕植者，蓋其遺風也。奚本為繫人之名，因亦稱所繫之人為奚。」以古今對照，因此這是最富說服力的解說。

## 用法

《周禮》中屢有以「奚」為奴的記載，比如「酒人，奄十人，女酒三十人，奚三百人」。「酒人」指掌管造酒的官員；「奄」即閹人，因為要同女奴一起工作，因此用閹人。女酒，鄭玄注解說：「女奴曉酒者。」懂得造酒技術的女奴。鄭玄又如此注解「奚」：「古者從坐男女，沒入縣官為奴，其少才知，以為奚，今之侍史、官婢。或曰：『奚，宦女。』」「從坐」即連坐，指因別人犯罪而受牽連的男女。宦女，一說「宦」乃服侍之意，「宦女」即服侍的女子；一說「宦女」對應於「宦人」，指受幽閉之刑的女子。不管怎樣，周代的「奚」屬於官婢，因罪沒入官府作奴婢的女子，而且還必須是其中「少才知」者，即缺乏才智的女奴稱之為「奚」。

又比如，周代有「禁暴氏」一職，掌管禁止庶民暴亂的官員。禁暴氏的職責之一是：「凡奚隸聚而出入者，則司牧之，戮其犯禁者。」鄭玄注解說：「奚隸，女奴男奴也。」則「奚」為女奴，「隸」為男奴，古時將差役、衙役等官府的低級小吏稱作「隸」，即由此引申而來。

已故的古文字學家于省吾先生認為「奚」字應是來源於族名或方國名，甲骨卜辭中有「奚來白馬」的記載，指奚族或奚國向商王朝進貢白馬。後世史書中也屢有奚族的記載，南北朝時稱「庫莫奚」。因此，蒙古族學者泰亦赤兀惕·滿昌所主編的《蒙古族通史》中寫道：「商代的『奚奴』，可能就是後世胡奴系奚族的祖先。他們被商王朝俘虜後，轉而為奴隸。所以，『奚奴』是以族稱命名的奴隸，是為王室、貴族家庭使喚的奴隸，是屬於家奴一類的。」

由此可知，「奚」作為奴隸，在商王朝時屬於家奴，到了周代則用於女奴的專稱，而且屬於官婢。奚姓的起源也可以追溯至此。

不過，後來不管男奴、女奴一概稱作「奚」或「奚奴」，不再有性別的區分。李商隱在著名的《李賀小傳》中記載道：「恆從小奚奴，騎距驉，背一古破錦囊，遇有所得，即書投囊中。」「小奚奴」顯然指小僮僕，男孩子。李賀真有個性，出門騎的居然是一頭「距驉」！「距驉」同「駏驉」（ㄐㄩˋ ㄒㄩ），似騾而小，由雌騾和雄馬交配而生。

這就是「奚」作為奴隸稱謂的由來。

# 臧獲

「臧獲」是一個非常古怪的稱謂，「臧」和「獲」都是指奴隸，但古時常常「臧獲」連用，因此放在一篇中來說。

## ○字形分析

臧
甲骨文

「臧」的甲骨文字形，左邊是一隻大眼睛，也就是「臣」字，前文已經講過，「臣」指男性奴隸，右邊是一把戈，徐中舒先生在《甲骨文字典》中說：「像以戈擊臣之形。」左民安先生則在《細說漢字》中解釋說：「戈刺入目。上古戰俘往往被刺瞎一隻眼睛，淪為奴隸。」前文也已經講過，戈刺入目很有可能只是黥刑的示意，以目代面，其實是在臉上刺字塗墨。

臧
金文之一

臧
小篆

獲
金文之一

臧
金文之二

獲
甲骨文

獲
金文之二

獲
小篆

「臧」的金文字形之一，與甲骨文一模一樣。「臧」的金文字形之二，下面用「口」代替了「目」，上面變成了「戕」，從而變成了一個從口從戕的形聲字。

「臧」的小篆字形，又返回到了甲骨文字形的寫法，從臣從戕。《說文解字》：「臧，善也。從臣，戕聲。」這只不過是引申義，「臧」的本義即是男性奴隸。張舜徽先生說：「臧之本義為奴隸，而許君釋之為善者，蓋謂其性馴善可役使也。」楊樹達先生在《積微居小學述林》中也說：「為奴者不敢橫恣，故臧引伸有善義。」

「獲」最早是用「隻」來表示的，甲骨文字形，上面是「隹」，許慎說是短尾鳥的總稱，下面是一隻手，會意為用手捕鳥。

金文字形之一，有些變形，但同樣是用手捕鳥的樣子。金文字形之二，字形有所變化，上面是一隻類似於貓頭鷹的獵鷹，雙耳高高豎起，下面仍然是一隻手，會意為手持獵鷹去捕獵。

「獲」的小篆字形，左邊又添加了一隻犬，如此一來，從使用獵鷹捕獵發展到同時也使用獵犬捕獵。

《說文解字》：「獲，獵所獲也。」這是解釋「獲」字為什麼從犬。隨著農業生產的發展，古人也用「獲」來表示莊稼的收割，但是收割莊稼卻不能再使用「犬」字旁了，於是古人後來又另造了一個字「穫」，把「犬」字旁換成了「禾」字旁，來表示收割莊稼。

「獲」為什麼會成為奴隸的稱謂呢？《爾雅．釋詁》中解釋說：「馘，獲也。」郭璞注解說：「今以獲賊耳為馘。」「馘」（ㄍㄨㄛˊ）是「軍戰斷耳也」，在戰爭中，割取敵人的左耳，用以計數報功。《周禮》中規定：「大獸公之，小禽私之，獲者取左耳。」「馘」即是由獵得禽獸引申為割取俘虜的左耳，而「獲」則引申為被割耳的俘虜，俘虜照例作為奴隸，因此「獲」順理成章地成為奴隸的稱謂。

## ○釋義關鍵

楊樹達先生解釋說：「臧當以臧獲為本義，臧為戰敗屈服之人，獲言戰時所獲，《漢書．司馬遷傳》注引晉灼云：『臧獲，敗敵所被虜獲為奴隸者。』」楊樹達引述的這句話出自司馬遷的《報任安書》，其中說：「且夫臧獲婢妾，猶能引決，況若僕之不得已乎？」意思是：臧獲婢妾尚且懂得自殺，何況我這樣到了不得已的地步呢！這是形容司馬遷所受的宮刑。「臧獲」與「婢妾」

對舉，可見都是奴隸的稱謂，但「臧獲」是專指「敗敵所被擄獲為奴隸者」。

台灣著名歷史小說家高陽先生在《任公與刁間》一文中寫道：「私人買賣的奴婢以外，還有『官奴婢』，稱為『臧獲』。這個名詞有兩種不同的解釋，一種是說『臧』與『贓』相通，犯了抄家的罪，其家人子女，當作贓物一樣被沒收入官，所以稱為『臧』。『獲』者逃亡而被捕獲，罰為官奴婢，稱為『獲』。」

這種說法出自唐人徐堅編撰的《初學記》引《風俗通義》曰：「古制本無奴婢，即犯事者或原之。臧者，被臧罪沒入為官奴婢；獲者，逃亡獲得為奴婢也。」這種誤解乃是不了解「臧獲」的本義所致。

第二種解釋則出自西漢學者揚雄《方言》一書，其中寫道：「荊淮海岱雜齊之間，罵奴曰臧，罵婢曰獲。齊之北鄙，燕之北郊，凡民男而婿婢謂之臧，女而婦奴謂之獲；亡奴謂之臧，亡婢謂之獲。皆異方罵奴婢之醜稱也。」

這裡記載了兩個地方的方言，一是「荊淮海岱雜齊之間」，大致在今江淮、山東一帶，此地將男性奴隸稱作「臧」，將女性奴隸稱作「獲」。一是「齊之北鄙，燕之北郊」，大致在今山東和河北北部。所謂「男而婿婢謂之臧」，是指娶婢為妻所生的子女蔑稱為「臧」；所謂「女而婦奴謂之獲」，是指嫁給男性奴隸所生的子女蔑稱為「獲」。此地又將逃亡的男性奴隸蔑稱為「臧」，將逃亡的女性奴隸蔑稱為「獲」。

# 胥靡

「胥靡」同樣是一個非常古怪的稱謂，也是指奴隸，不過跟「臧獲」不同的是：「臧獲」可以分開使用，「臧」和「獲」都指奴隸；而「胥靡」卻不能拆分為兩個單字，只有連用才能指奴隸。

## 出處

戰國時期的著名思想家墨子在〈天志下〉篇中譴責以攻伐小國為樂的大國之君：「攻罰無罪之國，入其溝境，刈其禾稼，斬其樹木，殘其城郭，以禦其溝池，焚燒其祖廟，攘殺其犧牷。民之格者，則勁拔之，不格者，則系操而歸，丈夫以為僕、圉、胥靡，婦人以為舂、酋。」

刈，收割；犧牷，指祭祀所用的牲畜，「犧」是純色的牲畜，天子所用，「牷」（ㄑㄩㄢˊ）是完全的意思，指諸侯所用的軀體完整的牲畜；格，抵抗；勁拔，「勁殺」之誤，即殺害；系操，一般認為乃是「系累」之誤，即用繩索捆縛；僕，駕車；圉，養馬；舂，女奴任舂米之責；酋，女奴任造酒之責。

這段話的意思很好理解，不再譯為白話。其中「胥靡」一詞，墨子說得很清楚：「系累而歸。」將不抵抗的百姓用繩子捆縛在一起，押解而歸，當作奴隸。「胥」的本義是蟹醬，用螃蟹混合酒、鹽製成的醬，這是古人的美味。「胥」上面的字符「疋」其實就是「足」，因此「胥」從足從肉。想一想螃蟹的樣子就可以明白，最顯眼、數量最多的就是蟹足，加上蟹螯共有十隻腳，因此就用蟹足來指代螃蟹，將蟹足和蟹肉支解、加工，製成蟹醬。劉熙《釋名·釋飲食》中說：「蟹胥，取蟹藏之，使骨肉解之胥胥然也。」正是描述肢解骨肉的過程。

「靡」則通「縻」（ㄇㄧˊ），即縻繫，捆縛、牽制之意。「胥靡」的意思因此就是：將犯人用繩子捆縛在一起，一個相隨一個牽著走，形狀就如同螃蟹的十隻腳一個相隨一個一樣。

## ○ 釋義關鍵

據《漢書·楚元王傳》載：楚王劉戊聯合吳國密謀造反，申公、白生兩位大夫勸諫，劉戊不聽，「胥靡之，衣之赭衣，使杵臼碓舂於市」。「赭衣」是囚服，用紅土染成赭紅色；「碓（ㄉㄨㄟˋ）舂」指用杵臼舂米。

顏師古注引晉灼曰：「胥，相也；靡，隨也。古者相隨坐輕刑之名。」顏師古則注解說：「聯繫使相隨而服役之，故謂之胥靡，猶今之役囚徒以鎖聯綴耳。晉說近之，而云隨坐輕刑，非也。」顏師古的意思很清楚，「胥靡」乃指用鐵鎖將犯人聯綴在一起，去服勞役。申公和白生正是這樣：

二人穿上囚徒標誌的赭衣，被鐵鎖聯在一起，被罰到街市上去舂米。

不過，也有學者認為「胥靡」指肉刑。董家遵先生在《中國奴隸社會史》一文中即持此觀點：「肉刑中有斷趾的刖刑。胥字既是足與肉的合體，此字的原意，當指曾受刖刑的罪隸。」《史記·屈原賈生列傳》收錄了賈誼謫居長沙時所寫的《鵩鳥賦》，其中吟詠道：「傅說胥靡兮，乃相武丁。」裴駰集解引述徐廣的解釋說：「腐刑也。」腐刑是閹割男子生殖器的酷刑。這種認為「胥靡」即是腐刑的解釋在後世流傳甚廣，但南宋學者王觀國早就在《學林》一書中駁斥過這一觀點。

傅說是商王武丁的國相，未發跡時在傅岩這個地方築城，築城是一樁苦役，因此王觀國認為：「腐刑無役，若以胥靡為腐刑，則傅說不應有版築之役矣。」也就是說，按照法律規定，受過腐刑的人不會再去服勞役，當然就更不可能去服築城之類的苦役了。因此「傅說胥靡」並非是指傅說受腐刑，而是指傅說與別的奴隸一起，被捆縛在一起去築城，「胥靡」即指這種築城的徒役。

王觀國的駁斥極其合理，而且「胥靡」這兩個字無論如何也跟腐刑扯不上半點關係。但後世學者不求甚解，逕以徐廣的腐刑之說為「胥靡」的本義。比如北宋文學家王禹偁所著《小畜集》卷十四的《紀馬》，是到宋代為止惟一一篇記載人工輔助讓馬匹交配的文獻，其中寫道：「圉人復曰：『以是駒配是母，幸而騮，其駿必倍；不幸而騍，又獲其種，明年將胥靡之，不可失也。』」

騮（ㄌㄧㄡˊ）和騍（ㄎㄜˋ），王禹偁自注道：「俚談以牝馬為騮，牡馬為騍。」牝馬即母馬，牡馬即公馬。這則文獻是記載一匹母馬產了一頭健壯的名駒，等馬駒長大之後，養馬人又將這匹馬駒蒙上眼睛與牠的母親交配，結果撤掉蒙眼的頭巾之後，「然後曉其所生，因垂耳俯首，若不欲活者」。剛好旁邊有條長巷，巷門關著，這匹馬哀鳴著疾馳過去，用頭去撞門環的銅製底座，「如是者數踣而死」。「踣」（ㄅㄛˊ）指摔倒。

王禹偁感嘆道：「是馬也，獸其身而人其心乎！」因此才寫下這篇文章以資紀念。

胥靡，王禹偁自注道：「腐刑也，俚言改馬也。」這個義項即繼承了徐廣的錯誤解說。

# 古人怎麼稱呼死亡

本章將解析「死」這個字，並選取從皇帝到平民百姓關於死亡的六個有趣而又不易被人理解的婉詞，一一加以解說。這六個婉詞是：晏駕，駕鶴西遊，壽終正寢，犧牲，尋短見，三長兩短。

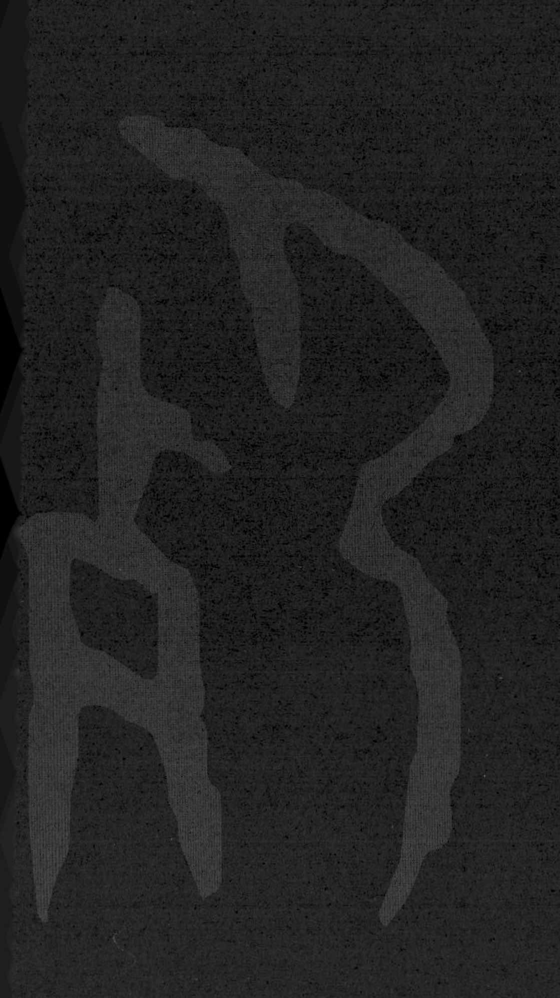

死

崩 薨 卒

不祿 晏駕

駕鶴西歸 壽終正寢

犧牲 尋短見

三長兩短

# 死

據統計，漢語中與死亡有關的稱謂，包括諱稱、婉稱、美稱、貶稱、雅稱、俗稱等等，共有將近一千種之多！這說明中國文化不僅是一個注重禮的文化，而且在死亡的各種稱謂中，包含了生死觀、喪葬禮儀等許許多多的面向。

## 用法

《禮記．曲禮下》載：「天子死曰崩，諸侯死曰薨，大夫死曰卒，士曰不祿，庶人曰死。」這是最基本的對於死亡的稱謂。

《說文解字》：「崩，山壞也。」古人把天子之死看得極重，因此用山倒塌來作比，同時還有「山陵崩」的形容。

《說文解字》：「薨，公侯卒也。」公侯之死稱「薨」（ㄏㄨㄥ），但許慎沒有解釋為何稱「薨」。劉熙《釋名．釋喪制》則解釋得非常清楚：「諸侯曰薨，薨，壞之聲也。」原來，天子和諸侯之死都用山崩作比，區別只在於聲音的大小，「薨」即指山倒塌的轟轟之聲，很顯然要比「崩」的聲音小。

「卒」就不一樣了。「卒」的本義是最低等的隸役穿的一種衣服，引申為居於最末位，死亡就是人生的終點站，因此又引申為死亡。大夫之死稱「卒」，後來成為死亡的通稱。

「士曰不祿」，這個稱謂最有意思。有人把「不祿」解釋為死了就沒有俸祿了，簡直是笑話！這裡用的就是「祿」的本義，即福氣、福分、福運。鄭玄解釋「不祿」為「不終其祿」，沒有福氣繼續當官啦！把「不祿」解釋為沒有福氣還有一個旁證，《禮記．曲禮下》還規定夭折也叫「不祿」，「短折曰不祿」，夭折的人又沒有俸祿可拿，因此「不祿」當然是沒有福氣繼續活著的意思。

## ○字形分析

死
甲骨文

「死」就是「死」，難道還有什麼好說的？當然有。我們來看「死」的甲骨文字形，右邊是一個俯身的人，左邊是一具肉已朽盡的殘骨，羅振玉說像生人拜於朽骨之旁，死之誼昭然，因此會意為死亡。《說文解字》：「死，澌也，人所離也。」「澌」是水流盡之意，用來比喻人走到了盡頭，離世而去。不過奇怪的是，人新死之後，屍體並沒有腐爛，為什麼先民造「死」字的時候，卻偏偏要對著一具殘骨祭拜呢？

### ○釋義關鍵

原來，這是一種「撿骨葬」或稱「拾骨葬」的習俗。上古時期實行薄葬，《周易．繫辭》中說：「古之葬者，厚衣之以薪，葬之中野，不封不樹，喪期無數。後世聖人易之以棺槨。」用柴草厚厚地包裹起屍體，葬到原野之中，既不封土為墳，上面也不植樹，服喪也沒有規定的期限。平民百姓之死稱「死」，恰恰呼應了「撿骨葬」的習俗：平民百姓的子孫發跡後重新安葬父母的遺骨，撿出遺骨後，向遺骨俯身祭拜。這正是「死」的甲骨文字形的生動寫照。

# 晏駕

「晏駕」這個詞今天看起來比較生僻，代指帝王之死，但古時卻是常用詞。前文已經講過，帝王所乘的車子稱「駕」，規模最大的儀仗隊稱「大駕」，這都好理解，那麼「晏」是什麼意思呢？「晏」是晚的意思，比如「晏食」即晚食。「晏」和帝王的車乘「駕」組合在一起，為什麼可以表示死亡？我們來看看古人是怎麼注解這個有趣的稱謂的。

## 釋義關鍵

據《戰國策．秦策五》載，秦國儲君安國君的兒子異人在趙國當人質，濮陽商人呂不韋在邯鄲遇到他，以為奇貨可居，遊說趙王解除異人的人質身分，將他厚禮遣送回國，如果異人能夠立為太子，一定會感激趙國。呂不韋的遊說之詞中有這麼一句話：「秦王老矣，一日晏駕，雖有子異人，不足以結秦。」意思是在位的秦王死後，異人如果沒有被立為太子，那麼即使擁有這個人質也不足以跟秦國結交。

這段話中，「一日」是一旦之意，「晏駕」，兩宋間學者姚宏注解說：「晏，晚也。日暮而駕歸大陰也，謂死亡也。」「大陰」即「太陰」，指地下。不過南宋學者鮑彪則解釋說：「天子當早作，而方崩隕，臣子之心猶謂宮車晚出。」天子本來應該上早朝，駕崩後當然無法上朝，因此臣子心中就想：這不過是天子的車駕晚出來一會兒而已。這當然是婉詞。

## ○用法

據《史記．范雎蔡澤列傳》載，魏國人范雎得到秦國使者王稽的幫助來到秦國為相，有一天，王稽對范雎說：「事有不可知者三，有不奈何者亦三。宮車一日晏駕，是事之不可知者一也；君卒然捐館舍，是事之不可知者二也；使臣卒然填溝壑，是事之不可知者三也。宮車一日晏駕，君雖恨於臣，無可奈何；君卒然捐館舍，君雖恨於臣，亦無可奈何；使臣卒然填溝壑，君雖恨於臣，亦無可奈何。」

王稽這段話的意思是：天子一旦去世，這是無法預料的；范雎您突然死去，也是無法預料的；我突然死去，也是無法預料的。天子一旦去世，您儘管感到遺憾，但也無可奈何；您突然死去，您儘管感到遺憾，但也無可奈何；我突然死去，您儘管感到遺憾，但也無可奈何。

「宮車一日晏駕」，「捐館舍」，「填溝壑」，這三種表述都是死亡的委婉語。裴駰集解引述應劭的解釋說：「天子當晨起早作，如方崩殞，故稱晏駕。」又引述三國時期學者韋昭的解釋說：「凡初崩為『晏駕』者，臣子之心猶謂宮車當駕而晚出。」都跟鮑彪的解釋相同。因此，「晏駕」的意思就是說：天子的車駕晚出來一會兒。從而成為帝王之死的婉詞。

王稽說的這番話其實是對范雎發牢騷，因為范雎已經為相，作為范雎的恩人，自己的官職卻還未升遷。果然，范雎立刻進宮面見秦昭王，秦昭王也立刻升了王稽的官，拜他為河東守。

# 駕鶴西遊

嚴格意義上來說，「駕鶴西遊」是一句日常俗語，我們常常可以在葬禮的輓聯上或者死者的訃告、報導中見到這句俗語。作為死亡的婉詞，這句俗語跟兩個人有關，一個叫王子喬，一個叫丁令威。

## 出處

王子喬的故事稍微簡單一些。託名劉向所著的《列仙傳》記載了這個神仙故事：「王子喬者，周靈王太子晉也。好吹笙，作鳳凰鳴。遊伊洛之間，道士浮丘公接以上嵩高山三十餘年。後求之於山上，見桓良曰：『告我家，七月七日待我於緱氏山巔。』至時，果乘白鶴駐山頭，望之不得到。舉手謝時人，數日而去。亦立祠於緱氏山下，及嵩高首焉。」

緱（ㄍㄡ）氏山在今河南省偃師縣。王子喬的這個故事即「駕鶴」的出典，比喻修道成仙。

丁令威的故事則稍微複雜一些，而且牽涉到一種著名的物件。託名陶淵明所著的《搜神後記》

記載了這個神仙故事：「丁令威，本遼東人，學道於靈虛山。後化鶴歸遼，集城門華表柱。時有少年，舉弓欲射之，鶴乃飛，徘徊空中而言曰：『有鳥有鳥丁令威，去家千年今始歸。城郭如故人民非，何不學仙塚壘壘。』遂高上沖天。今遼東諸丁，云其先世有升仙者，但不知名字耳。」

靈虛山又作「靈墟山」，相傳在今安徽省當塗縣，相對於遼東，正位於西方，因此丁令威離開遼東，西歸靈墟，正所謂「西遊」或「西歸」。李白《姑孰十詠》即有一首詠靈墟山：「丁令辭世人，拂衣向仙路。伏煉九丹成，方隨五雲去。松蘿蔽幽洞，桃杏深隱處。不知曾化鶴，遼海歸幾度。」

丁令威化鶴歸遼東，落腳的「華表柱」就是我要說的這件著名的物件。

華表是中國獨特的建築樣式，古代宮殿、陵墓等大型建築物的前面都有華表，最著名的是天安門前的華表，由漢白玉雕成，分為柱頭、柱身和基座三個部分。柱頭部分是一只圓盤的形狀，叫「承露盤」，由好神仙的漢武帝發明。《漢書．郊祀志》載：「其後又作柏梁、銅柱、承露仙人掌之屬矣。」顏師古注解說：「《三輔故事》云：『建章宮承露盤高二十丈，大七圍，以銅為之，上有仙人掌承露，和玉屑飲之。』」所謂「承露」，指仙人手持銅盤，承接天上的甘露，其實這都是方士騙他的。後來把仙人簡化掉了，只剩下一隻「承露盤」。柱身部分則呈八角形，一條巨龍盤旋而上，身外布滿雲紋。柱身上方橫插著一塊雕滿祥雲的石板。基座又稱為「須彌座」，借鑒的是佛教造像的基座樣式。

「華表」為何稱「表」？《史記．夏本紀》稱禹「行山表木，定高山大川」，司馬貞索隱：「表木，謂刊木立為表記。」在交通要道上立一根木柱，作為識別的標記。後來的郵亭和驛站也用它來作標記。這種木柱還有一個功能，供行人在上面刻字。西晉學者崔豹所著《古今注・問答釋義》篇中寫道：「程雅問曰：『堯設誹謗之木，何也？』答曰：『今之華表木也。以橫木交柱頭，狀若花也，形似桔槔，大路交衢悉施焉。或謂之表木，以表王者納諫也，亦以表識衢路也。』」

據說這是帝堯發明的，又稱「謗木」，供人們在上面寫「誹謗」之言，其實就是向政府提意見。和「謗木」並行的還有一面鼓，叫「諫鼓」，敢諫之鼓，據說是禹發明的，作用跟「謗木」一樣。古代戲曲中常常可以看到擊鼓鳴冤的場景，擊的就是這面「諫鼓」。

「桔槔」（ㄐㄧㄝˊ ㄍㄠ）是井旁汲水的槓桿狀的工具。華表的形狀就像桔槔，柱頭雕有花紋。華表之所以稱「華」，「華」專用於形容雕繪或者紋飾，比如「華軒」是指雕有紋飾的曲欄，「華袞」是王公貴族穿的多彩的禮服，「華幄」是指帝王所居的華麗的帷幄。「華表」上面雕有龍、白鶴和雲紋等各種紋飾，因此稱「華表」。

天安門華表的頂端還可以看到一隻蹲著的獸，這隻蹲獸的名字叫「犼」（ㄏㄡˇ），是一種長得像狗的瑞獸，俗稱「朝天吼」，朝著天空咆哮，意為上傳天意，下達民情。天安門後的這對華表上，犼的頭朝向宮內，叫「望帝出」，盼望皇帝走出皇宮，到民間去體察民情；天安門前的這對華表上，犼的頭朝向宮外，叫「望帝歸」，盼望皇帝不要遊山玩水，趕緊回宮來處理朝政。

除了龍之外，白鶴也是華表上的特有裝飾物。杜甫有詩「天寒白鶴歸華表，日落青龍見水中」，吟詠的就是華表上所雕的白鶴，即丁令威化身的鶴。因為丁令威回鄉的落腳之地是華表，因此華表上雕刻白鶴來紀念他。

## ○用法

「駕鶴西遊」、「駕鶴西歸」這樣的日常俗語，就是從王子喬和丁令威的故事濃縮而來，本來是比喻修道成仙，因之作為死亡的婉詞。

# 壽終正寢

「壽終正寢」不僅是一個死亡的婉詞，而且還是一個美稱，形容老年人盡享天年，然後在家中自然死亡，沒有經過任何疾病的折磨。

## ○釋義關鍵

劉熙《釋名．釋喪制》：「老死曰壽終。壽，久也；終，盡也。生已久遠，氣終盡也。」活到了人生之氣的自然盡頭，即謂「壽終」。活得長壽是中國人的最高理想，民間俗語中有一句話叫作「五福臨門」，「五福」中竟然有兩福都跟壽命有關。

何為「五福」？「五福」的說法出自《尚書．洪範》：「五福：一曰壽，二曰富，三曰康寧，四曰攸好德，五曰考終命。」第一福就是「壽」，孔安國的注解很有趣：「百二十歲。」要活到一百二十歲才能稱「壽」！

古人將壽命分為上、中、下三壽。《莊子．盜蹠》篇中說：「人上壽百歲，中壽八十，下壽六十。」孔穎達在為《左傳．僖公三十二年》所作的正義中說：「上壽百二十歲，中壽百，下壽八十。」一百二十歲是人活得最長的年壽，因此就用這個最長的年壽來比喻「壽」。再活得更長可就過分了，三國時期嵇康在《養生論》開篇就寫道：「或云上壽百二十，古今所同，過此以往，莫非妖妄者。」

第二福是「富」，富有；第三福是「康寧」，孔安國解釋說「無疾病」；第四福是「攸好德」，「攸」是「所」的意思，「攸好德」即所愛好的是美德；第五福是「考終命」，「考」是老、年齡大的意思，孔安國解釋說：「各成其短長之命以自終，不橫夭。」按照其天然的壽命長短自然死亡，沒有發生意外早死的情況。

「五福」中的「壽」和「考終命」都跟壽命有關。高壽既是古人的追求，也是最大的福氣，所以按照古代的禮節，活到八十歲以上壽終正寢的，送禮不用白布，而是用紅色的輓聯和紅色的帳子，稱為喜喪，喪事當作喜事辦。

值得注意的是，「五福」中最初並沒有「貴」，直到東漢學者桓譚的《新論．辨惑》篇中才出現「貴」的說法：「五福：壽，富，貴，安樂，子孫眾多。」可見在大一統的集權制度出現之前，人們並不以做官為福，「大福大貴」的叫法是後來的事，「福壽雙全」才是上古時期中國人的追求。

那麼，「正寢」又是什麼意思呢？是不是就像很多人以為的安然睡去的意思？答案是：錯。原來，「正寢」是指一處具體的場所，這要從古代帝王的宮寢制度說起。

古代帝王的宮寢制度稱作「六寢」。據《周禮》記載，周代有「宮人」一職，職責是：「宮人掌王之六寢之修，為其井匽，除其不蠲，去其惡臭，共王之沐浴。凡寢中之事，掃除、執燭、共爐炭，凡勞事。」「井」是漏井，「匽」（ㄧㄢˇ）是讓汙水穢物流入的坑池，「蠲」（ㄐㄩㄢ）是清潔之意。

鄭玄注解道：「六寢者，路寢一，小寢五。」「六寢」包括一座路寢和五座小寢。其中「路寢」又叫「正寢」，「路」不是指路邊，而是「大」的意思，凡是國君所居之處或使用的器物都用「路」來形容，比如「路車」即國君乘坐的大車，因此「路寢」又叫「大寢」，漢代開始稱為「正殿」，乃是天子或諸侯議事的地方。這就是「正寢」一詞的由來，原指天子、諸侯治事的正廳，後來凡是房屋的正廳或正屋一概都泛稱「正寢」。

所謂「小寢」，就是天子或諸侯的寢宮，是休息娛樂的地方，因此又叫「燕寢」；「燕」是安逸、安樂之意，「燕寢」意為閒居的寢宮。

《禮記．玉藻》中描述了一段非常生動的上早朝的情景：「朝，辨色始入。君日出而視之，退適路寢聽政，使人視大夫，大夫退，然後適小寢，釋服。」「辨色」指天色將明，能夠辨認出東西的時候，當然就是黎明。黎明的時候，群臣從王宮的正門入朝；日出之後，國君出來巡視一番，然後退到「路寢」聽政；再然後派人出去巡視一番，大夫退了之後，國君才能退到「小寢」，脫去朝服休息。

因此，「壽終正寢」不是並列或承接關係，而是「壽終於正寢」的意思，指年老時在家中的正屋安然逝世。

## ○用法

陸游在《老學庵筆記》卷十中曾辨析過為何要「壽終於正寢」：「古所謂路寢，猶今言正廳也。故諸侯將薨，必遷於路寢，不死於婦人之手，非惟不瀆，亦以絕婦寺矯命之禍也。」原來，古時諸侯死後，不能停屍於小寢，因為這是休息娛樂的地方，諸侯的妃嬪和近侍們都在此地，容易矯諸侯之命以干涉朝政或繼承人，因此一定要「遷於路寢」；議事的地方是士大夫們聚集之處，可以有效杜絕後宮之禍，此之謂「不死於婦人之手」。

清末平步青在《霞外捃（ㄐㄩㄣˋ）屑》一書「正寢」條中說：「近世文集中鮮云正寢，而訃告則必云壽終正寢，據放翁說，則二字不可率用。」「不可率用」的原因在於今人早已經不明白「正寢」一詞的本義，而是將它泛用，用來形容所有人的「壽終正寢」了。

「壽終正寢」還有一種表述方式叫「老死牖下」。《左傳．哀公二年》載：「簡子巡列，曰：『畢萬，匹夫也，七戰皆獲，有馬百乘，死於牖下。群子勉之，死不在寇。』」這是晉國和鄭國開戰前夕，晉國的國卿趙簡子巡視軍隊，拿普通人畢萬為例，說他雖是一介匹夫，但是跟隨晉獻公征戰，七戰都有功，被封為擁有百乘之地的卿，而且「死於牖下」。趙簡子鼓勵將士們努力，未必就會死在戰場上。

杜預注解說：「死於牖下，言得壽終。」為什麼「死於牖下」就意味著壽終正寢呢？《說文解字》：「牖，穿壁以木為交窗也。」段玉裁解釋說：「交窗者，以木橫直為之，即今之窗也。在牆曰牖，在屋曰窗。」這是說：「牖」（ㄧㄡˇ）是開在牆上的窗，「窗」是開在屋頂的天窗。段玉裁又說：「古者室必有戶有牖，牖東戶西，皆南向。」古時房屋坐北朝南，門在西，牖在東，當然也都朝南，便於陽光照射進來。北牆上開的窗叫「向」，不過也有叫「北牖」的。

古時病人臥床，通常要在北牖之下，死後才遷到南牖之下，即鄭玄在為《儀禮．士喪禮》所作的注所說：「疾時處北墉下，死而遷之當牖下。」「當牖」即南牖。這是為了便於「沐浴而飯含」。「飯含」是喪禮之一，用珠、玉、貝、米等物納於死者之口，這就是所謂「飯於牖下」。然後是以下一系列儀式：小斂（沐浴、穿衣、覆被），大斂（將屍體入棺），殯（停放靈柩），祖（祭禮），最後才是下葬。

死在自己家裡，「飯於牖下」，因此「牖下」、「死於牖下」和「老死牖下」都借指壽終正寢。同時，因為壽終正寢屬於自然死亡，因此「老死牖下」又用來比喻終生碌碌無為，比如《金瓶梅》第四十七回：「大丈夫生於天地之間，桑弧蓬矢，不能遨遊天下，觀國之光，徒老死牖下，無益矣。」古時男孩兒出生後，要用桑木作弓，蓬草作箭，射天地四方，表示男兒志在四方，這就叫「桑弧蓬矢」，否則白白老死牖下而毫無益處。

# 犧牲

「犧牲」今天只有一個義項，即為正義事業而捨棄生命。是一個褒義詞，當然也就不僅是死亡的婉詞，而且還是死亡的美稱。但在古代，這個詞卻是祭祀時的專用術語。

## ○釋義關鍵

《說文解字》：「牲，牛完全。」也就是說，完整的牛稱「牲」。鄭玄在為《周禮》「庖人」作注時說：「始養之曰畜，將用之曰牲。」古人最早馴化的六種動物稱「六畜」，即馬、牛、羊、雞、犬、豕（豬）。這些動物剛開始飼養的時候稱「畜」，「將用之」，將要用牠們作為祭祀品的時候稱「牲」。因此，「牲」由專指完整的牛引申為用作祭祀的牲畜的總稱，又稱「祭牲」。

《左傳．成公七年》載：「七年，春，王正月，鼷鼠食郊牛角，改卜牛。鼷鼠又食其角，乃免牛。」古時在郊外祭祀天地，稱作「郊祭」。郊祭前要先選擇一頭牛占卜，如果卜得吉兆就把這頭牛養起來，然後再占卜郊祭的日期。這一年鼷鼠先後吃了兩頭郊祭之牛的角，因此這兩頭牛都不再是完整的牛，也就不能用作祭祀，不能稱「牲」了。

《禮記．王制》載：「天子社稷皆大牢，諸侯社稷皆少牢。」「社」是土地神，「稷」是穀神，天子和諸侯都要祭祀這兩種神，因此用作國家的代稱。天子祭祀社稷的時候使用太牢，「大牢」即太牢，所謂太牢，是指牛、羊、豬三種祭牲全都具備；諸侯祭祀社稷的時候使用少牢，所謂少牢，是指只用羊和豬這兩種祭牲。

《說文解字》：「犧，宗廟之牲也。」「宗廟」指天子和諸侯祭祀祖宗的廟宇。按照許慎的解釋，在宗廟裡用作祭祀的祭牲稱「犧」，那麼，「犧」和「牲」其實就是一回事。《左傳．昭公二十二年》有這樣的記載：「賓孟適郊，見雄雞自斷其尾。問之，侍者曰：『自憚其犧也。』」周景王的大臣賓孟到郊外去，看到雄雞自己咬斷了尾巴，侍者告訴他是因為雄雞害怕成為祭牲的緣故。這是「犧」和「牲」同義的證明。

不過，也有學者有不同意見。在為《尚書．微子》所作的注中，孔安國解釋說：「色純曰犧。」比如「犧牛」、「犧羊」分別指祭祀所用的純色牛和純色羊。在為《周禮》「牧人」所作的注中，鄭玄解釋說：「犧牲，毛羽完具也。」

綜上所述，「犧牲」指祭祀時所用的毛色純一、軀體完整的祭牲。鄭玄之所以說「毛羽完具」，是因為有時也會用家禽作為祭牲，比如上面舉例中「自斷其尾」的雄雞。

古人認為：「國之大事，在祀與戎。」祭祀和戰爭是最重要的國家大事。因此祭祀所用的祭牲無比尊貴，不能稱它們的本名，比如牛啊、羊啊、豬啊這些名字，而是有專門的稱謂。不光祭牲，包括祭祀所用的其他物品也都有專門的稱謂。

《禮記．曲禮下》載：「凡祭宗廟之禮，牛曰一元大武，豕曰剛鬣，豚曰腯肥，羊曰柔毛，雞曰翰音，犬曰羹獻，雉曰疏趾，兔曰明視，脯曰尹祭，槁魚曰商祭，鮮魚曰脡祭，水曰清滌，酒曰清酌，黍曰薌合，粱曰薌萁，稷曰明粢，稻曰嘉蔬，韭曰豐本，鹽曰鹹鹺，玉曰嘉玉，幣曰量幣。」

祭祀所用的牛稱「一元大武」，鄭玄注解說：「元，頭也。武，跡也。」孔穎達進一步解釋說：「牛若肥則腳大，腳大則跡痕大，故云一元大武也。」

祭祀所用的豬稱「剛鬣」，「鬣」（ㄌㄧㄝˋ）指豬脖子上又長又密的毛。孔穎達解釋說：「豕肥則毛鬣剛大也。」

祭祀所用的小豬稱「腯肥」，「豚」即是小豬，「腯」（ㄊㄨˊ）專門形容豬肥。

祭祀所用的羊稱「柔毛」，孔穎達解釋說：「若羊肥則毛細而柔弱。」

祭祀所用的雞稱「翰音」，「翰」指長而硬的鳥羽。孔穎達解釋說：「翰，長也，雞肥則其鳴聲長也。」其實應該解釋為雞肥則其羽毛長而硬。

祭祀所用的狗稱「羹獻」，孔穎達解釋說：「人將所食羹餘以與犬，犬得食之肥，肥可以獻祭於鬼神，故曰羹獻也。」這是說祭祀用犬吃的是人的飯。

「雉」是野雞，羽毛豔麗，因此也用於祭祀，稱「疏趾」。孔穎達解釋說：「趾，足也，雉肥則兩足開張，趾相去疏也。」

祭祀所用的兔子稱「明視」，孔穎達解釋說：「兔肥則目開而視明也。」

「脯」是乾肉，祭祀所用的乾肉稱「尹祭」，孔穎達解釋說：「尹，正也。裁截方正，而用之祭。」還有一說是指祭祀所用的乾肉不是從外面買的，而是自製的，只有自己做的才知道用的是好肉。

「稾（ㄍㄠˇ）魚」即乾魚，祭祀所用的乾魚稱「商祭」，孔穎達解釋說：「商，量也。祭用乾魚，量度燥溼得中而用之也。」量度一下乾濕程度再用。

祭祀所用的鮮魚稱「脡（ㄊㄧㄥˇ）祭」，孔穎達解釋說：「脡，直也。祭有鮮魚，必須鮮者，煮熟則脡直，若餒則敗碎不直。」「餒」指魚腐爛。

祭祀所用的水稱「清滌」，孔穎達解釋說：「古祭用水當酒，謂之玄酒也。而云清滌，言其甚清皎潔也。」

祭祀所用的酒稱「清酌」，孔穎達解釋說：「酌，斟酌也，言此酒甚清澈，可斟酌。」

「黍」就是今天所說的黃米，祭祀所用的黍子稱「薌合」，「薌」（ㄒㄧㄤ）指穀香。孔穎達解釋說：「穀秫者曰黍，秫既軟而相合，氣息又香，故曰薌合也。」「秫」（ㄕㄨˊ）指有黏性的穀物，有黏性當然「軟而相合」。

「粱」就是今天所說的優質的黃小米，不是指高粱。祭祀所用的「粱」稱「薌萁」，形容氣味芳香。「萁」是語助詞，沒有實義。

「稷」也是黃小米，與「粱」的區別是：「粱」有黏性而「稷」沒有黏性。祭祀所用的「稷」

稱「明粢」，「粢」（ㄗ）也指「稷」。孔穎達解釋說：「明，白也。言此祭祀明白粢也。」

祭祀所用的稻稱「嘉蔬」，顧名思義，形容嘉善的植物。

祭祀所用的韭菜稱「豐本」，顧名思義，形容韭菜的根部豐茂。

祭祀所用的鹽稱「鹹鹺」，「鹺」（ㄘㄨㄛˊ）是形容鹽味厚。

祭祀所用的玉稱「嘉玉」，顧名思義，這是形容好玉。

「幣」可不是今天所說的錢幣，而是指用作禮物的絲織品。祭祀所用的絲織品稱「量幣」，意思是量度一下絲織品的長短廣狹合乎祭祀的禮制。

古人對事物的分類之細，名號之豐富，祭祀之虔誠，真是令人歎為觀止！

## ○用法

「犧牲」因為指祭牲，祭祀時要恭恭敬敬地獻給神靈或者祖先，含有莊嚴的意味，因此大約從晚清起慢慢演變出為正義事業獻身的含意；又因為祭牲必須毛色純一，軀體完整，因此也拿來形容為正義事業獻身的烈士之純潔。

# 【尋短見】

「尋短見」指看不到生的希望而尋死，是自殺的婉詞。這是一個非常奇特的說法，「短見」本來形容見識短淺，與「長見」相對而言，但見識再短淺也跟死亡扯不上任何關係呀！迄今為止，對這句日常俗語的詞源，所有的辭典都沒有提供富有說服力的解釋。

## ○釋義關鍵

其實，「尋短見」的「見」不是指見識，而是指古代葬禮中的一種裝飾物。

中國古代的喪葬制度從簡葬、薄葬慢慢過渡到厚葬之後，對今天所說的棺材的要求開始講究了起來。今天統統稱作棺材，古人卻有更加細緻的區分：裝殮屍體的木製器具稱「棺」；空著的棺材叫「櫬」（ㄔㄣˋ），因為死者的屍身將來要躺在裡面，「以親近其身」，因此「櫬」從木從親。很顯然，「棺」和「櫬」都是空的，裡面還沒有裝進去屍體。已經裝進去屍體的棺材稱「柩」，這也就是書面語中經常出現的「靈柩」的稱謂。

天子、諸侯和卿大夫的棺木外面還要再套上一層棺木，稱「槨」（ㄍㄨㄛˇ），也稱「大棺」。這就是表明死者身分和等級的棺槨制，平民百姓當然是沒有資格享用的。

記載周代禮儀的《儀禮》一書中有一篇《既夕禮》，所謂「既夕」，指落葬前最後一次哭弔的晚上。這一晚哭過之後，第二天就要出殯。靈柩運到墓穴之後，葬進墓穴之前，還有種種哭喪的禮儀，以及為死者殉葬的各種器物。其中落葬之前的最後程式是：「藏器於旁，加見。藏苞筲於旁。加折，卻之。加抗席，覆之。加抗木。實土三。」

「藏器於旁」，「器」指弓箭、耒耜、甲冑等用器，把這些用器放在外面大棺的旁邊。

「加見」，鄭玄注解說：「見，棺飾也。更謂之見者，加此則棺柩不復見矣。」「見」原來是指棺飾，也就是覆蓋在大棺上面的帷幕。賈公彥進一步解釋說：「以其唯見此帷荒，故名帷荒為見，是棺柩不復見也。」「帷荒」即棺飾之一，這個詞很有意思：這一整塊覆蓋大棺的帷幕，「在旁曰帷，在上曰荒」。也就是說，帷幕四周這一圈的部分稱「帷」，「帷」的本義即圍在四周的布幕；而帷幕上面的這部分稱「荒」，「荒」的本義是草掩地，荒草將地面都掩蓋住了，帷幕蒙在大棺上面，就像草掩地一樣，故稱「荒」。參加葬禮的人看不見棺槨，只能看見覆蓋了一圈的棺飾，因此這種棺飾就叫作「見」。

據《禮記．喪大記》載，根據等級的高下，棺飾也有區別：國君「龍帷」、「黼荒」，「帷」的四周這部分畫有龍，「黼」指半黑半白的花紋，帷幕頂上這部分飾以半黑半白的花紋，故稱「黼荒」；卿大夫則「畫帷」、「畫荒」，「帷」和「荒」飾以雲氣之紋；等級最低的士則「布帷」、

「布荒」，這是指只用白布，沒有任何花紋裝飾。

在為《周禮》所作的注疏中，賈公彥又解釋了一遍棺飾為何稱「見」，更加清晰：「見，謂道上帳帷荒將入藏以覆棺。言見者，以其棺不復見，唯見帷荒，故謂之見也。」

「藏苞筲於旁」，「苞」指用葦草編織成的包裹魚肉之類食品的用具，「筲」（ㄕㄠ）指盛飯的竹器，將這兩樣東西放在「見」（即棺飾）的旁邊。

「加折，卻之」，「折」是一個平平的木架子，「卻」指將這個木架子仰面向上放置。

「加抗席，覆之」，「抗席」指抵禦墓土的葦席，覆蓋在「折」這個木架子上面。

「加抗木」，「抗木」指擋住泥土的木架。

「實土三」，往棺槨上填土三遍，完成落葬的所有程序。

以上就是「尋短見」這個日常俗語中「見」的來歷，以及作為棺飾在整個葬禮過程中的作用。

至於「短」，是形容壽命短。《尚書．洪範》中有「六極」之說，所謂「六極」，孔穎達解釋說「謂窮極惡事有六」。這六種極凶惡之事分別是：「一曰凶、短、折，二曰疾，三曰憂，四曰貧，五曰惡，六曰弱。」

「一曰凶、短、折」，孔安國注解說：「動不遇吉，短未六十，折未三十，言辛苦。」這是按照上壽一百二十歲的最高限所作的解釋，即上壽的一半六十歲曰「短」，「短」的一半三十歲曰「折」。這種解釋不確，因為不是每個人都能活到一百二十歲，因此只能以古人的平均年齡來算。

鄭玄的解釋則更符合實際情形：「凶、短、折皆是夭枉之名。未齔曰凶，未冠曰短，未婚曰折。」「齓」（ㄔㄣˋ）指男孩子八歲換牙，女孩子七歲換牙，還不到七八歲換牙的時候就死了，這才應該叫「凶」；「未冠」指未到弱冠之年，不到二十歲就死了，這才應該叫「短」；未婚叫「折」，我們現在還使用「夭折」一詞，即指未成年而死。

「二曰疾」，常常生病；「三曰憂」，常多憂愁；「四曰貧」，總是很窮；「五曰惡」，相貌醜陋；「六曰弱」，筋力、志氣懦弱。

## ○用法

「未冠曰短」，七八歲以上、二十歲以下死亡都稱「短」。既未成年，則身量矮小，使用的棺木和「見」這種棺飾自然都比成年人的要短小，因此就用下葬時能夠看得見的棺飾來作比，稱「短見」。「尋」是極其生動又刻薄的點睛之筆，自己去尋找「短見」的棺飾，不正是壽命短、自尋死路的典型象徵嗎？因此「尋短見」或「自尋短見」就用來比喻自殺尋死。

「尋短見」作為自殺的婉詞，其詞源至此方才徹底澄清。

# 三長兩短

「三長兩短」大概是日常俗語中最為人熟知的了，而且至今還活躍在人們的口頭語之中，使用頻率極高。所有辭典的解釋都有兩個義項：一是指意外的災禍或者事故，二是作為死亡的婉詞。但這個俗語為什麼可以代指死亡？「三長」又是指什麼？「兩短」又是指什麼？為什麼不可以說成「兩長三短」或者別的數目字呢？

網路和媒體上最流行的說法是：「『三長兩短』是和棺木有關的。棺木由六片木材拼湊而成，棺蓋及棺底分別俗稱天與地，左右兩片叫日月，這四片是長木材；前後兩塊分別叫彩頭、彩尾，是四方形的短料。所以合共是四長兩短。但棺蓋是人死後才蓋上的，所以只稱『三長兩短』，作為死的別稱，後來再加入意外、災禍等意思。」

這種解釋流傳極廣，但卻沒有任何文獻支持，很可能是民間根據棺材的形制臆造出來的，天、地、日月、彩頭、彩尾的稱謂也不知從何而來。而且最可笑的是，為什麼非要將棺蓋的那塊長木板給省略掉呢？如果說「棺蓋是人死後才蓋上的」，因此忽略不計，那麼人還沒死時的「三長兩短」又如何能夠代表死亡呢？

還有一個更重要的證據，可以徹底否定「棺木由六片木材拼湊而成」的想當然。莊子在〈人間世〉篇中寫道：「宋有荊氏者，宜楸、柏、桑。其拱把而上者，求狙猴之杙者斬之；三圍四圍，求高名之麗者斬之；七圍八圍，貴人富商之家求椫傍者斬之。故未終其天年，而中道之夭於斧斤，此材之患之。」

拱把，指樹的徑圍可以兩手合抱；杙（ㄧˋ），小木樁；椫（ㄕㄢˋ），一種白色紋理的大樹；椫傍，西晉學者司馬彪解釋說：「棺之全一邊者，謂之椫傍。」唐代學者成玄英解釋說：「棺之全一邊而不兩合者，謂之椫傍。其木極大，當斬取大板。」近代學者尚秉和先生進一步解釋說：「全一邊者，謂棺之四牆，皆一板所成，非數板湊成，故非大木不辦。今世仍重之，謂之獨傍獨蓋，又曰四獨，即『椫傍』之義也。」

「傍」指棺木的四旁。也就是說，棺木的四旁全是由一棵椫木製成，並非拼合而成，這叫「獨傍」；棺蓋則是單獨一塊板，這叫「獨蓋」。尚秉和先生乃晚清進士，去世於一九五〇年，他既然稱「今世仍重之」，可見在他生活的這個時期，人們仍然極其重視獨木所製成的棺木。這就有力地否定了「棺木由六片木材拼湊而成」的說法。

莊子這段話的意思是：宋國有個叫荊氏的地方，適合楸、柏、桑等樹木生長。長到一手兩手能握住的，尋找能繫猿猴的小木樁的人把它砍伐去了；長到三圍四圍那麼粗，顯貴之家尋找棟樑的人把它砍伐去了；長到七圍八圍那麼粗，貴人富商之家尋找整棵樹做棺材的人把它砍伐去了。因此沒有盡享天年，而半途夭折於斧頭，這是材質的禍患。

## 出處

有文獻記載的「三長兩短」一詞，最早出自三國時期魏國的著名術士管輅（ㄌㄨˋ）的筆下。管輅被尊為卜卦觀相的祖師，這個人很神奇，曾預言過夏侯淵戰死、何晏之死、曹丕代漢稱帝、自己活到四十八歲等諸多事件，《三國志》中保存了很多。

管輅所著《管氏指蒙》一書，在〈五鬼克應〉篇中寫道：「形如指覆，一長兩縮，未賣其田，先賣其屋。」這是指「形如指覆」的地形而言，其中「一長兩縮」另一本寫作「三長兩縮」。在本篇的結尾，他又寫道：「又況天其可憑，力不可致；善其可招，福不可恃。惟天惟善，萌於吾心，具於吾身；雖兆於冥漠之表，亦顯顯於日久之見聞。同氣而生，如掌之指三長而兩短，不可加減其寸分。」

「三長兩縮」、「三長而兩短」都是形容三指，中間三根指頭長，大指和小指短。但這只是五指的如實寫照，並不能引申出意外的災禍或者事故的意思，更不能引申為死亡的婉詞。

那麼，「三長兩短」一定另有詞源；而且，既然與死亡有關，那麼一定是指棺木的形制。

## 釋義關鍵

《禮記·檀弓上》篇中記載了天子之棺的形制：「天子之棺四重，水、兕革棺被之，其厚三寸，杝棺一，梓棺二，四者皆周。棺束縮二衡三，衽每束一。」

按照禮制，從裡到外，天子之棺共有四重之多：第一重用水牛和兕的皮革覆蓋，皮革各厚三寸，共厚六寸，「兕」（ㄙˋ）是一種像牛的青獸；第二重稱「杝棺」，「杝」（ㄧˊ）即椵木，椵木所作的棺；第三、第四重稱「梓棺」，「梓」（ㄗˇ）即楸樹，第三重和第四重的大棺都用楸木所製，故稱「梓棺二」。這四重棺木的周圍都要用布蒙起來，因為怕進水，這就叫「四者皆周」。

「棺束」是指用皮革將棺木捆縛、束合起來。孔穎達解釋說：「古棺木無釘，故用皮束合之。」釘子是以後才發明出來的，古時候的棺木沒有釘子用，就用皮革。

「縮二」，孔穎達解釋說：「縮，縱也。縱束者用二行也。」縱的方向木板短，也就是兩頭的短板部分，只需捆兩道即可。

「衡三」，「衡」通「橫」，孔穎達解釋說：「橫束者三行也。」橫的方向木板長，也就是長板部分，必須捆三道。

「衽」本來指衣襟，是衣服兩片的連接處，引申為連接棺蓋與棺木的木楔，兩頭寬中間窄，漢代稱作「小要」，「要」通「腰」，意思是在棺木的腰部使勁，達到固定的作用。孔穎達解釋說：「既不用釘棺，但先鑿棺邊及兩頭合際處作坎形，則以小要連之，令固棺。」將「衽」插入棺邊及兩頭的坎中，使棺蓋與棺身密合。

「衽每束一」，孔穎達解釋說：「並相對，每束之處，以一行之衽連之。若豎束之處，則豎著其衽以連棺。蓋及底之木，使與棺頭尾之材相固。」不管是橫束之處還是豎束之處，「衽」的位置都要兩端一一對應插入；皮革捆束的每一道都用「衽」連起來，衽與皮條聯用，就是為了緊固棺蓋。

「縮二衡三」也就是縱二橫三，也就是短二長三。這應該就是「三長兩短」的雛形。但因為不管是「縮二衡三」還是「縱二橫三」，不僅拗口，而且也不容易理解，於是後人就把它改成了「三長兩短」這個沿用到今天的俗語形式。今天所能夠看到的把「三長兩短」作為死亡的婉詞的用例，最早是明代。

不過，自從釘子發明之後，人們開始使用釘子將棺材和棺蓋釘合起來，既方便又快捷，不僅「衽」被逐漸淘汰，而且捆束的皮繩也隨之消失了，「三長兩短」的原始含意遂不再為人所知。隨著火葬制度的實施，連棺材都將要棄之不用，就更不會有人懂得「三長兩短」的來歷了。

# 古人怎麼罵人

古人怎麼罵人？答案很簡單：我們今天是怎麼罵人的，古人就是怎麼罵人的。或者說：古人過去是怎麼罵人的，我們現代人今天就是怎麼罵人的。

因此，「古人怎麼罵人」這個問題很好解決，更有趣的倒是：我們從古人那裡繼承下來的罵人話到底是怎麼來的？本章選取了幾個很多辭典都沒有或者無法解釋清楚詞源的罵人話，一一梳理其由來。這些罵人話讀者們都非常熟悉，有的甚至還經常掛在嘴邊：傻瓜、渾蛋、婊子、姘頭、老鴇、三八、戴綠帽。

傻瓜

渾蛋

婊子

姘頭

老鴇

三八

戴綠帽

# 傻瓜

「傻」是宋代才出現的後起字，將「傻」字置於「瓜」的前面，也一定是宋代之後才出現的稱謂。

**出處**

事實也正是如此，元代無名氏所作元曲《十探子大鬧延安府》，「傻瓜」一詞凡兩見：「他扣廳打我一頓，想起來都是傻瓜。」「俺兩個是元帥府裡勾軍的，一個是喬搗碓，一個是任傻瓜。」

但是，「傻瓜」的「瓜」到底是什麼瓜？為什麼可以用作罵人話呢？這是個非常有趣的疑問。

**釋義關鍵**

原來，「傻瓜」的「瓜」是指瓜州。《左傳》中「瓜州」的地名出現過兩次，一次是《襄公十四年》，晉國將要逮捕姜戎氏的首領駒支，晉國國卿范宣子譴責說：「來！姜戎氏！昔秦人迫逐乃祖吾離於瓜州，乃祖吾離被苫蓋，蒙荊棘，以來歸我先君。我先君惠公有不腆之田，與女剖分而食之。」

這段話牽涉到姜戎氏的遷徙史。姜戎氏乃是西戎的一支，原居於瓜州，姜戎氏之祖吾離遭到秦國的迫逐，被迫離開瓜州，「被苫（ㄕㄢ）蓋」，披著茅草編成的遮蔽物，「蒙荊棘」，一路艱難地來到晉國，晉惠公將本來就不豐厚的南部土地分給了姜戎氏，作為棲身之所。「腆」（ㄊㄧㄢˇ）是豐厚的意思。

另外一次是《昭公九年》，周、晉爭地，晉國大夫率領陰戎前來攻伐。陰戎也是西戎的一支，與姜戎氏同宗不同姓，姜戎姓姜，陰戎姓允，一起遷徙到了晉國。周天子派大臣指責晉國大夫說：「允姓之奸，居於瓜州，伯父惠公歸自秦，而誘以來，使逼我諸姬，入我郊甸，則戎焉取之。戎有中國，誰之咎也？」周天子指責晉惠公將陰戎「誘以來」，誘騙到晉國居住，因此才成為晉國的爪牙。

那麼，「瓜州」到底在哪裡？《漢書．地理志》「敦煌郡」注解說：「杜林以為古瓜州地，生美瓜。」杜林是東漢大儒，曾經客居河西，即甘肅、青海一帶黃河以西的地區，因此熟知當地風物。顏師古的注解則很奇特：「其地今猶出大瓜，長者狐入瓜中食之，首尾不出。」顏師古是極力形容瓜州出產的美瓜之大，老狐狸鑽進瓜中，竟然都看不到頭和尾巴。

著名歷史學家顧頡剛先生在《史林雜識》一書中則認為瓜州在今秦嶺高峰之南北兩坡。不管是敦煌之瓜州還是秦嶺之瓜州，總之是姜戎氏和陰戎的故地，被秦國迫逐而遷徙到了晉國南部生存。

顧頡剛先生還記載了自己的兩則親身經歷：「一九四八年，予在皋蘭，九月五日遊於西北師範學院，與其教授林冠一同志談。師範學院由陝西城固遷來，冠一居城固久，為言洋縣之北，秦嶺之中，有民一族，號曰『瓜子』。其人甚誠愨，山居艱於自給，多出外賣其身，作耕種、推磨諸事，極苦不辭。每有勞役，雖胼胝困頓，而操作終不輟。以其愨也，人謬諡之曰『傻瓜』，而『瓜子』之族號反隱。其人之所以『傻』者，大漢族主義壓迫下之結果也。」

愨（ㄑㄩㄝˋ），厚道、樸實；胼胝，手掌、腳底因長期勞動而生的繭子，比喻勞苦。

顧頡剛先生又記：「一九五一年十一月，得西北農學院辛樹幟院長來函，云：『今日偶閱吾校森林系學生上期畢業論文，得任世周同志《秦嶺北坡林區社會調查報告》，謂北坡地勢陡峻，人煙稀少。調查所及，當寶雞之西，天水之東，麥積山之南，至朱家後川、紅岩子二村，見有瓜子。其人行動遲鈍，體小，口大，舌圓，常露笑靨而少言語，發音異常人。朱家後川人口二百六十，瓜子二十，占百分之八點五；紅岩子人口一千二百十九，瓜子二百二十六，占百分之二十強。聞山中瓜子數尚不少也。』」

顧頡剛先生只記載了這兩則見聞，但卻沒有分析「瓜子」作為族名的由來。姜戎氏和陰戎自瓜州遷來，《詩經·大雅·綿》中有「綿綿瓜瓞」的詩句，大者稱「瓜」，小者稱「瓞」（ㄉㄧㄝˊ），「綿綿瓜瓞」因此比喻子孫繁衍，相繼不絕。「瓜子」可以理解為從瓜州遷出的後代。還有一種可能：「子」指爵位。古時爵位分為五等，公、侯、伯、子、男，夷狄之國的國君只能封為「子」，比如楚國國君稱「楚子」。姜戎氏和陰戎遷徙到晉國之後，很有可能被封為「子」，故稱「瓜子」。

這種解釋僅僅是猜測，因為並沒有相關史料支持。

## ○用法

清人黎士宏所著《仁恕堂筆記》載：「甘州人謂……不慧之子曰瓜子，殊不解所謂。後讀《唐書》，賀知章有子，請名於上，上曰：『可名為孚。』知章久乃悟上謔之曰以不慧，故破『孚』字為瓜子也。則是瓜子之呼，自唐以前已有之。」

甘州即今甘肅省張掖市一帶。至今甘肅、四川兩省還把不聰明的人、愚蠢的人稱為「瓜子」、「瓜娃子」。顧頡剛先生總結說：「知『瓜子』一名，自秦嶺而南傳至四川，自秦嶺而北傳至甘肅。若今華北平原，譏人之愚，惟有連繫形容詞之『傻瓜』，不聞有言『瓜子』者。此對於少數民族侮辱性之言辭，所急應予以糾正者也。」

這就是「傻瓜」這句罵人話的由來。即使從元代算起來，也已經流傳了將近一千年。

# 渾蛋

「渾蛋」這個罵人話還常常寫作「混蛋」、「昏蛋」。這個詞的語源到底是什麼，歷代學者們眾說紛紜，各種辭典也都沒有解釋清楚。

清代學者鄭志鴻在《常語尋源》一書中認為：「罵人渾蛋者，敦、蛋音訛，即渾敦也。」「渾敦」一詞出自《山海經．西山經》：「（天山）有神焉，其狀如黃囊，赤如丹火，六足四翼，渾敦無面目，是識歌舞，實為帝江也。」據此則帝江實為一隻袋子狀的神鳥，「渾敦無面目」當然是指臉部渾沌一片。

《左傳．文公十八年》載：「昔帝鴻氏有不才子，掩義隱賊，好行兇德，醜類惡物，頑嚚不友，是與比周，天下之民謂之渾敦。」帝鴻氏即帝江，杜預認為就是黃帝；嚚（ㄧㄣˊ），暴虐，愚頑。杜預解釋「渾敦」一詞：「渾敦，不開通之貌。」

《莊子．應帝王》篇中也有「渾沌」的記載：「南海之帝為儵，北海之帝為忽，中央之帝為渾沌。儵與忽時相與遇於渾沌之地，渾沌待之甚善。儵與忽謀報渾沌之德，曰：『人皆有七竅以視聽食息，此獨無有，嘗試鑿之。』日鑿一竅，七日而渾沌死。」

據以上記載可知，「渾敦」或「渾沌」的所謂「不開通之貌」，猶如不開竅，形容閉塞、無知的原始狀態。因此，章太炎先生在《新方言．釋言》中總結道：「《左傳》『渾敦』，杜解謂不開通之貌；《莊子．應帝王》篇『中央之帝為渾沌，無七竅』，亦此義也。今音轉謂人不開通者為昏蜑。」「蜑」（ㄉㄢˋ）是「蛋」的古字。

如果認同鄭志鴻所說「敦、蛋音訛」，固然可以解釋「渾敦」、「渾沌」音訛而轉為「渾蛋」一詞的過程，但是現代漢語中還有很多以「蛋」為後綴的詈辭，比如滾蛋、搗蛋、完蛋、壞蛋、糊塗蛋等等，難道這些「蛋」字都是由「敦」、「沌」音訛而來？這就無法解釋得通了。

## ○釋義關鍵

要解開「渾蛋」的稱謂之謎，要害就在於「蛋」的古字「蜑」。「蜑」是古字，「蛋」則是俗字。五代北宋間學者徐鉉在校勘整理《說文解字》的過程中，新增了四百零二字，稱作「新附字」，其中就有「蜑」這個字。他解釋說：「蜑，南方夷也。」

其實，將南方的某一支夷族稱為「蜑」，至遲晉代就已經出現。東晉學者常璩（ㄑㄩˊ）所著《華陽國志》中屢屢出現這一稱謂：《巴志》稱巴人「其民質直好義，土風敦厚」，「其屬有濮、賨（ㄘㄨㄥˊ）、苴（ㄐㄩ）、共、奴、獽（ㄖㄤˊ）、夷、蜑之蠻」。《蜀志》記巴郡太守朱辰死後，「郡獽民北送及墓，獽、蜑鼓刀辟踴，感動路人」。辟踴指捶胸頓足，表示哀痛已極。

唐代著名文學家柳宗元在《嶺南節度饗軍堂記》中描寫嶺南節度使馬總設宴作樂的盛況，其中寫道：「卉裳罽衣，胡夷蜑蠻，睢盱就列者，千人以上。」「卉裳」指細葛布做的衣服，「罽（ㄐㄧˋ）衣」指毛織物製的衣服，「睢盱」（ㄙㄨㄟ ㄒㄩ）指睜眼仰視，喜悅之態。

那麼，「蜑」到底是一支什麼樣的民族呢？

南宋學者周去非所著《嶺外代答》一書中有「蜑蠻」一條，記載道：「以舟為室，視水如陸，浮生江海者，蜑也。欽之蜑有三：一為魚蜑，善舉網垂綸；二為蠔蜑，善沒海取蠔；三為木蜑，善伐山取材。凡蜑極貪，衣皆鶉結……蜑之浮生，似若浩蕩莫能馴者，然亦各有統屬，各有界分，各有役於官，以是知無逃乎天地之間。廣州有蜑一種，名曰盧停，善水戰。」

據此可知，「蜑」是一支以船為家的水居民族，以捕魚為主業，兼及採蠔、伐木。陸上的定居民族對蜑族有極深的偏見，從周去非的評價即知：「凡蜑極貪，衣皆鶉結。」「鶉結」即補綴的破爛衣服。「鶉」指羽毛上有斑點的鵪鶉。明代字書《正字通》解釋說：「鶉尾特禿，若衣之短結，故凡敝衣曰衣若懸鶉。」鵪鶉的尾巴很短，層層疊合在一起；敝衣即破舊的衣服，上面層層打滿了補丁，看上去就像鵪鶉禿尾巴上的斑斑點點一樣，因此稱作「鶉衣」。「結」則指將殘碎布條打結。既有補丁又有打的短結，這樣的衣服可真夠破爛的！

明太祖時期，「蜑」被正式列入賤民之列，同時改名為「疍」，讀音相同，稱「疍戶」。「疍」上面的這個「疋」即「足」，谷衍奎《漢字源流字典》解釋說：「表示經常捲起褲腿裸露著小腿的水上居民。」

據《大清世宗憲皇帝實錄》記載，雍正七年五月，雍正皇帝向廣東督撫下詔說：「聞粵東地方，四民之外，另有一種，名為蜑戶，即猺蠻之類。以船為家，以捕魚為業，通省河路俱有蜑船，生齒繁多，不可數計。粵民視蜑戶為卑賤之流，不容登岸居住，蜑戶亦不敢與平民抗衡，畏威隱忍，局蹐舟中，終身不獲安居之樂，深可憫惻。蜑戶本屬良民，無可輕賤擯棄之處，且彼輸納魚課與齊民一體，安得因地方積習強為區別，而使之飄蕩靡寧乎！著該督撫等轉飭有司通行曉諭，凡無力之蜑戶，聽其在船自便，不必強令登岸；如有力能建造房屋及搭棚棲身者，准其在於近水村莊居住，與齊民一同編列甲戶，以便稽查。勢豪土棍，不得藉端欺陵驅逐，並令有司勸諭蜑戶開墾荒地，播種力田，共為務本之人，以副朕一視同仁之至意。」

這通詔書說得很清楚：「粵民視蜑戶為卑賤之流，不容登岸居住，蜑戶亦不敢與平民抗衡，畏威隱忍，局蹐舟中，終身不獲安居之樂。」由此可知，不管是「蜑」還是「疍戶」的稱謂，原本是粵民對水上民族的蔑稱，民間以俗字「蛋」取代了「蜑」。章太炎先生所說「謂人不開通者為昏蜑」，正是由這一蔑稱而來，並非是音轉或音訛。不開通，貪婪，正是粵民對疍戶的偏見所導致的負面評價。

清末徐珂在《清稗類鈔》中說：「北人罵人之詞輒有蛋字，曰渾蛋，曰吵蛋，曰倒蛋。」身為南方人的徐珂稱「北人罵人之詞輒有蛋字」，其實是由南方輾轉傳至北方的。

## ○用法

綜上所述，「渾蛋」一詞原為「昏蜑」，乃是粵民對水上民族的蔑稱，輾轉傳至北方，進入了北方方言。後來「蜑」字廢棄不用，俗字「蛋」取而代之，才漸漸演變為「昏蛋」、「渾蛋」、「混蛋」等詈辭。這才是「渾蛋」這一稱謂的真正語源。牽連及之，凡是以「蛋」為後綴的詈辭也都是由此而來。

# 婊子

俗話說「既想當婊子，又想立牌坊」，婊子就是妓女，妓女操持的是皮肉生涯，而牌坊表彰的是貞女、烈女，二者水火不能相容。那麼，妓女為什麼又稱作「婊子」呢？

鮮為人知的是，「婊子」最初寫作「表子」，而且也不是一個罵人話。

## 字形分析

表 小篆

我們先來看「表」的小篆字形，「衣」的中間是「毛」。這個字很有意思，反映了古人的穿衣禮儀。《說文解字》：「表，上衣也。從衣從毛。古者衣裘，以毛為表。」徐鍇解釋說：「古以皮為裘，毛皆在外，故衣毛為表。」

原來，「表」這個字所顯示的這件衣服就是「裘」，也就是皮衣。古人穿皮衣跟今人不一樣，今天是把有毛的一面穿在裡面，而古人則是把有毛的一面穿在外面。這是因為只有把毛顯露在外，才能看出來毛的美麗的色澤，而且毛的色澤還是有等級要求的。《禮記．

玉藻》中有關於「裘」的各種等級制區分和穿「裘」的各種禮儀。

在行禮或者見賓客時，「裘」的外面必須加一件罩衣，稱作「裼（ㄒㄧˊ）衣」，否則會被認為不敬。裼衣披在肩上，但是無袖，以便露出裡面的「裘」的顏色。「裘」本來已美，裼衣的作用是飄揚飛舞更助其美，因此裼衣的顏色必須與「裘」之色相配。

「君衣狐白裘，錦衣以裼之。」狐白裘是最貴重的裘，國君所穿，用彩色的錦衣作裼衣。「君之右虎裘，厥左狼裘。」國君的衛士，居右的穿虎裘，居左的穿狼裘，以示威猛。「士不衣狐白。」狐白毛極少，以少為貴，只能國君穿，士階層是不能僭越的。「君子狐青裘豹褎，玄綃衣以裼之。」「褎」是「袖」的古字。大夫和士穿狐青裘，用豹皮裝飾衣袖的邊緣，用絲綢所製的黑色罩衣作裼衣。「麛裘青犴褎，絞衣以裼之。」「麛」（ㄇㄧˊ）是幼鹿，「犴」（ㄢˋ）是北方的一種野狗，麛裘是用幼鹿皮製成的白色皮衣，用青色的野狗皮裝飾衣袖的邊緣，用蒼黃色的罩衣作裼衣。「羔裘豹飾，緇衣以裼之。」羔裘即黑羔裘，用豹皮裝飾衣袖的邊緣，用黑衣作裼衣。「狐裘，黃衣以裼之。」普通的狐裘用黃衣作裼衣。

平民百姓不能穿以上各種「裘」，而只能穿「犬羊之裘」，而且「不裼，不文飾」，既不能穿裼衣，也不能在「裘」上作各種裝飾。

「吊則襲，不盡飾也。」「襲」是襲衣，是罩在裼衣外面的上衣，按照禮儀，弔喪的時候要掩蓋住裘色之美，因此用襲衣將「裘」罩住。

古人穿皮衣的要求夠繁瑣吧！

劉向在《新序·雜事》篇中記載了一則趣事：「魏文侯出遊，見路人反裘而負芻。文侯曰：『胡為反裘而負芻？』對曰：『臣愛其毛。』文侯曰：『若不知其裡盡，而毛無所恃耶？』明年，東陽上計錢布十倍，大夫畢賀。文侯曰：『此非所以賀我也。譬無異夫路人反裘而負芻也，將愛其毛，不知其裡盡，毛無所恃也。今吾田不加廣，士民不加眾，而錢十倍，必取之士大夫也。吾聞之下不安者，上不可居也，此非所以賀我也。』」

皮衣的毛要朝外，「反裘」當然就是指把毛穿在裡面。魏文侯看到這位路人將裘的毛穿在裡面，背著柴草行走，很奇怪，就問他為什麼這麼穿。路人回答說：「我珍惜裘毛。」魏文侯反問道：「難道你不懂得裘的裡子磨光之後，裘毛就會無所依附的道理嗎？」

第二年，東陽地區繳納了十倍於往常的錢糧布帛，大臣們都表示祝賀，魏文侯卻說：「這不是祝賀我的理由。就像那位反裘而背負柴草的路人，不懂得皮之不存毛將焉附的道理一樣。如今東陽的耕地沒有增加，百姓的數量沒有增多，可是錢糧布帛卻猛漲了十倍，這一定是士大夫們用盡計謀才徵收上來的。我聽說下不安定，上也就不可安居，因此這不是祝賀我的理由。」

看來魏文侯是個明白人。這個故事也告訴我們：除了美觀和等級的要求之外，古人將裘毛的一面朝外，也是出於保護裡子的需要。

「表」字就是這樣造出來的，用裘毛朝外表示「外」的意思。至於許慎解釋的「表，上衣也」，「上衣」即指加在裘外面的裼衣。

與「外」相對，當然就是「裡」，「裡」又寫作「裏」，這就表示皮衣的裡子。所謂「表裡」，意思就是衣服的面子和裡子。有一個成語叫「表裡如一」，從衣服的面子和裡子引申形容外表和內心一致。日常俗語中還有「表壯不如裡壯」的說法，「表」指丈夫，「裡」指妻子，意為丈夫有才能，還不如妻子善能持家，可作賢內助。「表」因此代表「外」，而「子」亦可稱女人，因此，「表子」就是外婦的意思，相應地，「內子」則指自己的妻子。

## ○釋義關鍵

什麼叫「外婦」？據《漢書．高五王傳》記載：「齊悼惠王肥，其母高祖微時外婦也。」齊王劉肥是劉邦的大兒子，卻不能繼承帝位，這是因為劉肥的母親是劉邦尚未顯達時的「外婦」。顏師古注解說：「謂與旁通者。」意思是在自己的正妻之外與之私通的女人。此外，另娶的妾也可稱「外婦」。

如此一來，「表子」或「外婦」最早是指正妻之外的妾或私通之婦，娶了妾或私通之婦以後，妾和私通之婦也就屬於了男人，那麼再外的「外婦」自然就是指妓女了。這就是「表子」這個稱謂的輾轉由來。

明代學者周祈在《名義考》一書中曾經辨析過「表子」這個稱謂：「俗謂倡曰表子，私倡者曰夃老。表對裡之稱，表子猶言外婦。夃，秦以市買多得為夃，蓋負販之徒。夃老猶言客人。」可見至遲到了明代時，「表子」的稱謂就已經風行了。其實，「表子」這一稱謂早在宋代時就已經出現了，宋人無名氏所作《錯立身》戲劇中寫道：「被父母禁持，投東摸西，將一個表子依隨。」這裡的「表子」即指妓女。

至於周祈所說的「私倡者曰夃老」，「夃」（ㄍㄨ）的意思是在市場上買東西，央求賣家再多給一點，結果如願多得，這就叫「夃」。私娼與公娼相對而言，指沒有官方許可的妓女，這類妓女拉到一個客人，其情形就如同買東西多饒出來的意外之喜，故稱「夃老」。「夃」字後來廢棄不用，用「姑」、「孤」來通假使用，因此順理成章地，將嫖客或私通的男人稱作「姑老」或「孤老」。

由此可知，公娼可稱「表子」，私通的情婦亦可稱「表子」。這個稱謂起初的語感並沒有今天這樣強烈，甚至可以說是如實寫照。到了明清時期，市民文化發達，語言也隨之粗俗化起來，人們就把「表」加上了一個女字旁，用「婊子」作為民間對妓女的歧視性稱謂。

## ○用法

徐珂《清稗類鈔．娼妓類》中記載了一個故事，從中可以看出「婊子」的含意已經大大不同於「表子」了。

阮元任兩廣總督，前去上任，剛抵省河，泊舟於揚幫的船側。「揚幫者，其地為流娼所居，娼多揚州人，故名。」阮元不知道此地屬於揚幫妓的地盤，到了晚上一看燈火燦爛，很奇怪，有一位隨從的知縣告訴他：「揚幫也。」阮元問為什麼叫這個名字，知縣回答說：「此地居戶皆揚州人，揚州人皆婊子，以此得名。」可是知縣忘了阮元也是揚州人，阮元撚鬚微笑道：「然則揚州人至此者皆婊子乎？」知縣大驚，免冠頓首而出，第二天就捲鋪蓋走人了。

「流娼」即無固定接客處所的私娼，因此地多為揚州籍私娼所居，故得名「揚幫」。雖然含有對揚州人的地域歧視，但這個故事清楚地表明：「婊子」這一稱謂已經剔除了公娼和情婦的含意，而專指流娼、私娼了。

這就是為什麼「婊子」一詞的語感要比妓女嚴重得多的緣故。在日常用語中，「婊子」比妓女的稱呼更加下賤，更加沒有尊嚴，更為人所不齒，因此各種辭典都把「婊子」解釋為對妓女的蔑稱。妓女就已經夠輕蔑的了，「婊子」居然比妓女的稱呼更為輕蔑，可見「婊子」一詞語感的嚴重程度。日常的罵人話中有「婊子養的」一語，是最重的咒罵，凡是聽到這句咒罵的人，登時就要拚命。

# 姘頭

今天的日常俗語中仍然有「姘頭」的稱謂，不是夫妻而發生性關係或同居的男女任何一方都可以稱作「姘頭」，又可稱姘夫、姘婦，語感十分粗俗，不僅是蔑稱，而且還是一個罵人話，只可背後議論議論，絕不能當面指稱。

大概很多人都以為「姘頭」是一個滬語中的特定稱謂，的確，滬語中使用的頻率非常之高，不過，「姘」這個字出現得卻很早，秦漢時期就已經是一個法律上的專用術語了。

## ○釋義關鍵

「姘」（ㄆㄧㄣ）一看就不是個好字，從女從並，意思是男女相從比並也。宋代字書《廣韻》引秦丞相李斯所作《倉頡篇》：「男女私合曰姘。」這個解釋還不是十分清楚，《說文解字》解釋說：「《漢律》：『齊人與妻婢奸曰姘。』」這是許慎所保留的一條寶貴的漢代律令。「齊人」指平民，平民和妻子的婢女通姦叫「姘」。

為什麼會這樣呢？段玉裁解釋說：「禮：士有妾，庶人不得有妾。故平等之民與妻婢私合名之曰姘。有罰。此姘取合併之義。」原來，按照古代的等級制度，只有士以上的階層才可以納妾，平民百姓是絕對不准納妾的，否則就會受罰。《唐律疏議》中規定：「五品以上有媵，庶人以上有妾。」前文已經講過，「媵」也是古代的婚姻制度，諸侯嫁女，一定要以女兒的妹妹和侄女作為陪嫁，共事一夫。由此可知，唐代時五品以上才可以有媵，平民百姓以上才可以納妾。

「婢」的地位更加低下，庶人不僅不准娶妾，甚至還不准與妻子的婢女發生性關係！這是徹底摒絕「婢」經由與主人通姦的管道進而上升為妾，甚至妻的任何可能性。前文引述過《唐律疏議》的規定：「諸以妻為妾，以婢為妻者，徒二年；以妾及客女為妻，以婢為妾者，徒一年半。」可見現實生活中確實發生過「以婢為妾」或者「以婢為妻」的事件，因此才將「齊人與妻婢奸」命名為「姘」，不僅是違法行為，還具有稱謂上的威懾性。

《廣韻》還提供了一個奇特的解釋：「齋與女交，罰金四兩曰姘。」祭祀前要齋戒，沐浴更衣，禁止飲酒、吃葷，不得與妻妾同寢，以示虔誠；如果齋戒期間與女人發生性關係，就要處罰金四兩，這就叫「姘」。

《廣韻》的這個解釋也許是宋代的律令，除此之外聞所未聞。因此張舜徽先生在《說文解字約注》中說「當以男女私合為本義」，他還提供了一個有趣的觀察：「許君敘次於婬、奸二篆之間，義相類也。」原來，在許慎的《說文解字》一書中，「姘」的位置剛好在「婬」和「奸」這兩個字之間。「婬」後來被「淫」取代，「私逸」為婬，也就是說私相奔就為婬；「犯婬」為奸，也就是說，男犯女為奸。女人淫奔於男人，男人姦汙女人，這二者之間恰恰就是男女私合、通姦的地帶，因此許慎才將「姘」置於姪、奸之間。由此也可見出古人著書的體例之重要。

## 用法

到了清代，滬語中開始出現「姘頭」的稱謂。徐珂《清稗類鈔·方言類》中有「軋姘頭」和「拆姘頭」的記載：「軋姘頭：男女以非正當之結合而為夫婦之行為，且同居處飲食者是也。亦有僅結合而不同居處者，亦曰軋姘頭。姘頭：男女於既軋姘頭以後，『姘頭』名詞遂完全成立。男女雙方固各自承認，而第三者亦加認可，如語云『某為我之姘頭，某為彼之姘頭』者是。蓋姘頭者，猶文言『所歡』之謂也，京語謂之『外家』。」

徐珂云：「蓋姘頭者，猶文言『所歡』之謂也。」「所歡」指情人，「姘頭」既然等同於「所歡」，自然也是指情人。「所歡」一詞起源極早，北宋郭茂倩所編《樂府詩集》中收錄有吳地的歌曲《懊儂歌》十四首，其中歌唱道：「我有一所歡，安在深閣裡。桐樹不結花，何由得梧子。」《華山畿》二十五首中也有這樣的歌謠：「奈何許，所歡不在間，嬌笑向誰緒。」「夜相思，風吹窗簾動，言是所歡來。」至於將「所歡」簡稱為「歡」的詩句，更是比比皆是。

徐珂又云：「京語謂之『外家』。」「外家」指男子於正妻之外在別處所置之妾，也同於情人。不過，在徐珂列舉的三個稱謂中，「所歡」更接近情人之意，既有「歡」則有「情」；而「外家」則顯得更正式，正式納的妾；只有「姘頭」一詞極為粗俗，這當然與上述「姘」的本義有關。

因此徐珂又補充了一句：「特外家有固定家屋之義，而姘頭則不必有固定之家屋也，此其微有不同耳。」

「軋姘頭」結束之後，就是「拆姘頭」了。徐珂解釋說：「拆姘頭：姘頭兩方面以事實上衝突而決裂，或因利益相反而解散，皆謂之『拆姘頭』，猶商業中股份公司之拆股是。姘頭既拆以後，相視如陌人矣。」用拆股來比喻拆姘頭，真是令人發笑！

有趣的是，晚清文人葛元煦在《滬遊雜記》中還記載了一則滬上俗語：「姘頭再有外遇，娘姨私交客人，則謂之『搭腳』。」滬語管女僕叫「娘姨」，女僕與客人私通，則幾乎就是《漢律》所規定的「齊人與妻婢奸」，因此這種情形和「姘頭再有外遇」一樣，都謂之「搭腳」。

「姘頭」之「頭」，用頭部來代表人；而「搭腳」之「腳」，則從頭部一捋到腳，等而下之用腳部來形容姘頭和娘姨再與人私通，這一稱謂既生動也令人浩嘆。因此葛元煦感嘆道：「相習成風，幾有人盡夫也之意。甚至背夫棄妻、口角輕生等案，層見疊出。雖經歷任邑侯出示嚴禁，其如此風終不能息，殊堪浩嘆。」

# 老鴇

大約從元代開始，各類通俗小說和戲曲中開始頻繁出現「老鴇」這一稱謂，明清兩代延續，甚至直到今天，日常口語中也還在使用這個詞，而且「老鴇」的含意盡人皆知，即妓院的老闆娘。又可稱「鴇母」、「鴇兒」。很多人都會覺得這個稱謂奇怪，奇怪的原因在於不知道什麼叫「鴇」。

## ○字義分析

「鴇」的右邊既然從鳥，那麼它就一定是一種鳥。果然如此，《說文解字》解釋說：「鴇，鳥也。肉出尺胾。」「胾」（ㄗˋ）是切成大塊的肉，「鴇」這種鳥體型很大，肉質肥美，厚至尺許，故稱「肉出尺胾」。周代時這種鳥就屬於「膳羞」之鳥，即供給天子所食的鳥類。

從現代動物學的分類也可以看出「鴇」的體型之大。鴇是鴇科的中型和大型狩獵鳥類，是現存鳥類中體型最大、身體最重的一種，頭小脖子長，長得跟鶴很像，不善飛行，善於在陸地上奔跑，食物是大量害蟲的幼體，所以是一種益鳥。這種鳥現在屬於珍稀動物，大陸國家一級保護動物，據說已經快要在地球上滅絕了。

《詩經．國風》中有一首名為《鴇羽》的詩篇，鄭玄注解說：「鴇音保，似雁而大，無後指。」這首詩每段的開頭都吟詠道：「肅肅鴇羽，集于苞栩。」「肅肅鴇翼，集于苞棘。」「肅肅鴇行，集于苞桑。」「肅肅」是形容鴇鳥的翅膀振動的聲音，「栩」是柞樹。鴇鳥扇動翅膀，成群地棲落在叢密的柞樹、酸棗樹和桑樹之上。

《毛傳》：「鴇之性不樹止。」意思是鴇鳥不喜歡棲止於樹上。孔穎達則解釋說：「鴇鳥連蹄，性不樹止，樹止則為苦，故以喻君子從征役為危苦也。」所謂「連蹄」，也就是「無後趾」的意思，無法長時間在樹上停留，因此用鴇鳥集於樹來比喻征夫的苦役。

鴇鳥還有兩個別名。一個叫做獨豹，北宋學者陸佃在《埤雅》一書中引述郭璞的話說：「鴇似雁，無後指，毛有豹文，一名獨豹，遇鷙鳥能激糞禦之，著其毛悉脫。」按照這種說法，鴇鳥羽毛上的花紋像豹子，故稱「獨豹」，而「豹」則訛為同音的「鴇」。

另一個叫做鴻豹，西漢學者焦延壽所著《易林》中說：「文山鴻豹，肥腯多脂。」這是形容鴇鳥膘肥肉厚，正與許慎「肉出尺胾」的解釋相符。明代學者楊慎在《丹鉛雜錄》中引述了焦延壽的記載之後，緊接著解說道：「鴇名鴻豹，以鴇善食鴻，為鴻之豹，猶言魚雁也。」這個解釋很含糊，因為根本就沒有說清楚鴇鳥為何別名「鴻豹」，只好存疑。

身為益鳥，居然拿牠命名妓院老闆娘，到底是何原因呢？有人認為「鴇」這個字的左邊，上面的「匕」是雌性生殖器的符號，下面的「十」是雄性生殖器的符號，用雌雄交配來比喻鴇鳥善淫。

這真是胡說八道！「匕」是「比」的省寫，《周禮》中規定：「令五家為比，使之相保。」「十」則表示事物的數目。上「匕」下「十」，意思就是有數目的事物相比並。陸佃在《埤雅》中的描述最符合「鴇」的字形：「鴇性群居如雁，自然而有行列。」「肅肅鴇行，集於苞桑」的「鴇行」一詞，描述的就是鴇鳥飛行時相比並，排列成行的情形。

## ○出處

最早把鴇鳥和妓院老闆娘聯繫起來的是明朝劇作家朱權的《丹丘先生論曲》，其中說：「妓女之老者曰鴇。鴇似雁而大，無後趾，虎文，喜淫而無厭，諸鳥求之即就，世呼獨豹者是也。」朱權關於鴇鳥「喜淫而無厭，諸鳥求之即就」的習性描述不知從何而來，明代學者陳懋仁則在《庶物異名疏》中引述陸佃的話說：「鴇性最淫，逢鳥則與之交。」而陸佃的《埤雅》一書中則無此記載。

到了清代，多隆阿所著《毛詩多識》中則幾乎坐實了鴇鳥的這則來歷不明的傳說：「鴇性淫汙，則為人所同賤也。或云此鳥純雌無雄，有他鳥映日高飛，則鴇低飛，下承其影即孕，俗因呼為百鳥妻，呼娼女之母曰鴇，義亦取此。」雖然多隆阿接著就說「然鴇實有雄者，其說不可信」，但民間將妓院老闆娘稱為「老鴇」則早已定型。

不過「老鴇」這一稱謂的來歷還有另外一種說法。唐人孫棨（ㄑㄧˇ）所著《北里志》記載了當時長安城北平康里歌妓們的日常生活，其中寫道：「妓之母多假母也，亦妓之衰退者為之。」孫棨自注道：「俗呼為爆炭，不知其因，應以難姑息之故也。」原來，唐代時稱呼妓女的假母為「爆炭」，連孫棨都不知道為何稱「爆炭」，猜測為「難姑息之故」。所謂「難姑息」，意思是說假母通常脾氣暴躁，《北里志》中有非常生動的描述：「初教之歌令，而責之甚急，微涉退怠，則鞭扑備至。」

尚秉和先生在《歷代社會風俗事物考》中解釋說：「今日妓之假母，俗呼為老爆子，蓋仍沿唐時爆炭之稱。爆炭者，言其鞭撻稚妓，威怒爆發，如炭之爆也。亦曰鴇母，蓋爆之訛。」

綜上所述，不管是出自「鴇性最淫」這一傳說的「老鴇」稱謂，還是出自脾氣暴躁的「爆炭」稱謂，對妓院老闆娘的刻畫可謂入木三分，只是可憐了鴇鳥這天下第一冤屈的鳥兒！

# 三八

作為詈辭或罵人話，「三八」最初盛行於台灣，專用於罵女人，而且含意非常豐富，諸如瘋瘋癲癲、舉止輕浮、傻裡傻氣、行事乖張、動作莽撞等等，凡是此種類型的女人都可稱作「三八」，更甚者還在前面加上一個「臭」字，臭三八，語感更重。但這個使用頻率極高的日常俗語是怎麼來的呢？相信很多人都不清楚。

因為盛行於台灣，於是人們多以為這個詈辭出自粵語或者閩南語，這是一個誤解，「三八」的稱謂實出自中原官話，而且其來歷十分有趣。

## ○出處

北宋學者沈括在《夢溪筆談．藝文》篇中記載了這個有趣的故事：「蜀人魏野，隱居不仕宦，善為詩，以詩著名……所居頗瀟灑，當世顯人多與之遊，寇忠湣尤愛之。嘗有《贈忠湣詩》云：『好向上天辭富貴，卻來平地作神仙。』後忠湣鎮北都，召野置門下。北都有妓女，美色而舉止生梗，土人謂之『生張八』。因府會，忠湣令乞詩於野，野贈之詩曰：『君為北道生張八，我是西州熟魏三。莫怪樽前無笑語，半生半熟未相諳。』」

寇準死後，諡號「忠湣」（ㄇㄧㄣˇ），因此沈括稱他「寇忠湣」。魏野則是北宋著名詩人，初居蜀地，後遷居中原地區的陝州，一生隱居，與寇準相善，曾有詩勸寇準「好向上天辭富貴，卻來平地作神仙」。

寇準鎮守北都大名府的時候，將魏野召至門下。這一日府會，寇準叫來一位名妓女助興。大名府的這位妓女，當地的土人之所以稱之為「生張八」，「生」即為「舉止生梗」之意，「張」則是她的姓，「八」乃她的排行，故稱「生張八」。「生梗」的含意極為豐富，諸如不自然、不熟練、不柔和、不細緻、不順服等等，都可稱「生梗」，與上述所舉「三八」的含意頗有異曲同工之處。

而魏野詩中所說「君為北道生張八」，「北道」即指大名府，是北宋抵禦遼國的「北門鎖鑰」；「我是西州熟魏三」，「西州」即指魏野隱居的陝州，陝西地區古稱「西州」。魏野自稱「熟魏三」，「熟」是對應「生」的戲謔之語，「魏」當然是他的姓，「三」則是魏野的排行。

### ○釋義關鍵

在宴席之上，魏野面對人稱「生張八」的妓女，詼諧地自稱「熟魏三」，又說二人「半生半熟未相諳」。這次宴會和魏野的這四句詩可不得了，從中竟然誕生了直到今天還在使用的兩句俗語：一句即為「三八」，本來是「魏三」和「張八」的省稱，因為針對的是「舉止生梗」的「張八」，後人於是用「三八」一詞來詬罵「舉止生梗」的女人；另一句則是「生張熟魏」，「生張」當然陌生，「熟魏」當然熟悉，後人因此用這個成語泛指認識或不認識的人。

這就是「三八」一詞的來歷。隨著宋室南渡，這句俗語傳入了江南地區，再傳至台灣，成為台灣流行的詈辭，中原地區反而堙沒無聞了。今天大陸也開始流行這句詈辭，卻是經由台灣反傳回來的，這一語言現象真是有趣！人們但知台灣「三八」，而渾然不知中原「三八」了！

寇準的這個知己魏野還有一則與妓女有關的趣事。北宋人吳處厚所著《青箱雜記》的版本是這樣的：「世傳魏野嘗從萊公遊陝府僧舍，各有留題。後復同遊，見萊公之詩已用碧紗籠護，而野詩獨否，塵昏滿壁。時有從行官妓頗慧黠，即以袂就拂之。野徐曰：『若得常將紅袖拂，也應勝似碧紗籠。』萊公大笑。」寇準封萊國公，故稱「萊公」。

而北宋僧人文瑩所著《湘山續錄》中的版本則要複雜得多。魏野的好友、中書舍人孫僅寵愛一位叫添蘇的長安名妓，魏野於是寄給他一首詩，以錢塘名妓蘇小小相比，有「見說添蘇亞蘇小，隨軒應是珮珊珊」的詩句。孫僅以詩相示，因為魏野名氣大，添蘇如獲至寶，將此詩題於家中的堂壁之上，而且「一夕之內，長安為之傳誦」。

後來魏野來長安，有好事者帶他去添蘇家，但不言彼此姓氏。「添蘇見野風貌魯質，固不前席。」魏野乃一隱士，不僅貌醜，而且粗放質樸，迥異於官場中人，因此添蘇很看不起他，「不前席」，不上前與他搭話。魏野舉頭一看，看見了堂壁上自己的詩，添蘇誇耀說：「魏處士見譽之作。」魏野不說話，索筆在旁邊又添了一首詩：「誰人把我狂詩句，寫向添蘇繡戶中。閒暇若將紅袖拂，還應勝得碧紗籠。」添蘇這才知道此人就是魏野，遂大加禮遇。

# 戴綠帽

作為詈辭和罵人話，大概再也沒有比「戴綠帽」的語感更嚴重的了。哪個男人如果被別人罵作「戴了一頂綠帽子」，一定會勃然大怒拚命的。這是因為只有妻子跟別的男人通姦的丈夫才會被民間稱為「戴綠帽」。

這個稱謂非常奇怪，為什麼戴的非得是綠帽子，而不是別的顏色的帽子呢？

## ○釋義關鍵

首先，必須明白綠色在中國古代顏色譜系中的地位。《說文解字》：「綠，帛青黃色也。」綠色是指青中帶黃的顏色。中國古代的顏色譜系分為正色和間色兩類：正色指青、赤、黃、白、黑五種純正的顏色，間色則為不純正的雜色。

何謂間色？說法不一，一種說法是指綠、紅、碧、紫、流黃（褐黃色），另一種說法是指紺（ㄍㄢˋ，紅青色）、紅（淺紅色）、縹（ㄆㄧㄠˇ，淡青色）、紫、流黃。正色和間色是明貴賤、辨等級的工具，要求非常嚴格，絲毫不得混用。

作為間色的一種，可想而知綠色的地位之低下。《漢書·東方朔傳》記載了一則趣事：漢武帝的姑媽館陶公主死了丈夫，這時她已五十多歲，養了一位名叫董偃的十八歲的小白臉，號曰董君。有一次漢武帝駕臨公主府第，坐下就說：「願謁主人翁。」館陶公主嚇得趕緊去掉簪子和耳環，脫掉鞋子，跪下頓首謝罪。漢武帝恕罪之後，公主「之東箱自引董君，董君綠幘傅韝，隨主前，伏殿下」。

「韝」（ㄍㄡ）本是皮革所製的臂套，射箭時套於兩臂，方便拉弓。「幘」（ㄗㄜˊ）是頭巾，蔡邕《獨斷》中說：「幘者，古之卑賤執事不冠者之所服也。」因此顏師古注解說：「綠幘，賤人之服也。」董偃頭上戴著綠色的頭巾，兩臂上套著青色的臂套，來向漢武帝謝罪，可見這都是代表低賤身分的裝束。漢武帝很喜歡董偃，於是「賜衣冠」，董偃退下回房，換上所賜的品級高的衣冠，再來見漢武帝。

此後，綠色的低賤地位一直沒有改變過，比如《舊唐書·輿服志》載：「六品、七品服綠，八品、九品服以青。」白居易《琵琶行》中的名句「座中泣下誰最多，江州司馬青衫濕」，江州司馬本是五品官，按規定應該穿淺紅色的官服，不過寫《琵琶行》這一年，白居易卻是一名散官，散官是指有官名而無固定職事的官員，白居易散官的頭銜是將仕郎，品級是從九品下，是最低級的文散官，因此只能穿「青衫」。綠色只比青色高一個等級。

唐人封演所著《封氏聞見記》在「奇政」一條中記載道：「李封為延陵令，吏人有罪，不加杖罰，但令裹碧頭巾以辱之。隨所犯輕重，以日數為等級，日滿乃釋。吳人著此服出入州鄉，以為大恥，皆相勸勵，無敢僭違。」「碧」即青綠色，「碧頭巾」即綠頭巾。李封讓有罪的吏人戴上碧頭巾，顯然是故意貶低吏人的身分。

明人郎瑛在《七修類稿．辯證類》「綠頭巾」一條中解釋了李封何以要用碧頭巾來羞辱吏人：「今吳人罵人妻有淫行者曰綠頭巾，及樂人朝制以碧綠之巾裹頭，皆此意從來。但又思當時李封何必欲用綠巾？及見春秋時有貨妻女求食者，謂之娼夫，以綠巾裹頭，以別貴賤。然後知從來已遠，李封亦因是以辱之，今則深於樂人耳。」

郎瑛聽到的「綠頭巾」的源頭更早，甚至可以追溯到春秋時期。用他的話說，春秋時期賣妻女求食的男人稱為「娼夫」，必須戴上綠頭巾來表明低賤的身分。

到了元明兩代，娼妓的丈夫要戴綠帽子成為常例。《元典章》在「服色」一條中規定：「娼妓之家多與官員士庶同著衣服，不分貴賤。今擬娼妓各分等第，穿著紫皂衫子，戴著冠兒，娼妓之家家長並親屬男子裹青頭巾。」並規定娼妓的家人不得穿金服，戴笠子，騎坐馬，被發現後要捉拿到官，把馬匹獎賞給舉報者。

《明史．輿服志》中也有規定：「教坊司伶人，常服綠色巾，以別士庶之服。」伶人和娼妓屬於親緣性非常接近的行業，因此這兩個行業都必須戴綠頭巾以作區別。不過對娼妓行業來說，「娼妓之家家長並親屬男子裹青頭巾」，這才是民間把妻子有外遇的丈夫稱為「戴綠帽」或「戴綠頭巾」的由來，並一直流傳到了今天，「奪妻之恨」和「殺父之仇」同時成為中國男人們最忍無可忍的兩件事。

明人謝肇淛所著筆記《五雜俎》中說：「有不隸於官，家居而賣奸者，謂之土妓，俗謂之私窠子……今人以妻之外淫者，目其夫為烏龜。蓋龜不能交，而縱牝者與蛇交也。隸於官者為樂戶，又為水戶。國初之制，綠其巾以示辱。」

## ○用法

「戴綠帽」者又稱龜，引申而指妓院裡的男僕，比如龜奴、龜子的稱謂，今天也仍然還有龜兒子的罵人話。古人以龜、龍、麟、鳳為「四靈」，龜又是長壽的象徵，為什麼連帶著又跟「戴綠帽」者扯上關係了呢？

許慎在《說文解字》中說：「天地之性，廣肩無雄。龜鱉之類，以它為雄。」「它」即蛇。許慎所處的東漢時期就已經有了這樣的誤解：龜有雌無雄，只能與蛇交配才能產子。這也就是謝肇淛所說的「龜不能交，而縱牝者與蛇交也」，用來比喻妻賣淫而夫不聞不問，因此將賣淫女人的丈夫或者妓院的掌櫃稱之為龜或烏龜。

# 古人原來是這樣說話的

作　　者　許暉
美術設計　巫麗雪
內頁排版　黃雅藍
文字校對　謝惠鈴
行銷企劃　林芳如
行銷統籌　駱漢琦
業務發行　邱紹溢
業務統籌　郭其彬
執行編輯　溫芳蘭，何維民
副總編輯　何維民
總 編 輯　李亞南

發 行 人　蘇拾平
出　　版　漫遊者文化事業股份有限公司
地　　址　台北市松山區復興北路三三一號四樓
電　　話　(02) 2715-2022
傳　　真　(02) 2715-2021
讀者服務信箱　service@azothbooks.com
漫遊者臉書　www.facebook.com/azothbooks.read
劃撥帳號　50022001
戶　　名　漫遊者文化事業股份有限公司

發　　行　大雁文化事業股份有限公司
地　　址　台北市松山區復興北路三三三號十一樓之四
初版一刷　2016 年 5 月
定　　價　台幣 320 元
I S B N　978-986-93104-1-3

國家圖書館出版品預行編目 (CIP) 資料

古人原來是這樣說話的 / 許暉著 . -- 初版 . --
臺北市 : 漫遊者文化出版 : 大雁文化發行 , 2016.05
368 面 ; 15 ╳ 21 公分
ISBN 978-986-93104-1-3（平裝）

1. 中國文字

802.2 105006261